KB079859

한시의 맛

②

한시의 맛

율시의 대장과 요체 연구 ❷

성기옥

文憲齋
문헌재

        관용을 나타내는 말로 "장군의 이마 위에서는 말을 달릴 수 있고, 재상의 배 속에서는 배를 저을 수 있네"라는 구가 종종 인용된다. 제3/4 또는 5/6구에서 대장으로 나타내는 방법은 다음과 같다.

  제3구 將軍額上能跑馬 측/평/측/측/평/측/측
      장군액상능포마
  제4구 宰相肚里能撑船 측/측/측/측/평/평/평
      재상두리능탱선

  上과 跑는 측/측으로 4/6 부동 원칙에 맞지 않으며, 上/能/跑는 측/평/측으로 고평이다. 相과 里 역시 2/4 부동 원칙에 맞지 않다. 能/撑/船은 하삼평이다. 일반적으로는 율시의 구성에 응용할 수 없는 형태이지만 跑와 撑, 里와 能의 평/측을 바꾸면 다음과 같이 구성된다.

  제3구 將軍額上能跑馬 측/평/측/측/평/평/측
  제4구 宰相肚里能撑船 측/측/측/평/측/측/평

  제3구의 첫 부분에서 고평이 나타났으며, 제4구에서 고평으로 구요되었다. 제4구와 같은 고평은 반드시 제3구에서 고평이나 고측(평/측/평)으로 대응되어야 한다. 그렇지 않은 경우는 극히 소수의 작품에서 볼 수 있으며 어색한 구성이라는 점은 제1권에서 충분히 밝힌 바 있다. 제3/4구에서 중복된 能은 제4구의 能을 可로 바꾸면 다음과 같이 간단히 구요된다.

  제3구 將軍額上能跑馬 측/평/측/측/평/측/측(上/跑 측/측)

제4구 宰相肚里可撐船　측/측/측/측/측/평/평(相/里　측/측)

⇓

제3구 將軍額上能跑馬　측/평/측/측/측/평/측(跑/撐　측/평 교환, 구요)
제4구 宰相肚里可撐船　측/측/측/평/측/측/평(能/里　평/측 교환)

船은 先운에 속하므로 이 작품의 압운은 先운으로 구성해야 한다. 간교함을 나타낼 때는 "웃음 속에 칼을 감춘 이의부, 입가에 꿀을 바르고 칼을 배에 품은 이임보"라는 말이 즐겨 쓰인다. 대장으로 사용할 수 있는지를 살펴보면 다음과 같다.

제3구 笑里藏刀李義府　측/측/평/평/측/측/측(하삼측)
　　　소리장도이의부
제4구 口蜜腹劍李林甫　측/측/측/측/측/평/측(2/4 측/측, 고평)
　　　구밀복검이임보

笑里藏刀와 口蜜腹劍은 엄밀하게 따지면 대장될 수 없지만 성어(成語)의 대장으로는 인용할 수 있을 것이다. 그런데 里와 蜜은 측/측으로 점대 원칙에 맞지 않으며, 府와 甫 역시 측/측으로서 압운할 방법이 없다. 그렇다면 이런 구는 대장할 수 없는 걸까? 그렇지 않다. 원문 그대로는 인용할 수 없지만 이임보를 唐哥奴로 바꾸어 다음과 같이 대장할 수 있다.

제3구 笑里藏刀李義府　측/측/평/평/측/측/측(하삼측)
제4구 口蜜腹劍唐哥奴　측/측/측/측/평/평/평(2/4 측/측)

⇓

제3구 笑里藏刀李義府　측/평/측/측/측/평/측(구요)
제4구 口蜜腹劍唐哥奴　측/측/측/평/평/측/평(위아래 2/4/6 부동)

까다로운 구성이기는 하지만 里/藏, 刀/劍, 義/哥의 평/측을 교환하면 가능하다. 주의해야 할 점은 이러한 구성에서는 제2구의 두 번째 운자는 반드시 측성으로 안배해야 한다는 사실이다. 이와 비슷한 구성은 소식(蘇軾)의 〈화자유민지회구(和子由澠池懷舊)〉(제1권)에서 밝힌 바 있다. 인명과 인명의 대장은 대체로 까다롭다. 평/측을 대체하기 어렵기 때문이다. 인명의 평/측이 맞지 않을 때는 상대의 호 또는 관직명으로 대체해 나타낸다. 다만 상대의 자(字)를 인용할 때는 주의해야 한다. 특히 추모의 시에서 선인의 자 또는 옹(翁)으로써 평/측을 나타내는 경우를 가끔 볼 수 있는데, 이는 추모가 아니라 의도하지 않았더라도 상대를 폄하하는 표현이 될 수 있다. 위의 예에서 이임보를 唐哥奴로 나타낸 까닭은 이임보는 간신이며, 폄하의 내용으로 인용되었기 때문이다. 이임보가 현신(賢臣)이어서 추모의 내용하는 내용으로 나타낸다면, 그의 관직명인 중서령(中書令), 진국공(晉國公)이나, 호인 월당(月堂) 등으로 나타낼 수 있지만, 관직명만으로는 이임보를 증명하기가 어려우며, 호는 상대를 존중하는 별칭이므로 자로써 대체한 것이다. 奴는 虞운에 속하므로 위의 구를 인용한다면 압운자는 虞운이 될 것이다. 위의 두 가지 예는 약간 극단적이기는 하지만, 요체를 활용하면 표현의 범위를 확장할 수 있다는 장점이 있음을 잘 드러낸다. 두보의 〈모춘(暮春)〉은 8구 모두 요체로 구성되었으며 당연히 구요를 전제로 한다.

臥病擁塞在峽中　와병으로 옹색하게 무협에 있으니
와 병 옹 색 재 협 중

瀟湘洞庭虛映空　소상강 동정호는 부질없이 하늘을 (거꾸로) 비추네
소 상 동 정 허 영 공

楚天不斷四時雨　초나라 하늘에는 끊임없는 사계절 비
초 천 부 단 사 시 우

巫峽常吹千里風　무협에 항상 부는 천 리의 바람
무 협 상 취 천 리 풍

沙上草閣柳新暗　모래 위의 초당에는 버드나무가 새롭게 가리고
사 상 초 각 류 신 암

城邊野池蓮欲紅 성 옆의 들판 연못에는 연꽃 붉어지려 하네
성변야지련욕홍

暮春鴛鷺立洲渚 저무는 봄에 원앙과 백로는 물가에 서 있다가
모춘원로입주저

挾子翻飛還一叢 새끼 끼고 이리저리 날다 한 무리로 돌아오네
협자번비환일총

제1구 臥病擁塞在峽中 측/측/평/측/측/측/평

제2구 瀟湘洞庭虛映空 평/평/측/평/평/측/평

제3구 楚天不斷四時雨 측/평/측/측/평/평/측

제4구 巫峽常吹千里風 평/측/평/평/평/측/평

제5구 沙上草閣柳新暗 평/측/측/측/측/평/측

제6구 城邊野池蓮欲紅 평/평/측/평/평/측/평

제7구 暮春鴛鷺立洲渚 측/평/평/측/측/평/측

제8구 挾子翻飛還一叢 측/측/평/평/평/측/평

　제1권에서 밝힌 바와 같이 율시의 격률 구성에서는 2/4/6 부동 점대 원칙, 고평 금지, 하삼평/하삼측 금지 원칙이 적용된다. 이런 원칙을 잘 지키면 칠언율시 56자 중, 평/측의 비율은 3~5자 범위를 넘지 않는다. 평/측이 알맞게 어울려 조화로운 가락이 구성되는 것이다. 적어도 이론상으로는 그렇다. 그런데 이와 같은 안배대로라면 평/측을 바꿀 수 있는 운자가 많지 않아 표현에 큰 제약을 받게 된다. 융통성을 발휘해 이런 제약을 피하는 방법이 바로 요체다. 표현이 우선이기 때문이다. 바꾸어 말하자면, 처음부터 격률의 기본 구성을 엄격하게 지키는 게 중요하다기보다, 하고 싶은 표현을 제대로 하면서 기본 격률의 구성 원칙에 맞지 않을 때 요체로써 자유자재로 평/측을 조절하는 게 더욱 뛰어난 능력이다. 요체와 정격의 구분은 용어상의 구분일 뿐이지 모두 정격이다. 두보를 비롯해 황정견, 소식 등 대문호들이 요체를 자유자재로 활용해 율시를 지었다. 그런데도 반드시 기본 구식으로만 지어야 한다는 잘못된

풍조가 만연해 있으니 참으로 안타까운 일이다. 이 책의 분석 목적은 그러한 고정관념을 타파하는 데 있으며, 요체를 활용해 더 좋은 표현을 할 수 있는 계기를 마련하고자 한다. 150수 중에서 120여 수가 요체로 된 작품이다. 일부러 선정한 것이 아니라 우연의 결과다. 즉 자연스러운 표현이 우선이며, 어쩔 수 없이 요체를 사용했다는 말은 잘못되었다. 요체와 정격은 구분할 필요가 없으며, 기본 격률의 법칙에 맞기만 하면 충분하다. 기본 구성을 바탕으로 다양하게 응용하는 것은 매우 자연스러운 현상이라는 것을 알 수 있다. 그러므로 요체는 표현과 리듬의 심화 방법이며, 요체라는 단어 자체를 심화 표현이라는 단어로 바꾸어야 할 것이다.

제2권에서는 뜻하지 않게 야율초재와 원매의 작품을 많이 싣게 되었다. 작품을 고르는 가운데 야율초재의 시는 두보가 추구한 격률의 자연스러움이 체현되었으며, 원매의 작품은 심오한 학문을 바탕으로 한 전고 활용과 격률 파괴를 볼 수 있어서 이전의 율시 구성체제와는 현격한 차이를 보이기 때문이다. 아울러 서두에서 소개한 엄우의 신운설은 표현 방법에 자못 참고할 부분이 있다고 생각한다. 어려운 현실을 감수하고 기꺼이 출판에 응해준 책과이음에 감사의 마음을 전한다.

2020년 1월 1일
성기옥 삼가 쓰다

차례

제 1 장

시를 논하다

시론

초당시기부터 율시의 체계가 확립된 이후 수많은 작품이 쏟아지기 시작했다. 작품이 축적되면 이로부터 시론이 생겨나는 것은 지극히 자연스러운 현상일 것이다. 지금까지 잘 알려진 시론으로는 신운설, 대각체, 전후칠자, 공안파, 격조설, 성령설 등을 들 수 있다. 그런데 이와 같은 시론은 격률 측면에서는 그다지 차이가 없으며, 대체로 내용상의 차이를 다룬다. 다만 특이하게도 원매의 성령설은 다른 주장과는 확연히 차이가 있다.

가장 차이 나는 부분은 격률의 파괴와 전고의 활용이다. 성령설 이외의 주장은 어떠한 주장일지라도 대체로 격률의 엄밀성에 있어서는 그다지 차이가 없다. 즉 한 구의 구성에 있어서 내용과는 상관없이 대체로 4/3 또는 2/2/1/2의 리듬으로 구성된다. 그러나 성령설에서는 이러한 리듬이 그다지 중요시되지 않으며, 학문을 바탕으로 한 다양한 표현을 중시하고 있다는 점이 특징이다. 차이의 대강을 살펴보면 다음과 같다.

신운설

신운설(神韻說)의 연원은 오래되었다. 남조 제나라 사혁(謝赫)의 《고화품록(古畵品錄)》에서 신운을 신운기력(神韻氣力)으로 병칭한 데서 연원한다.

당대까지 운의 개념은 시운을 가리킨다. 시운 이외의 운의 개념은 범온(範溫)이 《잠계시안(潛溪詩眼)》에서 상세하게 분석한 뒤부터였다. 이후 시론에서 운의 개념은 전인작품에서의 기의 풍격, 언외 또는 상외의 뜻을 나타내기도 한다. 이런 뜻이 구체적으로 거론된 것은 송대 엄우(嚴羽)의 《창랑시화(滄浪詩話),

시변(詩辯)》이다.

엄우는 시의 작법을 체제(體制), 격력(格力), 기상(氣象), 흥취(興趣), 음절(音節)의 다섯 가지로 나누어 제시했다. 체제는 시의 체재와 형식을 가리킨다. 격력은 시의 품격과 기력을 가리킨다. 고아(高雅), 심원(深遠), 유장(悠長), 웅혼(雄渾), 표일(飄逸), 비장(悲壯), 처완(凄婉) 등의 구사 방법이다. 기상은 격력과 나누어 제시하고 있으나 대체로 격력과 비슷하다. 흥취 방면에서는 유유자적과 강건하면서도 유창함을 중시했다. 음절은 음운과 절조로, 구체적으로는 시작과 끝맺음, 구법(句法), 자안(字眼, 중요 어구)의 어울림을 가리킨다. 이 중에서도 흥취를 가장 강조했다. 이런 내용은 다음과 같이 시법 설명에서도 드러난다.

시를 배울 때는 다섯 가지의 속됨을 피해야 한다. 즉 속체(俗體), 속의(俗意), 속구(俗句), 속자(俗字), 속운(俗韻)이다. 반드시 피해야 할 말인 어기(語忌)와 논리에 어긋나거나 장황한 언어의 선택인 어병(語病)이 있는데, 어병은 피하기 쉬우나, 어기는 피하기 어렵다. 어병은 고인 역시 피할 수 있었으나, 어기는 고인도 피하기 어려웠다. 반드시 본성을 나타내어야 하며, 숙련해야 한다. 대장은 쉽게 얻을 수 있으나 미련은 쉽게 얻기 어렵다. 수련은 더욱 쉽게 얻기 어렵다. 발단에서 금지해야 할 것은 행동거지이며, 수습에서 귀하게 여겨야 할 것은 결말을 짓는 데 있다. 시제를 지나칠 정도로 드러낼 필요는 없으며, 전고가 많을 필요도 없다.

압운은 정리되기 이전의 옛날 근원에 군이 따를 필요가 없으며, 전고의 인용은 군이 유래에 얽매일 필요가 없다. 이어지는 글자는 어울림을 중시해야 하며, 조어할 때는 원만함을 중시해야 한다. 뜻은 사리가 밝고 확실해야 하며, 핵심을 찌르지 못하고 겉돌아서는 안 된다. 표현은 산뜻하고 속됨이 없어야 하며, 맺고 끊는 맛이 없어서는 안 된다. 가장 경계해야 할 것은 진부한 표현과 사실만의 나열이다. 표현은 직설적인 뜻, 얕은 맥, 노출된 맛, 천박함을 피해야 한다. 음운은 특별한 점이 없이 무미건조하거나, 다급히 재촉해서는 안 된다.

작법의 어려운 점은 표현에 있다. 예를 들면, 반도는 북방 사람들의 장식에 필수적이지만, 남방 사람은 곧바로 본성에 맞지 않다고 여기는 것과 같이 모두를 만족시키는 표현은 어렵다. 반드시 함의가 깊은 구를 살펴야 하며, 진부한 구를 살펴서는 안 된다. 표현의 기세가 비슷한 것은 괜찮지만, 논리나 도리에 맞지 않는 것은 불가하다.

율시의 작법은 고시보다 까다롭다. 절구의 작법은 고시의 팔구 작법보다 까다롭다. 칠언율시의 작법은 오언율시의 작법보다 까다롭다. 오언절구는 칠언절구의 작법보다 까다롭다.

시를 배워 나가는 과정에는 세 단계가 있다. 처음에는 호오를 알지 못해, 쓸데없이 문장이 장황해지며, 제 마음대로 붓을 놀려 문장을 이룬다. 이러한 부끄러움을 인식하고 나서는 위축되어 앞으로 나아가지 못하고, 문장을 쓰는 데는 지극한 어려움이 따른다. 마침내 창작의 도리가 확실해지면, 자유분방하고, 손길 닿는 대로 집을 수 있게 되면서, 도리에 알맞게 된다.

시를 감상할 때 예리한 눈빛으로 원래의 뜻을 잘 살필 수 있는 안목을 기를 수 있다면, 거의 정통이 아닌 작은 법으로 소리 지를 수는 없을 것이다. 유파의 풍격을 변별할 때는 푸른색과 흰색을 변별하는 것과 같아야만 시의 체제, 내용 및 표현의 공교함과 졸렬함을 말할 수 있다. 작법이나 감상에 대한 시비는 다툴 필요가 없다. 시험 삼아 자신의 시를 고인의 작품 속에 섞어놓고, 식견이 있는 자가 살피게 하여 변별해내지 못한다면, 그야말로 옛사람의 작품 수준과 같은 것이다.

엄우가 주장한 작법의 극치는 바로 입신(入神)의 경지에 있다. 입신의 경지는 많은 숙련을 거쳐, 위에서 제시한 다섯 가지의 속됨을 피하면서 창작의 경지에 이른 경우를 가리킨다. 엄우는 입신의 경지에 이른 시인으로 두보와 이백을 들고 있다. 신운설은 당대 격률의 규칙이 확립된 이래 시대를 불문하고 한시 창작의 표현 기준으로 삼을 만하다.

대각체

대각체(臺閣體)는 명대 영락(永樂, 1403~1424) 에서 성화(成化, 1465~1487)연간에 출현한 대각체 풍격의 창작을 가리킨다. 대각은 당시의 내각과 한림원(翰林院)의 통칭이며 관각(館閣)이라고도 한다. 양사기(楊士奇, 1365~1444), 양영(楊榮, 1371~1440), 양부(楊溥, 1372~1446) 의 삼양이 대표 인물이다. 당시 세 사람은 모두 내각의 중신이었으므로 이들의 작품은 대각체로 불렸다. 주로 천자의 명령을 받들어 짓거나, 서적이나 서화에 글을 써서 증정하거나, 교제나 연회에서 응수하는 작품이 많다. 대개는 황제의 덕을 칭송하거나, 태평성세를 노래했다. 표현에 있어서는 전아한 형식을 추구 했다. 성률과 자연스러운 리듬 및 아정한 문장을 추구했으므로, 시가의 서정성 을 회복한 측면이 엿보인다. 그러나 통치자의 치세를 숭상하는 천편일률의 내 용이어서 이런 풍조는 점차 사라져갔다. 양영의 〈위렵(圍獵)〉 등에서 대각체 시풍의 일단을 살펴볼 수 있다.

전후칠자

전후칠자(前後七子)는 명대 이몽양(李夢陽), 하 경명(何景明), 이반룡(李攀龍), 왕세정(王世貞) 등을 영수로 한 14인의 문학

주장을 일컫는다. 복고를 표방했으며, 문장은 반드시 진한시대를 본받고, 시는 반드시 성당시대를 본받아야 한다는 기치를 내걸었다. 시대에 뒤떨어진 팔고문(八股文)과 지나치게 아정함만을 추구해 생기를 잃은 대각체 문장에 반대했다.

전칠자는 이몽양(李夢陽)을 영수로 해 복고 사조를 진작시키자는 명대 중기의 문학사단으로 하경명(何景明), 왕구사(王九思), 변공(邊貢), 강해(康海), 서정경(徐禎卿), 왕정상(王廷相)을 가리킨다.

후칠자는 가정 중기(嘉靖中期, 1522~1566), 전칠자인 이반룡, 왕세정을 중심으로 사진(謝榛), 오국륜(吳國倫), 종신(宗臣), 서중행(徐中行), 양유예(梁有譽)가 일원이다. 왕세정의 명망이 가장 높았으며, 1570년에 이반룡이 죽은 다음, 문단의 맹주가 되었다. 이몽양의 〈추망(秋望)〉 등에서 그 특징의 일단을 살펴볼 수 있다.

공안파

공안파(公安派)는 명대 후기에 출현한 문학유파다. 원굉도(袁宏道)를 영수로 해 원중도(袁中道), 원종도(袁宗道)의 공안삼원을 일컫는 말이기도 하다. 공안현의 장안리(長安里) 출신이므로 세상에서는 그렇게 칭했다.

공안파는 전후칠자의 의고 풍조를 반대하고, 오직 성령을 서술하고, 옛날 방법에 얽매이지 않으며, 옛사람이 드러내지 못했던 것을 드러내어야 한다는 주장을 펼쳤다. 창작의 성취는 시보다 산문에 있으며, 청신하고 진솔한 문학창작을 표방했다. 다만 유유자적하고 고아한 흥취에 치우친 일면이 있다. 원굉도의 〈교외수정소집(郊外水亭小集)〉에서 그 특징의 일단을 살펴볼 수 있다.

격조설

격조설은 청대 건륭연간(康乾年間, 1736)에 심덕잠(沈德潛)이 제창한 시가 이론으로 시가 창작에서의 사상 감정은 격조를 결정 요소로 삼아야 한다는 주장이다.

격조는 체격과 성조를 가리킨다. 당대 이후 시론에서 격(格)과 조(調)는 종종 언급되었다. 당대 교연(皎然)의 《시식(詩式)》, 송대 강기(姜夔)의 《백석도인시설(白石道人詩說)》, 엄우(嚴羽)의 《창랑시화(滄浪詩話)》 등에 나타난다. 명대 이동양(李東陽)은 《회록당시화(懷麓堂詩話)》에서 다음과 같이 주장했다.

시에는 반드시 사물을 식별하는 안목을 갖추어야 하며, 운율을 감상하는 청력을 갖추어야 한다. 눈은 격을 위주로 하고, 귀는 소리를 위주로 한다.

격조 이론은 세상의 도의와 사람의 마음을 보충하는 작품을 통해 올바른 도리로 되돌린다는 시의 효능을 강조하며, 당대 시인의 작품을 표준으로 삼아야 한다는 주장이다. 이런 주장은 태평성세, 응제(應製), 창화(唱和) 종류의 작품에 치우치는 경향이 있다. 심덕잠의 〈야월도강(夜月渡江)〉 등에서 그 특징의 일단을 살펴볼 수 있다.

성령설

성령설(性靈說)은 청대 원매(袁枚)가 가장 힘써 제창한 이론이다. 오직 성령을 표현할 뿐이며, 옛날의 격식에 얽매이지 않는다는 명대 공안파의 주장을 계승 발전시킨 것이다. 성령설의 핵심은 시인의 심령을 직접 토로하며, 진실한 감정을 있는 그대로 표현하는 데 있다.

원매가 말한 심령은 성정, 개성, 시재(詩才)를 포함한다. 성정은 시가의 제1요소로서 성정 이외에는 본래 시가 되지 않는다고 주장했다. 이러한 성정의 표출은 시를 짓는 데는 자신을 없애서는 안 된다는 주장과 같다. 즉 자신의 성정을 최대한 잘 드러내어야 한다는 것이 성령설의 핵심으로 개성에 해당한다. 그러나 개성과 성정만으로는 부족하며, 이런 개성과 성정을 표출할 시재를 갖추어야 한다고 주장했다. 예술적인 영감과 하늘이 내려준 재능에 학식이 결합되어야 한다는 것이 핵심이다. 후반부에 소개한 원매의 작품에서 그 특징의 일단을 살펴볼 수 있다.

제 2 장

대장과 요체는 어떻게 구성되는가

일러두기 ───

한어병음으로 평/측을 구분하는 방법은 《한시의 맛》 1권에서 충분히 밝혔으므로 이 책 2장에서는 요체의 설명 부분에서만 평/측을 나타내도록 한다.

庚辰西域清明
경진년 서역의 청명

清明時節過邊城　청명 시절에 변방의 성을 들르니
청 명 시 절 과 변 성

遠客臨風幾許情　원객이 맞는 바람 그 얼마의 정 이런가!
원 객 임 풍 기 허 정

野鳥間關難解語　관관거리는 야조 울음 이해하기 어렵고
야 조 간 관 난 해 어

山花爛熳不知名　흐드러진 산꽃은 이름을 알 수 없네
산 화 난 만 부 지 명

蒲萄酒熟愁腸亂　포도주 숙성되어 근심어린 마음은 다스려지고
포 도 주 숙 수 장 란

瑪瑙杯寒醉眼明　마노배 차가워져 취한 눈 밝아지네
마 노 배 한 취 안 명

遙想故園今好在　저 멀리 그리운 고향 동산 지금도 잘 있겠지!
요 상 고 원 금 호 재

梨花深院鷓鴣聲　배꽃 무성한 정원에 자고새 울음소리
이 화 심 원 자 고 성

• 야율초재(1190~1244): 몽고제국 시기의 정치가. 수련에서는 시간, 지점, 인물의 상황을 서술했다. 함련에서는 새와 꽃향기가 어우러진 환경을 구체적으로 묘사했다. 경련에서는 포도주와 마노배로써 시인 자신의 흥취를 드러내었으며, 미련에서는 경련까지의 상황을 종합해 고향에 대한 회고로써 끝맺었다. 율시 구성의 전형을 보여주며 시작과 결말이 수미일관된다. 리듬 역시 자연스러우며, 표현이 중복되지 않고 자연스럽다. 대장 또한 정제되어 있다. 자연스러운 격률과 경물에 감정을 의탁하는 방법은 두보와 흡사하다. • 過: 지나는 길에 들르다. • 西域: 천산(天山) 남쪽 기슭의 옥문관(玉門關), 양관(陽關)을 비롯한 서쪽의 여러 지역을 가리킨다. • 間關: 새가 지저귀는 소리. • 亂: 다스리다. • 瑪瑙杯: 마리주배(瑪璃酒杯)와 같다. 瑪瑙는 투명한 보석이다. 차갑게 느껴지므로 寒을 썼다. • 醉眼明: 취한 뒤 눈빛이 형형한 모습을 가리킨다.

庚운. 대장의 분석은 다음과 같다.

野鳥(야조, 명사)에는 山花(산꽃, 명사)로 대장했다. 상용하는 대장이다.

間關(새 우는 소리의 형용, 형용동사)에는 爛熳(꽃이 흐드러지게 핀 모습, 형용동사)으로 대장했다. 間關과 爛熳은 첩어에 가까운 형식의 대응으로 생동감을 주는 표현이다.

難解(이해하기 어렵다, 동사)에는 不知(알 수 없다, 동사)로 대장했다. 難과 不는 상용이다. 語(소리, 명사)에는 名(이름, 명사)으로 대장했다.

蒲萄酒(포도주, 명사)에는 瑪瑙杯(마노배, 명사)로 대장했다. 술과 잔의 대응은 묘미가 있다.

熟(익다, 동사)에는 寒(차가워지다, 동사)으로 대장했다.

愁腸/闌(근심 어린 마음이 다스려지다, 명사/동사)에는 醉眼/明(취한 눈이 밝아지다, 명사/동사)으로 대장했다.

辛巳閏月西域山城值雨
신사년 윤달 서역 산성에서 비를 만나다

耶律楚材

冷雲攜雨到山城　찬 구름이 비를 몰고 산성에 도착하니
냉운휴우도산성

未敢沖泥傍險行　진흙 밟는 험한 길이라 함부로 나아갈 수 없네
미감충니방험행

夜聽窗聲初變雪　밤중에 창문의 빗소리를 들을 때는 막 눈으로 변하더니
야청창성초변설

曉窺簷溜已垂冰　새벽에 처마 낙숫물을 엿보니 이미 고드름 드리웠네
효규첨류이수빙

淚凝孤枕三停濕　외로운 베개에 엉킨 눈물은 세 번이나 멈추다 젖었고
누응고침삼정습

花結殘燈一半明　희미한 등불에 맺힌 꽃은 (방의) 절반 정도만 밝네
화결잔등일반명

又向茅亭留一宿　또다시 띠 풀로 이은 정자에서 하룻밤을 묵는데
우향모정류일숙

行雲行雨本無情　가는 구름 가는 비는 본래 무정하다네
행운행우본무정

•閏月: 윤달과 같다. •値: 만나다. •未敢: 감히 …하지 못하다. •沖泥: 진흙을 밟고 가며, 비나 눈을 피하지 않다. •傍險: 험한 지형. •簷溜: 처마 낙숫물. •花結殘燈: 殘燈結花의 도치로 평/측 안배 때문에 도치되었다. •茅亭: 띠 풀로 지붕을 이은 정자. •殘燈: 꺼지려고 하는 등 또는 깊은 밤의 희미한 등불 상태를 나타낸다.

庚운. 제3구의 聽은 측성으로 쓰였다. 去聲 徑운에 속한다. 평성으로만 쓰는 것이 좋다. 대장의 분석은 다음과 같다.

夜/聽/窗聲(밤에 창문의 빗소리를 듣다, 명사/동사/목적어)에는 曉/窺/簷溜 (새벽에 처마의 낙숫물을 엿보다, 명사/동사/목적어)로 대장했다.

初/變/雪(막 눈으로 변하다, 부사/동사/목적어)에는 已/垂/冰(이미 고드름으로 드리우다, 부사/동사/목적어)으로 대장했다. 제3/4구의 대장은 참고할 만하다.

淚/凝/孤枕(눈물은 외로운 베개에 엉기다, 명사/동사/목적어)에는 花/結/殘燈 (명사/동사/목적어)으로 대장했다. 淚凝孤枕은 孤枕凝淚, 花結殘燈은 殘燈結 花의 도치이다. 평/측 안배 때문에 도치되었다.

제3/4/5/6구의 표현은 뛰어나지만, 아래와 같이 부분 합장(合掌)이다. 부분 합장은 가끔 나타나기는 하지만 완전한 합장은 반드시 피해야 한다.

제3구 夜/聽/窗聲 명사/동사/목적어

제4구 曉/窺/簷溜 명사/동사/목적어

제5구 淚/凝/孤枕 명사/동사/목적어

제6구 花/結/殘燈 명사/동사/목적어

三/停/濕(세 번이나 그쳐도 젖다, 숫자/동사/동사)에는 一/半/明(숫자/부사/동사)으로 대장했다. 약간은 어색하지만 이러한 정도의 불일치는 종종 나타난다. 억지의 대장보다 자연스럽다.

요구와 구요 방법은 다음과 같다.

제3구 夜聽窗聲初變雪 측/측/평/평/평/측/측(聲/溜 평/평)
제4구 曉窺簷溜已垂冰 측/평/평/평/측/평/평(2/4/6 평/평/평)
　　　　　　　　　　　　⇕
제3구 夜聽窗聲初變雪 측/측/평/평/평/측/측(위아래 2/4/6 부동)
제4구 曉窺簷溜已垂冰 측/평/평/측/평/평/평(溜/已 평/측 교환, 구요)

구요하면 3구 窗聲初의 평/평/평에 제4구의 마지막 부분이 평/평/평으로 대응된다. 바람직한 구요 방법은 아니다.

和移剌繼先韻

이자의 선운을 이어받아 화답하다

耶律楚材

舊山盟約已愆期　구산에서의 맹약은 이미 어긋나
구 산 맹 약 이 건 기

一夢十年盡覺非　한순간 꿈같은 십 년은 모두 잘못이라는 것을 깨닫네
일 몽 십 년 진 각 비

瀚海路難人去少　광대한 사막의 길은 험난하여 지나가는 사람은 적고
한 해 로 난 인 거 소

天山雪重雁飛稀　천산의 눈은 겹겹이 쌓여 기러기 나는 일조차 드무네
천 산 설 중 안 비 희

漸驚白髮寧辭老　늘어나는 백발에 놀라 차라리 관직을 사양해야 하지만
점 경 백 발 녕 사 로

未濟蒼生曷敢歸　창생을 구제하지 못하고 어찌 감히 돌아갈 수 있겠는가!
미 제 창 생 갈 감 귀

去國遲遲情幾許　고향 돌아가는 길 늦어짐에 정 그 얼마인가!
거 국 지 지 정 기 허

倚樓空望白雲飛　누각에 기대어 부질없이 바라보니 흰 구름 나네
의 루 공 망 백 운 비

• 愆期: 약속의 기일을 어기다. •瀚海: 한해(翰海)와 같다. 북쪽의 바다 또는 큰 호수, 북방의 광대한 지역 또는 고비사막을 가리킨다. •寧: 차라리 …하는 편이 낫다. •辭老: 늙음을 이유로 관직을 사양하다. •未濟:《역경(易經)》64괘 중의 하나로 이상감하(離上坎下)를 뜻한다. 성공하지 못한다는 뜻. •蒼生: 백성. •去國: 고국을 떠난다는 뜻이지만 이 구에서는 고국으로 돌아간다는 뜻으로 쓰였다. •遲遲: 늦어지다, 꾸물거리다.

支운. 대장의 분석은 다음과 같다.

瀚海(북쪽의 큰 호수, 지명)에는 天山(천산, 지명)으로 대장했다. 지명에 지명의 대장은 상용하는 대장이다.

路/難(길은 험난하다, 명사/형용동사)에는 雪/重(눈은 겹겹이 쌓이다, 명사/형용동사)으로 대장했다.

人/去/少(사람이 다니는 것이 드물다, 명사/동사/형용동사)에는 雁/飛/稀(기러기 나는 것이 드물다, 명사/동사/형용동사)로 대장했다.

漸/驚/白髮(점차 백발에 놀라다, 부사/동사/목적어)에는 未/濟/蒼生(아직 창생을 구제하지 못하다, 부사/동사/목적어)으로 대장했다. 白과 蒼은 색깔을 나타내려 한 것은 아니지만 白을 쓴 이상 蒼으로 대장한 것은 묘미 있다.

寧/辭老(차라리 관직을 그만두다, 부사/동사)에는 曷/敢歸(어찌 감히 돌아가겠는가!, 부사/동사)로 대장했다.

요구와 구요 방법은 다음과 같다.

제5구 漸驚白髮寧辭老 측/평/측/측/측/평/측(고평 반복, 구요)
제6구 未濟蒼生曷敢歸 측/측/평/평/측/측/평(2/4/6 부동)

상용하는 요구와 구요 방법이다. 이 방법을 잘 익혀두면 표현 범위를 넓힐 수 있다.

過夏國新安縣
하국의 신안현을 들러

耶律楚材

昔年今日渡松關 지난날 오늘에 송관을 지날 때는
석년금일도송관

車馬崎嶇行路難 험난한 수레 길에 행로는 힘들었지!
거마기구행로난

瀚海潮噴千浪白 한해의 조수 무리에 천 갈래 파도는 희고
한해조분천랑백

天山風吼萬林丹 천산의 바람 포효에 온 숲은 붉어지네
천산풍후만임단

氣當霜降十分爽 날씨는 상강을 맞이하여 매우 상쾌하고
기당상강십분상

月比中秋一倍寒 달빛은 중추절에 비해 갑절로 차가워졌네
월비중추일배한

回首三秋如一夢 고개 돌려보는 가을은 꿈과 같으니
회수삼추여일몽

夢中不覺到新安 꿈속에서도 힘든 줄 모르고 신안에 도착했네
몽중불각도신안

• 大夏(407~431): 오대십육국시기에 흉노족의 일파인 철불(鐵弗) 부족의 혁련발발(赫連勃勃 381~425)이 수립한 정권이다. • 昔年: 이전과 같다. • 松關: 관문 명 또는 음산(陰山)을 가리킨다. • 崎嶇: 산길이 평탄하지 않다. • 吼: 포효하다.

32

寒운. 대장의 분석은 다음과 같다.

瀚海/潮噴(한해의 조류 분출, 지명, 명사형 형용사/명사)에는 天山/風吼(천산의 바람 포효, 지명, 명사형 형용사/명사)로 대장했다.

千/浪/白(천 갈래 물결은 희다, 숫자/명사/형용동사)에는 萬/林/丹(온 숲이 붉다, 숫자/명사/형용동사)으로 대장했다.

氣/當/霜降(날씨는 상강을 맞이하다, 명사/동사/목적어)에는 月/比/中秋(달빛은 중추절에 비교되다, 명사/동사/목적어)로 대장했다. 참고할 만하다.

十/分/爽(매우 상쾌하다, 숫자, 부사/형용동사)에는 一/倍/寒(갑절로 차갑다, 숫자, 부사/형용동사)으로 대장했다.

요구와 구요 방법은 다음과 같다.

제5구 氣當霜降十分爽 측/평/평/측/측/평/측
제6구 月比中秋一倍寒 측/측/평/평/측/측/평

제5구에 十分爽은 고평으로 안배되었으나 제6구에서 구요되지 않았다. 十과 一의 대장 때문이지만 잘못 안배된 경우다.

제7구 回首三秋如一夢 평/측/평/평/평/측/측(고측 안배, 구요)
제8구 夢中不覺到新安 측/평/측/측/측/평/평(첫 부분 고평)

각 구의 첫 부분 고평은 허용되며, 구요하지 않아도 상관없지만 대부분 구요한다.

早行

이른 아침 길을 떠나다

耶律楚材

馬駝殘夢過寒塘 말과 낙타에 (의지한) 어지러운 꿈은 찬 연못을 지나니
마타 잔몽 과 한당

低轉銀河夜已央 낮게 드리운 은하수의 밤은 이미 깊었네
저 전 은하 야 이 앙

雁跡印開沙岸月 기러기 흔적은 사막언덕의 달로써 찍어 펼치고
안 적 인 개 사 안 월

馬蹄踏破板橋霜 말발굽은 판교의 서리를 밟아 부수네
마 제 답 파 판 교 상

湯寒卯酒兩三盞 추위 녹이기 위한 새벽 술 두세 잔
탕 한 묘 주 양 삼 잔

引睡新詩四五章 졸음을 참기 위한 새로운 시 사오 장
인 수 신 시 사 오 장

古首遲遲四十里 예스러운 길에서도 느려지는 사십 리 길
고 수 지 지 사 십 리

千山清曉日蒼涼 천산의 맑은 새벽에도 일출은 처량하네
천 산 청 효 일 창 량

• 馬駝: 마타자(馬馱子)와 같다. 말의 등에 실은 물건 또는 말과 낙타. •殘夢: 어지러운
꿈. •轉: 선회하다. 이 구에서는 드리운다는 뜻으로 쓰였다. •板橋: 판교. 널다리. •湯:
끓이다. 이 구에서는 녹인다는 뜻으로 쓰였다. •卯酒: 새벽에 마시는 술. •卯: 묘시로
오전 다섯 시부터 일곱 시까지를 가리킨다. •引睡: 졸음을 참다. •古首: 古道와 같다.
옛길. 古에는 예스럽다, 首에는 요처의 뜻이 있다. 옛 요처. •千山: 지명 또는 여러
산. •蒼涼: 처량하다, 황량하다.

陽운. 대장의 분석은 다음과 같다.

雁/跡(기러기 흔적, 동물/명사)에는 馬/蹄(말발굽, 동물/명사)로 대장했다.

印開/沙岸月(모래언덕의 달빛에 찍어 펼치다, 동사/목적어)에는 踏破/板橋霜
(판교의 서리를 밟아 부수다, 동사/목적어)으로 대장했다. 沙岸/板橋, 月/霜 등
제3/4구의 내장은 참고할 만하다.

湯/寒(추위를 녹이다, 동사/목적어)에는 引/睡(졸음을 물리치다, 동사/목적어)
로 대장했다.

卯/酒/兩三/盞(묘시의 술 두세 잔, 숫자/명사/숫자/명사)에는 新/詩/四五/章
(새로운 시 사오 장, 숫자/명사/숫자/명사)으로 대장했다. 卯/新은 숫자와는 관계
없지만 숫자의 개념으로 쓰였다. 묘미 있다.

제5/6구의 대장은 참고할 만하다.

요구와 구요 방법은 다음과 같다.

제3구 雁跡印開沙岸月 측/측/측/평/평/측/측

제4구 馬蹄踏破板橋霜 측/평/측/측/측/평/평(첫 부분 고평 허용)

제5구 湯寒卯酒兩三盞 평/평/측/측/측/평/측(고평)

제6구 引睡新詩四五章 측/측/평/평/측/측/평(구요하지 않음)

제5구의 고평에는 자체 구요하거나 제6구에서 고평이나 고측으로 안배되어
한다. 이와 같은 안배도 가끔 나타나지만 일종의 변용이다. 엄밀하게 따지자면,
구요되지 않았지만, 억지스러운 평/측 안배를 통한 표현보다는 자연스럽다.

제7구 古首遲遲四十里 측/측/평/평/측/측/측(하삼측)

제8구 千山清曉日蒼涼 평/평/평/측/측/평/평(상삼평 구요)

잘 나타나지 않는 요구와 구요 방법이다. 어째든 2/4/6 안배와 점대 원칙 등에 맞게 되돌려지면 충분하다. 표현에 중점을 두어야 한다.

過沁園有感
심원을 둘러본 소감을 쓰다

耶律楚材

昔年曾賞沁園春 지난날 일찍이 심원의 봄을 감상한 바 있는데
석년증상심원춘

今日重來跡已陳 오늘 또다시 와보니 자취는 이미 황폐해졌네
금일중래적이진

水外無心修竹古 물가에 무심히 길게 자란 대는 오래되었고
수외무심수죽고

雪中含恨瘦梅新 눈 속에서 한을 품은 앙상한 매화는 새롭네
설중함한수매신

垣頹月榭經兵火 담장은 허물어지고 누대는 전쟁을 겪었으며
원퇴월사경병화

草沒詩碑覆劫塵 풀은 시들고 시비는 재난에 엎어졌네
초몰시비복겁진

羞對覃懷昔時月 부끄럽게도 심양 지방의 옛 달을 마주했지만
수대담회석시월

多情依舊照行人 변함없이 다정하게 행인을 비추네
다정의구조행인

•沁園: 동한(東漢) 명제(明帝)의 딸인 심수(沁水)공주의 별장이다. •陳: 황폐해지다.
•修竹: 길게 자란 대. •瘦梅: 겨울에 꽃봉오리가 형성되어 있을 때의 매화를 형용한다.
•月榭: 달을 감상하는 누각과 정자. 주로 호화스러운 건축물을 가리킨다. •劫塵: 매우
긴 시간 또는 큰 재난. •覃懷: 하(夏)나라 때의 지명으로 지금의 하남(河南) 심양(沁陽)시
에 해당한다.

眞운. 대장의 분석은 다음과 같다.

水/外(명사/위치)에는 雪/中(명사/위치)으로 대장했다.

無/心(동사/명사)에는 含/恨(동사/명사)으로 대장했다. 우리말로는 대장되지 않는 것처럼 보이지만 無心이 마음을 없앤다는 뜻이므로 올바른 대장이다.

修竹/古(명사/형용동사)에는 瘦梅/新(명사/형용동사)으로 대장했다. 제3/4 구의 대장은 참고할 만하다.

垣/頹(명사/형용동사)는 草/沒(명사/형용동사)로 대장했다.

月榭(누대, 명사)에는 詩碑(시비, 명사)로 대장했다.

經/兵火(전쟁을 겪다, 동사/목적어)에는 覆/劫塵(재난에 엎어지다, 동사/목적어)으로 대장했다. 兵火/劫塵은 중의(重意)에 해당하지만, 억지 대장보다는 자연스럽다.

요구와 구요 방법은 다음과 같다.

제7구 羞對覆懷昔時月 평/측/평/평/측/평/측(昔/時/月 고평)
제8구 多情依舊照行人 평/평/평/측/측/평/평(時/行 평/평)
⇓
제7구 羞對覆懷昔時月 평/측/평/평/평/측/측(昔/時 측/평 교환, 구요)
제8구 多情依舊照行人 평/평/평/측/측/평/평(위아래 2/4/6 부동)

陰山
음산

耶律楚材

八月陰山雪滿沙　팔월의 음산 눈은 비단처럼 차 있고
팔 월 음 산 설 만 사

淸光凝月眩生花　맑은 빛이 눈에 어리다 생화에 현혹되네
청 광 응 목 현 생 화

揷天絶壁噴晴月　하늘을 찌르는 절벽은 밝은 달을 뿜었고
삽 천 절 벽 분 청 월

擎海層巒吸翠霞　바다에 우뚝 솟은 겹겹의 봉우리는 푸른 노을을 흡수하네
경 해 층 만 흡 취 하

松檜叢中疏畎畝　소나무와 전나무 숲속에는 논밭 드물고
송 회 총 중 소 견 무

藤羅深處有人家　등나무 등굴 깊은 곳에 인가가 있네
등 라 심 처 유 인 가

橫空千里雄西域　하늘을 가로지른 천 리 길은 웅대한 서역
횡 공 천 리 웅 서 역

江左名山不足誇　강 왼쪽 명산은 자랑만으로는 부족하네
강 좌 명 산 부 족 과

•陰山: 음산산맥으로 내몽고자치구에 있다. 해발 약 2천 미터. •滿: 꽉 채우다. •沙: 얇은 비단. •眩: 어지럽다. 현혹되다. •揷: 찌르다. •擎: 들어 올리다. 떠받들다. 우뚝 솟다. •層巒: 겹겹의 산봉우리. •翠霞: 푸른 노을. •畎畝: 논밭을 나타낸다.

麻운. 대장의 분석은 다음과 같다.

插/天(하늘을 찌르다, 동사/목적어)에는 擎/海(바다에 솟다, 동사/목적어)로 대
장했다.

絶/壁(절벽, 상태/명사)에는 層/巒(겹겹의 산봉우리, 상태/명사)으로 대장했다.
絶/層은 선명하게 대장된다.

噴/晴月(밝은 달을 뿜다, 동사/목적어)에는 吸/翠霞(푸른 노을을 흡수하다, 동
사/목적어)로 대장했다. 噴/吸은 선명하게 대장된다. 제3/4구의 대장은 참고할
만하다.

松檜(소나무와 전나무, 명사)에는 藤蘿(등나무 등굴, 명사)로 대장했다. 이러한
대장은 좋지 않다. 편고(偏枯)의 대장이기 때문이다.

叢/中(숲속, 명사형 형용사/위치)에는 深/處(깊은 곳, 형용사/명사, 위치)로 대
장했다.

疏/畎畝(드문드문한 논밭, 형용사/명사)에는 有/人家(자리 잡은 인가, 동사형
형용사/명사)로 대장했다. 우리말로는 어색하지만 정확한 대장이다.

요구와 구요 방법은 다음과 같다.

제3구 插天絶壁噴晴月 측/평/측/측/평/평/측(첫 부분 고평)
제4구 擎海層巒吸翠霞 평/측/평/평/측/측/평(고측으로 구요)

贈五臺長老
오대산의 장로에게 드리다

耶律楚材

高岡登陟馬玄黃　높은 산 높은 곳에 오르는 말 병들었는데
고 강 등 척 마 현 황

落日西風過晉陽　서풍 부는 해질녘에 진양을 들르네
낙 일 서 풍 과 진 양

道士忻迎捧林果　도사는 흔연히 맞이하며 숲의 과일을 받쳐 들었고
도 사 흔 영 봉 림 과

儒冠遠迓挈壺漿　선비는 멀리서부터 응대하여 찻물을 드네
유 관 원 아 설 호 장

五臺強壯頭如雪　오대산의 웅장한 산봉우리는 눈 쌓인 것 같은데
오 대 강 장 두 여 설

開化輕安鬢未霜　개화현 노승의 귀밑머리에는 아직 서리 내리지 않았네
개 화 경 안 빈 미 상

誰會二師深密意　그 누가 두 선사의 깊은 뜻을 이해할 수 있을 것인가!
수 회 이 사 심 밀 의

趙州元不下禪床　조주선사는 참선 침상을 내려오지 않기로 으뜸이었네
조 주 원 불 하 선 상

•長老: 연장자에 대한 존칭. 불교에서는 주지승에 대한 존칭으로 쓰인다. •高岡: 높은 산. •登陟: 등고와 같다. •玄黃: 검은 하늘빛과 누른 땅 빛으로 천지를 가리킨다. 또한 검은 말이 병들면 누른빛으로 변하므로 말이 병들었다는 뜻으로도 쓰인다. •西風: 가을바람. •忻: 欣과 같다. •捧: 받들다. 이 구에서는 내오다는 뜻으로 쓰였다. •儒冠: 유생들이 쓰던 관. 이 구에서는 시인 자신을 가리킨다. 약간의 겸손을 나타내는 뜻으로 쓰였다. •迓: 마중하다, 영접하다. •挈: 들다. •壺漿: 찻물 또는 술. •強壯: 강건하다. 이 구에서는 웅장하다는 뜻으로 쓰였다. •如雪: 如는 눈이 쌓인 상태를 나타낸다. •開化: 강과 대지 등이 해동되다, 과실이나 근채류 따위가 잘 익다, 한 사람 몫을 하게 되다, 마음이 개운해지다, 개화현 등으로 다양하게 쓰인다. •輕安: 불교 용어로 묘경안락(妙輕安樂)의 준말이다. 심신이 지극히 평안한 선정(禪定) 상태로, 이 구에서는 노승을 가리킨다. •鬢: 귀밑머리. •深密: 언행이나 사고 등이 깊고 치밀하다. •二師: 노승과 조주선사. •趙州: 조주선사(趙州禪師, 778~897)로 당대 고승이다. •禪床: 좌선용 평상.

陽운. 대장의 분석은 다음과 같다.

道士(도사, 명사)에는 儒冠(선비, 명사)으로 대장했다.

忻/迎(흔연히 맞이하다, 부사/동사)에는 遠/迓(멀리서부터 응대하다, 부사/동사)로 대장했다.

捧/林果(숲에서 딴 과일을 받쳐 들다, 동사/목적어)에는 挈/壺漿(차를 들다, 동사/목적어)으로 대장했다.

五臺(오대산, 지명)에는 開化(개화현, 지명)로 대장했다. 지명에는 인명이나 지명으로 대장한다. 평/측이 고정되어 있으므로 까다롭다.

强壯/頭(웅장한 산봉우리, 형용사/명사)에는 輕安/鬢(선정에 든 사람의 귀밑머리, 형용사/명사)으로 대장했다.

如/雪(눈과 같다, 동사/명사)에는 未/霜(서리가 내리지 않다, 동사/명사)으로 대장했다.

요구와 구요 방법은 다음과 같다.

제3구 道士忻迎捧林果 측/측/평/평/측/평/측(고평)
제4구 儒冠遠迓挈壺漿 평/평/측/측/측/평/평(林/壺 평/평)
⇕
제3구 道士忻迎捧林果 측/측/평/평/평/측/측(捧/林 측/평 교환, 구요)
제4구 儒冠遠迓挈壺漿 평/평/측/측/측/평/평(위아래 2/4/6 부동)

상용하는 요구와 구요 방법이다.

又索六經

또다시 육경을 탐색하다

耶律楚材

我愛平陽李世榮 　나는 평양의 이세영을 좋아하여
아 애 평 양 이 세 영

一番書史再鐫銘 　역사서의 한 부분에 다시 기록하네
일 번 서 사 재 전 명

欲令吾子窮三傳 　내 자식에게 삼전을 읽히기 위해
욕 령 오 자 궁 삼 전

故向君家乞六經 　일부러 그대 집에서 육경을 빌리네
고 향 군 가 걸 육 경

簡策燦然新制度 　간책이 찬연해야 제도를 새롭게 하고
간 책 찬 연 신 제 도

文章宛爾舊儀刑 　문장이 명료해야 모범으로 따를 수 있다네
문 장 완 이 구 의 형

莫教幼稚空相憶 　어린아이는 부질없는 상념에 젖게 하지 말고
막 교 유 치 공 상 억

日日求書到鯉庭 　매일 서적을 읽으며 아버지의 가르침을 받아야 한다네
일 일 구 서 도 리 정

•平陽: 평양현. 절강성에 있다. •李世榮: 시인의 친구로 추정된다. •一番: 한바탕. 한차례. 한 부분. •書史: 주로 사관을 가리키지만 경전이나 역사서의 뜻도 있다. •鐫銘: 글 또는 마음에 새기다. •三傳: 춘추삼전으로 《춘추좌씨전》《춘추공량전》《춘추곡량전》. 이 구에서는 《춘추》를 뜻한다. •六經: 《시(詩)》《서(書)》《역(易)》《춘추(春秋)》《예기(禮記)》《악(樂)》의 여섯 경전. •簡冊: 옛날에 책으로 엮어 글자를 적는 데 쓰인 가늘고 긴 대쪽으로, 서적의 별칭이다. •宛爾: 분명, 명료한 모습. •儀刑: 본보기. 모범. •莫教: …하여금 …하지 말게 하라! 이 시에서는 두 구 모두를 포함한다. •相憶: 상념과 같다. •鯉庭: 아들이 아버지로부터 가르침을 받는 장소를 가리킨다. 鯉는 공자의 아들로 정원을 지나갈 때 공자가 아들에게 시를 공부하느냐고 물은 데서 연유한다.

先운. 令은 평성으로 쓰였다. 대장의 분석은 다음과 같다.

欲/令/吾子(내 자식으로 하여금 …하게 하다, 동사/동사/명사)에는 故/向/君家(일부러 그대 집을 향하다, 동사/동사/명사)로 대장했다.

窮/三/傳(삼전을 궁구하다, 동사/목적어)에는 乞/六/經(육경을 빌리다, 동사/목적어)으로 대장했다. 三傳/六經은 부분과 전체로 대장했다.

簡策(서적, 명사)에는 文章(문장, 명사)으로 대장했다. 비슷한 뜻이다.

燦然(찬연하다, 형용동사)에는 宛爾(명료하다, 형용동사)로 대장했다.

新/制度(제도를 새롭게 하다, 동사/목적어)에는 舊/儀刑(모범을 오래도록 따르다, 동사/목적어)으로 대장했다. 新/舊는 번역하면 약간 어색하지만 명료한 대장이다.

過金山用人韻

금산을 지나면서 구처기란 사람이 쓴 운을 차용하다

耶律楚材

雪壓山峰八月寒 눈이 산봉우리를 누르는 팔월의 추위
설압산봉팔월한

羊腸樵路曲盤盤 양의 창자 같은 길은 구불구불 굽었네
양장초로곡반반

千巖競秀清人思 온갖 바위가 풍광을 다투어 사람의 생각을 맑게 하고
천암경수청인사

萬壑爭流壯我觀 온갖 골짜기가 흐름을 다투어 나의 시야에 장관이네
만학쟁류장아관

山腹雲開嵐色潤 산허리에 구름 일자 안개 색은 윤택해지고
산복운개람색윤

松巓風起雨聲乾 소나무(산) 꼭대기에 바람 일자 빗소리는 그치네
송전풍기우성간

光風滿貯詩囊去 부드러운 바람에 가득 찬 시주머니가 풀어지니
광풍만저시낭거

一度思山一度看 한동안 산을 생각하다 한동안 바라보네
일도사산일도간

•金山: 아이태산(阿爾泰山)의 별칭으로 신강 유오이(維吾爾) 자치구 북부와 몽고 서부에
있다. 이 시의 자주(自注)에 구처기(丘處機, 1148~1227)가 〈남망음산삼봉(南望陰山三
峰)〉을 지어 서생 이백상(李伯祥)에게 주었다고 기록되어 있다. 〈남망음산삼봉〉은 寒운으
로 압운했다. •羊腸: 양의 창자로 꼬부랑길, 꼬불꼬불한 오솔길을 상징한다. •盤盤:
꾸불꾸불하다. 꼬불꼬불하다. 양장과 중복이다. •千巖競秀: 온갖 바위가 아름다움을
다툰다는 뜻으로 매우 수려한 산천을 이른다. •萬壑爭流: 여러 갈래의 계곡물이 세차게
흐르다. 역시 매우 수려한 산천의 경치를 이른다. •嵐: 아지랑이. 안개. •光風: 비가
그친 뒤 해가 날 때의 부드러운 바람. 달빛 아래의 부드러운 바람. •苜蓿: 세 잎 클로버의
일종. •詩囊: 시고(詩稿)를 넣어두는 주머니. 시정(詩情)을 뜻한다. •去: 내몰다. 제거하
다. 매었던 것을 풀다. •一度: 한차례. 한번. 한때. 한동안.

寒운. 思는 측성으로도 쓸 수 있지만, 평성으로만 쓰는 것이 좋다. 타인이 작품에서 차운하는 경우는 일반적으로 두 가지 방법으로 나뉜다. 첫째, 차운(次韻)일 경우 타인이 사용한 압운을 순서대로 쓴다. 물론 시제와 내용은 전혀 다르게 표현한다. 구처기의 작품에서 寒, 盤, 觀, 乾(간), 看을 순서대로 차용했다면 次韻이라 한다. 용운(用韻)은 寒, 盤, 觀, 乾(간), 看을 반드시 쓰되, 순서는 상관없이 활용하는 방법이다. 대장의 분석은 다음과 같다.

千岩競秀(빼어난 경치를 다투다, 성어)에는 萬壑爭流(빼어난 경치를 다투다, 성어)로 대장했다. 동일한 뜻으로 대장되었다. 이와 같이 동일한 뜻의 대장도 가능하지만 적절한 경우에 사용해야 한다.

清/人思(사람의 생각을 맑게 하다, 동사/목적어)에는 壯/我觀(나의 시야에 장관이다, 동사/목적어)으로 대장했다. 동일한 뜻이다.

山/腹(산허리, 명사/위치)에는 松/巓(소나무산 꼭대기, 명사/위치)으로 대장했다.

雲/開(구름이 피어나다, 명사/동사)에는 風/起(바람이 일다, 명사/동사)로 대장했다.

嵐色/潤(안개 색깔이 촉촉해지다, 명사, 색깔/형용동사)에는 雨聲/乾(빗소리가 그치다, 명사, 소리/형용동사)으로 대장했다.

過雲中贈別李尚書

운중을 들러 이상서와 이별할 때 주다

耶律楚材

誰識雲中李謫仙 누가 운중군의 이백을 알겠는가!
수 식 운 중 이 적 선

詩如文錦酒如川 시는 화려한 비단 같고 음주는 강물과 같네
시 여 문 금 주 여 천

十畝良園君有趣 십 무의 양원에서 그대는 정취 있으나
십 무 양 원 군 유 취

一塵薄土我無緣 일 전의 박토조차 나에게는 인연 없네
일 전 박 토 아 무 연

舊恨常來春夢里 지난날의 한은 언제나 봄 꿈속에 찾아오고
구 한 상 래 춘 몽 리

新吟不到客愁邊 새로운 음영은 객의 근심 곁에 오지 않네
신 음 부 도 객 수 변

明朝分手天涯去 내일 아침 헤어져 저 멀리 떠나면
명 조 분 수 천 애 거

他日相逢又幾年 후일의 상봉은 또 몇 년 후이련가?
타 일 상 봉 우 기 년

•雲中: 구름 속. 높은 곳. 전설 속의 선경. 조정을 비유한다. 때로는 지명으로 쓰여 운몽택(雲夢澤)을 가리킨다. 이 구에서는 쌍관어로 쓰였다. •李謫仙: 이백(李白). 이백은 스스로를 폄적된 신선으로 불렀다. 이 구에서는 李尚書를 가리킨다. •文錦: 무늬가 화려한 비단. •畝: 넓이의 단위. 1畝는 약 660제곱미터. 시대에 따라 약간의 차이가 있다. •良園: 좋은 전원. 좋은 밭을 가리키기도 한다. •一塵: 고대에 한 가구에 나누어 준 2.5무(畝)의 택지. •春夢: 일장춘몽(一場春夢)과 같다. 덧없는 꿈을 가리키지만 때로는 단순히 봄꿈이란 좋은 뜻으로도 쓰인다.

先韻. 대장의 분석은 다음과 같다.

十/畝(십 무, 숫자/명사)에는 一/廛(일 전, 숫자/명사)으로 대장했다. 이처럼 선명하게 대장될수록 좋다.

良/園(양원, 형용사/명사)에는 薄/土(박토, 형용사/명사)로 대장했다. 선명한 대장이다.

君/有/趣(그대는 정취가 있다, 명사/동사/명사)에는 我/無/緣(나는 연연이 없다, 명사/동사/명사)으로 대장했다. 제 3/4구의 대장은 참고할 만하다.

舊/恨(옛 원망, 형용사/명사)에는 新/吟(새로운 음영, 형용사/명사)으로 대장했다.

常/來(언제나 오다, 부사/동사)는 不到(오지 않다, 동사)로 대장되었다. 품사는 맞지 않지만 상용하는 대장이다.

春/夢/里(봄꿈 속, 명사형 형용사/명사/위치)에는 客/愁/邊(객의 근심 곁, 명사형 형용사/명사/위치)으로 대장했다.

요구와 구요 방법은 다음과 같다.

제1구 誰識雲中李謫仙 평/측/평/평/측/측/평
제2구 詩如文錦酒如川 평/평/평/측/측/평/평
제3구 十畝良園君有趣 측/측/평/평/평/측/측
제4구 一廛薄土我無緣 측/평/측/측/측/평/평
제5구 舊恨常來春夢里 측/측/평/평/평/측/측
제6구 新吟不到客愁邊 평/평/측/측/측/평/평
⇕
제1구 誰識雲中李謫仙 평/측/평/평/측/측/평
제2구 詩如文錦酒如川 평/평/평/측/측/평/평

제3구 十畝良園君有趣 측/평/평/평/평/측/측(畝/塵 측/평 교환)

제4구 一塵薄土我無緣 측/측/측/측/측/평/평

제5구 舊恨常來春夢里 측/측/평/평/평/측/측

제6구 新吟不到客愁邊 평/평/측/측/측/평/평

⇕

제3구 十畝良園君有趣 측/평/평/평/평/측/측(畝/塵 측/평 교환)

제4구 一塵薄土我無緣 측/측/측/측/측/평/평

⇕

제3구 十畝良園君有趣 측/평/평/측/평/평/측(園/土 평/측 교환)

제4구 一塵薄土我無緣 측/측/측/평/측/측/평(有/無 측/평 교환 구요)

점대 원칙을 맞추기 위해 까다롭게 구요되었지만, 잘못된 것은 아니다. 매우 뛰어난 표현이 평/측 안배에 맞지 않을 때, 사용할 수 있는 방법이다.

題平陽李君實吟醉軒
평양 이군실의 음취헌에서 쓰다

古晉君實世所知　옛날 진나라 군실이 세상에 잘 알려진 바와 같이
고진군실세소지

幽軒佳號兩相宜　그윽한 집과 좋은 이름이 서로 잘 어울리네
유헌가호양상의

長鯨海量嫌甜酒　고래와 같은 주량에 감주를 싫어하고
장경해량혐첨주

彩筆天才笑小詩　신필은 하늘이 낸 재능으로 하찮은 시를 비웃네
채필천재소소시

七步賦成文燦爛　일곱 걸음에 지어 이룬 문장은 찬란하고
칠보부성문찬란

千鍾不惜錦淋漓　천 잔이 아깝지 않은 표현은 통쾌하네
천종불석금림리

何當杖屨遊平水　어느 때 그대와 평수에서 노닐 수 있을 것인가?
하당장구유평수

得預君家吟醉時　미리 그대 집에서 음영하고 취할 때를 탐하네
득예군가음취시

•李君實: 누군지 알 수 없다. •長鯨: 큰 고래. •海量: 엄청난 주량. •甜酒: 포도주 따위의 단 술. •彩筆: 그림붓으로 이 구에서는 훌륭한 붓놀림을 뜻한다. •小詩: 단시(短詩). •賦: 시가를 짓다. •淋漓: 흠뻑 젖어 뚝뚝 떨어지다. 흥건하다. 말, 글, 원기 따위가 힘차다. •千鍾: 천 잔 또는 많은 봉록을 상징한다. •錦: 비단으로, 이 구에서는 문장의 표현을 가리킨다. •何當: 何日, 何時와 같다. •杖屨: 지팡이와 신발로 존경하는 사람의 경칭이다. •平水: 평양부의 성으로 지금 산서(山西) 임분(臨汾)의 별칭이다.

支운. 대장의 분석은 다음과 같다.

長/鯨(큰 고래, 명사)에는 彩/筆(그림 붓, 명사)로 대장했다.

海量(큰 주량, 명사)에는 天才(하늘이 낸 재능, 명사)로 대장했다.

嫌/甜酒(감주를 싫어하다, 동사/목적어)에는 笑/小詩(하찮은 시를 비웃다, 동사/목적어)로 대장했다.

七/步/賦成/文(일곱 걸음에 지어 이룬 문장, 숫자/명사/동사/명사)에는 千/鍾/不惜/錦(천 잔의 술이 아깝지 않은 비단 같은 표현, 숫자/명사/동사/명사)으로 대장했다.

燦爛(찬란하다, 형용동사)에는 淋漓(통쾌하다, 형용동사)로 대장했다.

요구와 구요 방법은 다음과 같다.

제1구 古晉君實世所知 측/측/평/측/측/측/평(2/4/6 측/측/측)

제2구 幽軒佳號兩相宜 평/평/평/측/측/평/평(實/號 측/측)

⇕

제1구 古晉君實世所知 측/측/측/평/측/측/평(君/實 평/측 교환, 구요)

제2구 幽軒佳號兩相宜 평/평/평/측/측/평/평(위아래 2/4/6 부동)

구요하면 2/4/6 부동은 맞지만, 제1구는 여전히 고평이며, 제2구에서 평/측/평이나 측/평/측으로 대응되지 않는다. 이런 구요 방법은 좋지 않다. 물론 평/측이 맞지 않다고 해서 표현이 좋지 않은 것은 아니다.

思親有感 1
어버이를 그리워하다 1

耶律楚材

遊子棲遲久不歸   나그네로 떠돌면서 오래도록 돌아가지 않아
유자서지구불귀

積年溫凊闕慈闈   오랫동안 보살펴드려야 하는 어머니를 챙기지 못했네
적년온청궐자위

囊中昆仲親書帖   주머니 속에는 형제가 직접 쓴 편지
낭중곤중친서첩

篋內萱堂手制衣   상자 안에는 어머님이 직접 만든 옷
협내훤당수제의

黃犬不來愁耿耿   사냥개 오지 않아 근심 덜어지지만
황견불래수경경

白雲空望思依依   흰 구름 부질없이 바라봄에 그리움은 더해지네
백운공망사의의

欲憑鱗羽傳安信   물고기와 기러기에 의지하여 안부 편지 전하려 하지만
욕빙린우전안신

綠水西流雁北飛   푸른 물은 서쪽으로 흐르는데 기러기는 북쪽으로 날아가네
녹수서류안북비

•棲遲: 서서(棲犀)와 같다. 깃들다. 서식하다. 이 구에서는 떠돈다는 뜻이다. •積年: 오랜 세월. 여러 해. •溫凊: 정성온청(定省溫凊)의 준말. 아침저녁으로 부모의 이부자리를 보살펴 안부를 묻고, 따뜻하고 서늘하게 하다. 자식이 부모를 섬기는 도리를 이르는 말이다. •闕: 대궐. 이지러지다의 뜻으로도 쓰인다. •慈闈: 자위(慈幃), 자호(慈壺)와 같다. 어머니를 뜻한다. •囊中: 낭중지추(囊中之錐)의 준말. 주머니 속에 있는 송곳이란 뜻으로, 재능이 아주 빼어난 사람은 숨어 있어도 저절로 남의 눈에 드러난다는 비유적 의미다. •昆仲: 남의 형제를 높여 이르는 말이다. •帖: 문서. 초청장. •萱堂: 훤당. 자당. 모친의 거처. 모친. •黃犬: 엽견(獵犬)과 같다. 사냥개. •耿耿: 밝다. 충성스러운 모양. 충직한 모양. •依依: 연약한 나뭇가지가 바람에 한들거리는 모양. 아쉬워하는 모양. 섭섭해하는 모양. 그리워하는 모양. •安信: 안부 편지. •鱗羽: 물고기와 기러기로, 서신을 상징한다.

微운. 대장의 분석은 다음과 같다.

囊/中(주머니 속, 명사/위치)에는 篋/內(상자 속, 명사/위치)로 대장했다. 囊中은 매우 묘미 있는 쌍관어로 쓰였다. 주머니 속으로 대장했지만 재능이 뛰어나다는 뜻도 포함하기 때문이다.

昆仲(형제, 명사)에는 萱堂(어머니, 명사)으로 대장했다.

親書/帖(친서 첩, 명사형 형용사/명사)에는 手制/衣(수제 옷, 명사형 형용사/명사)로 대장했다.

黃/犬(사냥개, 색깔/명사, 동물)에는 白/雲(흰 구름, 색깔/명사, 자연)으로 대장했다. 색깔과 관계없는 대장이지만, 색깔로 대장한 표현은 묘미 있다.

不來(오지 않다, 동사)에는 空/望(부질없이 바라보다, 부사/동사)으로 대장했다. 대장으로는 어색하지만 표현은 자연스럽다.

愁/耿耿(근심은 덜어지다, 명사/첩어)에는 思/依依(그리움은 깊어지다, 명사/첩어)로 대장했다.

思親有感 2
어버이를 그리워하다 2

耶律楚材

伶仃萬里度西陲 외로운 만리타향 변경에 던져지니
영정만리탁서수

壯歲星星兩鬢絲 장년인데도 성성한 백발의 귀밑머리
장세성성양빈사

白雁來時思北闕 흰기러기 올 때는 북쪽 궁궐을 그리워하다가도
백안래시사북궐

黃花開日憶東籬 국화가 피는 날에는 동쪽 울타리를 추억하네
황화개일억동리

可憐遊子投營晩 가련한 나그네가 병영에 던져지는 밤은
가련유자투영만

正是孀親倚戶時 그야말로 홀어머니가 문에 기댈 때라네
정시상친의호시

異域風光恰如故 이역의 풍광은 흡사 고향 같으니
이역풍광흡여고

一消魂處一篇詩 혼 녹이는 곳에서 한 편의 시를 쓰네
일소혼처일편시

・伶仃: 고독하다. 의지할 곳이 없다. 앙상하다. ・度: 던져지다. 탁으로 읽어야 한다.
・西陲: 서부 변경. ・度: 헤아리다. 정도. 가다. 통과하다. ・壯歲: 壯年과 같다. 왕성한
때. 주로 30~40대를 가리킨다. ・星星: 별처럼 많다. 백발. ・鬢絲: 빈발(鬢髮)과 같다.
귀밑머리. ・白雁: 흰기러기. ・孀親: 홀어미.

支운. 대장의 분석은 다음과 같다.

白/雁(흰기러기, 색깔/동물)에는 黃/花(국화, 색깔/식물)로 대장했다. 상용하는 대장이다.

來/時(올 때 동사/명사)에는 開/日(피는 날, 동사/명사)로 대장했다.

思/北闕(북쪽 궁궐을 그리워하다, 동사/목적어)에는 憶/東籬(동쪽 울타리를 그리워하다, 동사/목적어)로 대장했다. 제3/4구의 대장은 참고할 만하다.

可憐(가련하게도, 부사)에는 正是(그야말로, 부사)로 대장했다.

遊子(나그네, 명사)에는 孀親(홀어미, 명사)으로 대장했다.

投/營/晚(병영에 던져지는 밤, 동사/목적어/명사)에는 倚/戶/時(문에 기대는 때, 동사/목적어/명사)로 대장했다. 제5/6구의 대장은 참고할 만하다.

요구와 구요 방법은 다음과 같다.

제7구 異域風光恰如故 측/측/평/평/측/평/측(고평)

제8구 一消魂處一篇詩 측/평/평/측/측/평/평(如/篇 평/평)

⇕

제7구 異域風光恰如故 측/측/평/평/평/측/측(恰/如 측/평 교환, 구요)

제8구 一消魂處一篇詩 측/평/평/측/측/평/평(위아래 2/4/6 부동)

蠟梅 1
납매 1

耶律楚材

越嶺仙姿迥異常	고개 넘은 곳의 신선 자태 매우 기이하고
월령선자형이상	
洞庭春染六銖裳	동정의 춘색은 가벼운 옷을 물들이네
동정춘염육수상	
枝橫碧玉天然瘦	가지는 벽옥으로 가로질러 천연으로 여위었고
지횡벽옥천연수	
蕾破黃金分外香	꽃봉오리는 황금을 부수며 유달리 향기롭네
뇌파황금분외향	
反笑素英渾淡抹	웃음 되돌려주는 백화는 그야말로 우아하고
반소소영혼담말	
卻嫌紅豔太濃妝	미움을 물리치는 붉은 광택은 매우 농염하네
각혐홍염태농장	
臨風浥此薔薇露	바람을 맞아 장미수에 젖어 드니
임풍읍차장미로	
醉墨淋漓寄渺茫	취흥이 뚝뚝 떨어지는 광활함에 기대네
취묵임리기묘망	

•蠟梅: 음력 섣달에 피는 매화. •迥: 멀다. 판이하다. 아주. 대단히. •洞庭: 지명. •六銖裳: 매우 가벼운 옷. •銖: 고대 중량 단위의 하나로 1량(兩)의 24분의 1에 해당한다. 1량은 약 50그램. 시대에 따라 약간의 차이가 있다. 매우 가벼운 것. •分外: 유달리. •素英: 백화(白花)와 같다. •淡抹: 담말농장(淡抹濃妝)의 준말. 담아(淡雅)와 농염의 두 가지로 장식한다는 뜻이다. •浥: 읍(裛)과 같다. 담그다. 적시다. •薔薇露: 장미수. 술 이름. •臨風: 바람을 맞다. •醉墨: 취흥에 겨워 쓴 글씨나 그린 그림. •淋漓: 흠뻑 젖어 뚝뚝 떨어지다. 줄줄 흐르다. 말, 글, 원기 따위가 힘차다. •渺茫: 묘망하다. 아득하다. 끝없이 넓다.

陽운. 대장의 분석은 다음과 같다.

枝/橫/碧玉(가지는 벽옥을 가로지르다, 명사/동사/목적어)에는 蕾/破/黃金(꽃봉오리는 황금을 부수다, 명사/동사/목적어)으로 대장했다.

天然/瘦(천연으로 여위다, 형용사형 부사/형용동사)에는 分外/香(유달리 향기롭다, 부사/형용동사)으로 대장했다.

反/笑(웃음을 되돌려주다, 동사/목적어)에는 卻/嫌(미움을 물리치다, 동사/목적어)으로 대장했다.

素/英(백화, 명사)에는 紅/豔(붉은 광택, 명사)으로 대장했다. 素(색깔)/紅(색깔)의 대장은 묘미 있다.

渾/淡抹(그야말로 우아하다, 부사/형용동사)에는 太/濃妝(매우 농염하다, 부사/형용동사)으로 대장했다.

蠟梅 2
납매 2

耶律楚材

冰姿夢里慕姚黃　단아한 자태는 꿈속에서도 목단을 사모하고
빙자몽리모요황

滴蠟凝酥別樣妝　납매에 떨어져 쌓인 눈은 특별한 모습으로 장식되었네
적랍응소별양장

生妒白紅太濃淡　질투를 유발하는 홍백색은 매우 농담하고
생투백홍태농담

懶施朱粉自芬芳　흩뿌리기를 싫어하는 주홍 분말은 절로 향기롭네
뇌시주분자분방

寒英深染薔薇露　추위 속의 꽃은 장미 향수에 짙게 물들었고
한영심염장미로

冷豔微熏篤耨香　차가운 광택은 독누 향으로 은은하게 스며드네
냉염미훈독누향

受用清絕恣吟繞　지극히 아름다운 자태를 향유하며 시 읊으며 맴돌며
수용청절자음요

惜花一念未全忘　꽃을 사랑하는 마음은 한순간도 잊을 수 없네
석화일념미전망

• 冰姿: 단아한 자태. • 姚黃: 목단 또는 순임금과 황제(黃帝)의 합칭이다. • 凝酥: 응고된 치즈. 적설을 뜻한다. • 別樣: 특별한 모습. • 濃淡: 농염(濃艷)의 오기로 추측된다. • 懶施: 흩뿌리기를 싫어하다. • 懶: 게으르다. 혐오하다. 싫어하다. • 朱粉: 주홍빛 꽃가루. • 薔薇露: 장미수와 같다. 장미 향수. • 篤耨: 향기가 나는 나무 이름으로 귀족들의 향수를 만드는 데 사용되었다. • 受用: 향유하다. • 清絕: 지극히 아름다운 모습. • 一念: 하나의 생각. 한순간의 생각. 찰나보다 짧은 시간이다.

陽운. 제8구의 망(忘)은 陽운에 속하기는 하지만 평성으로 쓰는 경우는 드물다. 측성으로만 사용하는 편이 좋다. 대장의 분석은 다음과 같다.

生/妬(질투를 유발하다, 동사/목적어)에는 懶/施(흩뿌리기를 싫어하다, 동사/목적어)로 대장했다.

白紅(홍백색, 색깔)에는 朱粉(주홍 분말, 색깔, 명사)으로 대장했다. 이색한 대장이다.

太/濃淡(지나치게 농담하다, 부사/형용동사)에는 自/芬芳(절로 향기롭다, 부사/형용동사)으로 대장했다.

寒英(추위 속의 꽃, 상태, 명사)에는 冷艷(차가운 광택, 상태, 명사)으로 대장했다.

深/染(깊게 물들다, 부사/동사)에는 微/熏(은은하게 스미다, 부사/동사)으로 대장했다.

薔薇露(장미수, 명사)에는 篤耨香(독누 향, 명사)으로 대장했다.

요구와 구요 방법은 다음과 같다.

제3구 生妬白紅太濃淡 평/측/평/평/측/평/측(고평)
제4구 懶施朱粉自芬芳 측/평/평/측/측/평/평(濃/芬 평/평)
⇕
제3구 生妬白紅太濃淡 평/측/평/평/평/측/측(太/濃 측/평 교환, 구요)
제4구 懶施朱粉自芬芳 측/평/평/측/측/평/평(위아래 2/4/6 부동)

제7구 受用清絕恋吟繞 측/측/평/측/측/평/측(2/4측/측, 고평)
제8구 惜花一念未全忘 측/평/측/측/측/평/평(絕/念, 吟/全 평/평)
⇕

제7구 受用淸絶恣吟繞 측/측/측/평/평/측/측(淸/絶, 恣/吟 평/측 교환, 구요)
제8구 惜花一念未全忘 측/평/측/측/측/평/평 (위아래 2/4/6 부동)

약간 까다로운 요구와 구요 방법이다. 제7구에는 고평이 두 번 안배되었다. 用/絶은 측/측으로 2/4 부동 안배에 맞지 않다. 恣/吟/繞 역시 고평으로 안배되었다. 淸/絶의 평/측과 恣/吟의 측/평을 동시에 교환하면 기본 원칙에 모두 들어맞는다. 어떠한 평/측 안배든지 바꾸어서 원래의 기본 안배인 2/4/6 부동에 맞으면 그만이다. 표현이 더욱 중시되어야 한다는 말과 같다.

思親 1
어버이를 그리며 1

耶律楚材

老母琴書老自娛 노모와 거문고와 책이 노년의 위안이어서
노모금서노자오

吾山側近結蘧廬 (고향 집 생각하며) 오산 근처에 게르를 엮었네
오산측근결거려

鬢邊尙結辟兵髮 귀밑머리는 여전히 전쟁을 막는 머리로 묶었고
빈변상결벽병발

篋內猶存教子書 상자에는 여전히 자식 가르치는 책을 넣어놓았네
협내유존교자서

幼稚已能學土梗 아이는 이미 진흙 인형 만드는 법을 배울 수 있으나
유치이능학토경

老兄猶未憶鱸魚 나는 여전히 농어 맛을 추억할 수 없네
노형유미억로어

誰知萬里思歸夢 누가 만리타향에서 귀향의 꿈을 알겠는가!
수지만리사귀몽

夜夜隨風到故居 밤마다 바람 따라 고향 집에 도착하네
야야수풍도고거

• 吾山: 산명. • 蘧廬: 오늘날의 여관. 타인의 휴식을 위해 지은 집. 이 구에서는 몽고인들의
이동식 천막인 게르를 가리킨다. • 辟兵: 병기의 상해를 피하다. 전쟁을 막다. • 土梗:
진흙 인형. 토우. 거칠고 조잡한 것. 이 구에서는 아이들이 무언가를 배울 수 있을
정도로 조금 컸다는 뜻이다. • 老兄: 형이 아우에 대해 자신을 가리키는 말로, 이 구에서는
자신을 가리킨다.

漁운. 대장의 분석은 다음과 같다.

鬢邊(귀밑머리, 명사, 위치)에는 篋內(상자 속, 명사, 위치)로 대장했다.

尙/結(여전히 묶다, 부사/동사)에는 猶存(여전히 존재하다, 부사/동사)으로 대장했다.

辟/兵/髮(적을 방어하는 머리, 동사/명사/동사)에는 敎/子/書(자식을 가르치는 책)로 대장했다. 제3/4구의 대장은 잘 들어맞지만 평/측 안배 때문에 약간 억지스러운 구성이다.

幼稚(아이, 명사)에는 老兄(나, 명사)으로 대장했다. 老兄은 자연스럽지 못하다.

已/能學/土梗(이미 변변찮은 정도는 배울 수 있다, 부사/동사/명사)에는 猶/未憶/鱸魚(여전히 농어 맛을 그리워할 수 없다, 부사/동사/명사)로 대장했다.

요구와 구요 방법은 다음과 같다.

제3구 鬢邊尙結辟兵髮 측/평/측/측/측/평/측(고평 반복 자체 구요)

제4구 篋內猶存敎子書 측/측/평/평/측/측/평(위아래 2/4/6 부동)

제5구 幼稚已能學土梗 측/측/측/평/측/측/측(고평)

제6구 老兄猶未憶鱸魚 측/평/평/측/측/평/평

측/측/측/평/측/측/측의 경우 2/4/6 부동 원칙에는 맞지만 자체 또는 아래에서 고측이나 고평으로 안배되지 않았다. 이 경우는 평/측 안배의 변용이다. 가끔 이러한 구성이 나타나지만, 이런 안배를 허용하면 고평 금지 원칙을 지킬 필요가 없다.

思親 2
어버이를 그리며 2

耶律楚材

昔年不肯臥茅廬 지난날에는 초가집에 눕지 않으려 했는데
석년불긍와모려

贏得飄蕭兩鬢疎 영락으로 쓸쓸해져 귀밑머리 성기었네
영득표소양빈소

醉里莫知身似蝶 취한 가운데 내 몸이 나비와 같은 신세인지 알지 못하고
취리막지신사접

夢中不覺我爲魚 꿈속에서도 내가 물고기 신세인 줄 깨닫지 못하네
몽중불각아위어

故園屈指八千里 고향 동산 손꼽아보니 팔천 리
고원굴지팔천리

老母行年六十餘 노모의 행년은 육십여 세
노모행년육십여

何日掛冠辭富貴 어느 날에 사직하고 부귀를 버리며
하일괘관사부귀

少林佳處卜新居 소림사와 같은 좋은 곳에서 새 삶을 누리겠는가?
소림가처복신거

・시제와 약간 어긋나 있다. ・茅廬: 초가집. ・贏得: 이기다. 승리를 얻다. 落得과 같다. 나쁜 결과가 되다. …를 초래하다. ・飄蕭: 영락하여 쓸쓸하다. 쇠락하여 적적하다. 제3/4구는 《장자(莊子)》의 호접몽(胡蝶夢) 고사를 인용해 고난의 신세를 한탄하고 있다. 두 구는 동일한 표현이다. ・屈指: 손가락을 꼽아 수를 세다. ・掛冠: 관직을 그만두다. 사직하다. ・卜: 점치다. 살 곳 따위를 선택하다. 고르다.

漁운. 대장의 분석은 다음과 같다.

醉/里(취한 가운데, 명사, 상태)에는 夢/中(꿈속, 명사, 상태)으로 대장했다. 莫知(알지 못하다, 동사)에는 不覺(깨닫지 못하다, 동사)으로 대장했다.

身/似/蝶(몸은 나비와 같다, 명사/형용동사/명사)에는 我/爲/魚(나는 물고기 신세가 되다, 명사/동사/명사)로 대장했다. 두 구의 뜻은 같다. 바람직한 대장은 아니다.

故園(고향 동산, 명사)에는 老母(노모, 명사)로 대장했다. 故/老는 상용하는 대장이다.

屈指(손꼽아 헤아리다, 동사)에는 行年(나이, 명사)으로 대장했다. 품사가 맞지 않다. 바람직한 대장은 아니다. 八千里(팔천 리, 숫자)에는 六十餘(육십여, 숫자)로 대장했다.

요구와 구요 방법은 다음과 같다.

제5구 故園屈指八千里 측/평/측/측/측/평/측(고평 반복, 자체 구요)
제6구 老母行年六十餘 측/측/평/평/측/측/평(위아래 2/4/6 부동)

西域有感
서역유감

耶律楚材

落日城頭鴉亂啼 석양의 성 위로 까마귀는 소란스럽게 울고
낙 일 성 두 아 란 제

秋風原上馬頻嘶 추풍의 들판에서 말도 빈번하게 울부짖네
추 풍 원 상 마 빈 시

雁行南去瀟湘北 기러기 행렬 남쪽으로 떠나는 소상강 북쪽
안 행 남 거 소 상 북

萍跡東來鳥鼠西 부평 자취 동쪽으로 오는 오서산 서쪽
평 적 동 래 조 서 서

百尺棟梁誰着價 백 척의 동량은 누가 값을 매길 수 있겠는가!
백 척 동 량 수 착 가

三春桃李自成蹊 삼춘에 복숭아와 자두나무는 절로 길을 이루네
삼 춘 도 리 자 성 혜

功名到底成何事 공명은 결국 무슨 일로 이룰 수 있겠는가?
공 명 도 저 성 하 사

爛飮玻璃醉似泥 폭음의 유리잔으로 취하면 진흙을 칠한 얼굴이네
난 음 파 리 취 사 니

• 鳥鼠: 鳥鼠山. •棟梁: 동량지재(棟梁之材)의 준말로 국가의 중요한 인물을 비유한다.
마룻대와 들보. •成蹊: 샛길이 생기다. 덕이 높은 사람에게는 절로 흠모하는 사람들이
모여든다는 뜻이다. •到底: 도대체. 필경. 마침내. •爛飮: 폭음하다. •爛醉: 크게 취하다.
《후한서(後漢書)》〈유림전(儒林傳)〉에 근거한다. 이 고사는 다음과 같다. 종묘의례를
관장하는 관원인 주택(周澤)은 온 정성을 다해 재계하고, 재계 후에는 항상 재궁(齋宮)에
서 잠을 잤다. 처가 그의 건강을 염려해 음식을 싸 들고 찾아갔다. 그러나 처를 본
그는 반가워하기는커녕, 노발대발하며 재계 기간의 법령을 어긴 죄로 하옥했다. 당시
사람들은 주택의 처를 매우 동정해 다음과 같은 노래로 그녀를 위로했다. "이 세상에서
어울리지 않게도 태상관의 처가 되었네. 1년 365일 중에서 364일을 재계하네. 재계하지
않는 하루는 취해서 진흙 칠한 것 같은 얼굴이네." 주택의 처는 박복해 시집을 갔어도
과부 신세와 다름없다는 뜻을 나타내고 있다. •玻璃: 유리. 이 구에서는 술잔을 뜻한다.

齊운. 대장의 분석은 다음과 같다.

雁行(기러기 행렬, 명사, 동물)은 萍跡(부평의 자취, 명사, 식물)으로 대장했다.

南/去(남쪽으로 가다, 명사, 방향/동사)에는 東/來(동쪽으로 오다, 명사, 방향/동사)로 대장했다.

瀟湘/北(소상강 북쪽, 지명/명사, 방향)에는 鳥鼠/西(오서산 서쪽, 명사, 지명/방향)로 대장했다. 제3/4구의 대장은 참고할 만하다.

百尺/棟梁(백 척 동량, 숫자/명사)에는 三春桃李(삼춘 도리, 숫자/명사)로 대장했다.

誰/著/價(누가 가치를 맬 수 있겠는가!, 의문사/동사/목적어)에는 自/成/蹊(절로 길을 이루다, 부사/동사/목적어)로 대장했다. 제5/6구의 대장은 참고할 만하다.

寄雲中東堂和尙

운중 동당의 스님에게 부치다

耶律楚材

雲中種出火蓮華　운중에서 화련화를 심어 피워내니
운중종출화련화

到底東堂是作家　마침내 동당은 여기서 일가를 이루었네
도저동당시작가

伏手骨撾腰下劍　손을 모은 형상은 허리 아래 고통
복수골과요하검

笑人家具手中蛇　사람을 웃게 만드는 가구는 손안의 염주
소인가구수중사

三玄戈甲徒心亂　세 가지 현묘한 병기는 심란함을 제거하고
삼현과갑도심란

五位君臣莫眼花　다섯 교리의 군신은 어지러운 마음을 없애주네
오위군신막안화

只遮些兒難理會　다만 이곳에서는 잠시 깨달음을 얻기 어려우니
지저사아난리회

草鞋包裹破袈裟　짚신은 보관하고 가사를 벗네
초혜포과파가사

•火蓮華: 불교 용어로 불 속에 피는 연꽃을 상징한다. 연꽃은 진흙 속에 피어나므로 그 자체로 청정을 상징하지만, 불 속에서 피어나는 연꽃은 극한의 수행을 통해 청정심을 피워낸다는 뜻으로 쓰였다. •家: 정통. 일가. •伏手骨撾: 부처님께 절하는 모습. 수행의 모습. •骨撾: 골과검(骨撾臉)과 같다. 수척한 형상. 劍은 고통, 수행을 뜻한다. •三玄: 세 종류의 오묘한 뜻. 해달별. 《노자》《장자》《주역》의 합칭으로도 사용된다. •五位君臣: 선종(禪宗)인 조동종(曹洞宗)의 교리. 正, 偏, 兼의 세 개념에 君, 臣이 더해졌다. ① 正位는 군의 위치. 眞이 본체이며 본래 物이 없다. ② 偏位는 신하의 위치. 만물에는 상이 있다. ③ 偏中正은 신하는 군주를 향한다는 뜻. 오직 진여(眞如)를 보며, 사상(事相)을 보지 않는다. ④ 正中偏은 군주는 신하를 바라본다는 뜻. 진여를 보지 않고 사상만 보다. ⑤ 兼帶는 군신의 도가 합일된다. 體用, 眞俗, 理事, 淨染 등이 하나로 혼재되다. 正中偏은 군주의 위치, 偏中正은 신하의 위치, 正中來는 군주가 신하를 보는 일, 兼中至는 신하가 군주를 향하는 일, 兼中到는 군신의 합일. •戈甲: 무기와 갑옷이지만, 여기서는

67

麻운. 제7구의 遮는 저(這)와 같다. 측성으로 쓰였다. 대장의 분석은 다음과
같다.

伏/手(손을 엎다, 동사/명사)에는 笑/人(사람을 웃게 하다, 동사/목적어)으로
대장했다.

骨撾(수척한 형상, 명사)에는 家具(가구, 명사)로 대장했다.

腰/下/劍(허리 아래 검, 명사/위치/명사)에는 手/中/蛇(손안의 뱀, 명사/위치/
명사)로 대장했다.

三玄/戈甲(세 가지 오묘한 무기, 숫자/명사형 형용사/명사)에는 五位/君臣(다
섯 교리의 군신, 숫자/명사형 형용사/명사)으로 대장했다.

徒/心亂(심란함을 제거하다, 동사/목적어)에는 莫/眼花(번뇌를 없애다, 동사/
목적어)로 대장했다.

불교 교리를 뜻한다. •徒: 없애다. •莫: 없다. 안정시키다. •眼花: 눈의 어지러움.
세상의 나쁜 것. •理會: 영회(領會)와 같다. •遮: 여기. 이곳. •些兒: 잠시. •草鞋包裹:
짚신을 싸두다. 환속을 의미한다. •破: 파계(破戒). 여기서는 가사를 벗는다는 뜻이다.

紅梅

홍매화

耶律楚材

瘦損佳人冰雪枝　여윈 가인은 눈과 얼음의 가지
수손가인빙설지

天教妝抹入時宜　하늘이 화장하게 한 때는 알맞네
천교장말입시의

小桃嫌鋪翠雲葉　곧 피어날 복숭아꽃은 비취 구름 잎 펼친 것을 싫어하고
소도혐포취운엽

疏杏驚看碧玉枝　필 때가 먼 살구나무는 벽옥 가지를 바라보며 놀라네
소행경간벽옥지

李白詩成怨妃子　이백 시가 이루어지면 (헤어지기 아쉬운) 양귀비에게 원망받고
이백시성원비자

吳宮宴罷醉西施　오나라 궁전 연회 끝나면 서시를 취하게 하네
오궁연파취서시

而今辜負黃昏月　그러나 이제 저녁달을 등지려 하며
이금고부황혼월

只少西湖處士詩　단지 작은 서호에서 선비의 시를 누릴 뿐이라네
지소서호처사시

・瘦損: 여위다. 앙상하다. ・冰雪: 얼음과 눈. 심성의 결백함을 상징한다. ・入時: 시류에
맞다. ・小桃: 초봄에 개화한 복숭아나무. ・雲葉: 구름 조각. 구름 봉우리. 농밀한 잎.
나무 이름을 가리키기도 한다. ・疏: 소통시키다. 드문드문하다. 소원하다. ・妃子: 양귀비.
이백은 궁중연회에서 〈청평조(淸平調)〉를 지어 양귀비의 미모를 극찬했다. ・西施: 미의
화신으로 불린다. 월나라 구천은 와신상담(臥薪嘗膽)하며 오나라에게 복수를 꾀했다.
이에 서시를 오왕 부차에게 헌납하여 오나라를 어지럽히도록 했다. ・辜負: 호의나
기대를 헛되게 하다. 저버리다. ・處: 누리다.

支운. 제1/4구에 枝가 두 번 쓰였다. 看은 평/측 모두 가능하다. 이 구에서는 평성으로 쓰였다. 압운을 두 번 사용하는 것은 율시 창작에서 금기사항이다. 이처럼 압운해선 안 된다는 예로 제시해둔다. 대장의 분석은 다음과 같다.

小/桃(갓 피어날 복숭아나무, 상태/명사)에는 疏/杏(아직 필 때가 조금 이른 살구나무, 상태/명사)으로 대장했다.

嫌/鋪(펼치는 것을 싫어하다, 동사/동사)에는 驚/看(바라보며 놀라다, 동사/동사)으로 대장했다.

翠/雲葉(비취 구름 가지, 색깔, 명사)에는 碧/玉枝(푸른 옥 가지, 색깔, 명사)로 대장했다. 제3/4구는 도치구로 구성되었다.

李白/詩(이백 시, 인명, 명사)에는 吳宮/宴(오나라 궁전의 연회, 지명에 상당함, 명사)으로 대장했다.

成(이루어지다, 동사)에는 罷(끝나다, 동사)로 대장했다.

怨/妃子(양귀비에게 원망받다, 동사/인명)에는 醉/西施(서시를 취하게 하다, 동사/인명)로 대장했다.

제5/6구는 고사의 인용으로 이루어졌다.

요구와 구요 방법은 다음과 같다.

제3구 小桃嫌鋪翠雲葉 측/평/평/평/측/평/측(2/4 평/평, 고평)
제4구 疏杏驚看碧玉枝 평/측/평/평/측/측/평(鋪/看 평/평)

⇕

제3구 小桃嫌鋪翠雲葉 측/평/평/측/평/평/측(鋪/翠 평/측 교환, 구요)
제4구 疏杏驚看碧玉枝 평/측/평/평/측/측/평(위아래 2/4/6 부동)

이 구에서 看은 평성으로 쓰였지만, 측성으로 보아도 구요된다. 측성으로

간주하면 다음과 같다.

제3구 小桃嫌鋪翠雲葉 측/평/평/평/측/평/측(2/4 평/평, 고평)
제4구 疏杏驚看碧玉枝 평/측/평/측/측/측/평(고평, 4/6 측/측)

⇕

제3구 小桃嫌鋪翠雲葉 측/평/평/측/평/평/측(鋪/翠 평/측 교환, 구요)
제4구 疏杏驚看碧玉枝 평/측/측/평/측/측/평(驚/看 평/측 교환, 구요)

구요해도 제4구에는 고평이 나타나지만 제3구에 고측이 안배되었으므로 정
격으로 되돌려졌다. 이처럼 구요해서 고평이 나타나더라도 고측이나 고평으로
대응된다면 상관없다. 구요해서 고평이 나타났는데도 대응구가 평/평/측/측/
평/평/측과 같이 고평이나 고측이 안배되지 않으면 변용이다.

乞扇

부채를 구하다

屈朐圓裁白玉盤　명주를 둥글게 재단한 백옥의 접시 모양
굴 현 원 재 백 옥 반

幽人自翦素琅玕　은사가 직접 재단한 질박한 대나무
유 인 자 전 소 랑 간

全勝織女絞綃帕　너무나도 훌륭한 직녀의 박사 수건
전 승 직 녀 교 초 파

高出湘妃玳瑁斑　빼어난 상비의 거북 무늬
고 출 상 비 대 모 반

座上淸風香細細　좌석의 청풍에 향기는 느릿느릿
좌 상 청 풍 향 세 세

懷中明月淨團團　가슴속 명월에 맑음은 빙글빙글
회 중 명 월 정 단 단

願祈數柄分居士　촘촘한 자루로써 거사 돕기를 기원하면
원 기 촉 병 분 거 사

顚倒陰陽九夏寒　음양을 전도시킨 여름철의 한기여!
전 도 음 양 구 하 한

·屈朐: 서역에서 나는 명주. ·琅玕: 옥돌. 진귀한 것. 옥 나무. 대나무. ·白玉盤: 전설 속의 교인(鮫人)이 생사로 짠 직물. 얇은 사. 박사(薄紗). ·湘妃: 요임금의 두 딸인 아황(娥皇)과 여영(女英)으로 둘 다 순임금에게 시집보냈다. ·高出: 빼어나다. ·細細: 미약하다. 완만하다. ·團團: 아주 동그란 모양. 겹겹이. 빙빙. 빙글빙글. ·淨: 맑다. 결백하다. 정(靜), 정(靚)과 같다. ·數: 촘촘하다. ·分: 나누다. 베풀다. ·九夏: 주로 중국을 가리키지만, 여름철의 90일간이라는 뜻도 있다.

寒운. 대장의 분석은 다음과 같다.

全勝(훌륭하다, 형용동사)에는 高出(빼어나다, 형용동사)로 대장했다.

織女/絞綃/帕(직녀의 박사 천, 인명/명사형 형용사/명사)에는 湘妃/玳瑁/斑(상비의 대모 무늬, 인명/명사형 형용사/명사)으로 대장했다. 부채에 사용된 천과 그림으로 대장했다.

座/上(좌석 위, 명사/위치)에는 懷/中(가슴속, 명사/위치)으로 대장했다.

淸/風(청풍, 형용사/명사)에는 明/月(형용사/명사)로 대장했다.

香/細細(향기는 느릿느릿, 명사/첩어)에는 淨/團團(맑음은 빙글빙글, 동사/첩어)으로 대장했다. 香/淨은 어색하다. 細細/團團은 부채의 효과를 표현하기에는 약간 어색하다.

요구와 구요 방법은 다음과 같다.

제1구 屈昫圓裁白玉盤 평/측/평/평/평/측/평

제2구 幽人自翦素琅玕 평/평/측/측/측/평/평

제3구 全勝織女絞綃帕 평/측/측/측/측/평/측(2/4 측/측)

제4구 高出湘妃玳瑁斑 평/측/평/평/측/측/평(勝/出 측/측)

제5구 座上淸風香細細 측/측/평/평/평/측/측

제6구 懷中明月淨團團 평/평/평/측/측/평/평

⇕

제1구 屈昫圓裁白玉盤 평/측/평/평/평/측/평

제2구 幽人自翦素琅玕 평/평/측/측/측/평/평

제3구 全勝織女絞綃帕 측/평/측/측/측/평/측(全/勝 평/측 교환, 구요)

제4구 高出湘妃玳瑁斑 평/측/평/평/측/측/평(위아래 2/4/6 부동)

제5구 座上淸風香細細 측/측/평/평/평/측/측

제6구 懷中明月淨團團 평/평/평/측/측/평/평

제3구의 勝이 측성이므로 제2/3/4/5의 두 번째 운자는 평/측/측/측으로 안배되어 점대 원칙에 맞지 않다. 全/勝의 평/측을 교환하면 간단하게 해결된다. 자연스럽게 표현하면서 평/측을 응용하는 방법이다.

제7구 願祈數柄分居士 측/평/측/측/평/평/측(고평)
제8구 顚倒陰陽九夏寒 평/측/평/평/측/측/평(고측 안배로 구요)

歧陽 1
기양 1

元好問

突騎連營鳥不飛 돌격하는 기마병의 이어진 병영에는 새도 날지 못하고
돌 기 연 영 조 불 비

北風浩浩發陰機 북풍은 호호탕탕 눈발을 드날리네
북 풍 호 호 발 음 기

三秦形勝無今古 삼진 지방의 천연 요새는 고금에 열린 적이 없었으나
삼 진 형 승 무 금 고

千里傳聞果是非 천 리에 전해지는 소문은 (이러한) 시비를 끝냈다네
천 리 전 문 과 시 비

偃蹇鯨鯢人海涸 오만한 악인 무리에 수많은 사람은 사라지고
언 건 경 예 인 해 학

分明蛇犬鐵山圍 분명한 오랑캐에게 철산은 포위되었네
분 명 사 견 철 산 위

窮途老阮無奇策 길 막힌 완적에게 기묘한 계책 있을 수 없으니
궁 도 노 완 무 기 책

空望岐陽淚滿衣 공연히 기양을 바라보며 눈물만 소매에 가득하네
공 망 기 양 루 만 의

• 원호문(1190~1257): 송금시기 북방문학의 주요 대표. • 정대(正大) 8년(1231) 정월. 몽고군은 기양을 포위했으며, 그해 4월에 함락되었다. 이 시에는 비분강개한 시인의 감정이 잘 드러나 있다. • 陰機: 찬 눈발. 음산한 기운. • 三秦: 관중(關中)의 험한 요새를 달리 이르는 말이다. 삼진 지방의 천연 요새는 고금에 열린 적이 없었으니, 몽고군에 함락되지 않을 것이라는 소문의 시비가 결국 드러났다는 뜻이다. 제아무리 천연 요새일지라도 정치가 부패하면 결국 망한다는 뜻을 제3/4구에서 나타냈다. • 偃蹇: 오만. • 鯢: 큰 물고기로 몽고군의 난폭함을 가리킨다. • 涸: 어색하다. • 窮途: 나아갈 길이 막혔다는 뜻으로 阮籍(완적, 210~263)의 "나아갈 길이 없으니, 수레 역시 막혀, 곧바로 통곡하며 되돌아왔다(不由徑路, 車跡所窮, 輒痛哭而返)"는 구에 근거한다. 완적의 고사를 빌려 자신의 처지를 한탄하고 있다. 완적은 죽림칠현의 한 사람으로 위나라 말기의 정치적 위기 속에서 술과 기행으로 잘 알려져 있다.

微운. 대장의 분석은 다음과 같다.

三秦(삼진, 명사)에는 千里(천 리, 명사)로 대장했다. 지명을 쓰더라도 숫자에는 숫자로 대장해야 한다.

形勝(뛰어난 형세, 명사)에는 傳聞(소식, 명사)으로 대장했다.

無(없다, 동사)에는 果(끝내다, 동사)로 대장했다.

今古(고금, 명사)에는 是非(시비, 명사)로 대장했다. 今古보다 古今이 더욱 알맞다. 도운(倒韻)에 해당한다. 대장은 정확하지만 너무 많은 내용을 담고 있어서 자의대로는 그 뜻이 분명하게 드러나지 않는다.

偃蹇(오만하다, 동사형 형용사)에는 分明(분명하다, 동사형 형용사)으로 대장했다. 鯨/鯢(고래와 고래종류, 명사)에는 蛇/犬(뱀과 개, 명사)으로 대장했다. 동등한 위치의 명사 대장이나, 鯨/鯢의 표현은 어색하다. 人海(사람의 바다, 명사)에는 鐵山(견고한 산성, 명사)으로 대장했다. 涸(마르다, 동사)에는 圍(포위되다, 동사)로 대장했다.

부분적으로 대장은 정확하나 자의대로는 뜻이 분명하게 드러나지 않는다.

요구와 구요 방법은 다음과 같다.

제1구 突騎連營鳥不飛 측/평/평/평/측/측/평(2/4 평/평)
제2구 北風浩浩發陰機 측/평/측/측/측/평/평(騎/風 평/평)

⇕

제1구 突騎連營鳥不飛 평/측/평/평/측/측/평(突/騎 측/평 교환, 구요)
제2구 北風浩浩發陰機 측/평/측/측/측/평/평(위아래 2/4/6 부동)

제3/4구와 관련지어 나타내면 다음과 같다.

제1구 突騎連營鳥不飛 평/측/평/평/측/측/평

제2구 北風浩浩發陰機 측/평/측/측/측/평/평

제3구 三秦形勝無今古 평/평/평/측/평/평/측

제4구 千里傳聞果是非 평/측/평/평/측/측/평

제1구의 突/騎는 측/평으로 제2구의 2/4/6 부동 원칙에 맞지 않는다. 제2구의 風은 제1구의 騎와 평/평으로 같다. 突/騎의 평/측을 바꾸어 구요했다.

歧陽 2
기양 2

百二關河草不橫　진나라 산하는 잡초조차 가리지 못할 정도로
백 이 관 하 초 불 횡

十年戎馬暗秦京　십 년 동안의 전쟁은 진나라 수도를 암흑 속에 (빠뜨렸네)
십 년 융 마 암 진 경

岐陽西望無來信　기양의 서쪽 전망에는 좋은 소식 없고
기 양 서 망 무 래 신

隴水東流聞哭聲　용수의 동쪽 강물에는 통곡 소리만 들리네
농 수 동 류 문 곡 성

野蔓有情縈戰骨　들판의 잡초 넝쿨만 정 품어 전사의 백골을 휘감았고
야 만 유 정 영 전 골

殘陽何意照空城　석양은 무슨 뜻으로 빈 성을 비추는가!
잔 양 하 의 조 공 성

從誰細向蒼蒼問　누구를 따라야 주밀한지 하늘 향해 묻노라!
종 수 세 향 창 창 문

爭遣蚩尤作五兵　다투어 악인 치우를 보내어 전쟁을 일으키네
쟁 견 치 우 작 오 병

•百二關河: 진(秦)나라의 험난하고 견고한 땅을 가리킨다. •蒼蒼: 하늘. •蚩尤: 전설상의
인물로 황제(黃帝)에게 패해 죽임을 당했다. •五兵: 다섯 종류의 병기로 군대, 전쟁을
상징한다.

庚운. 대장의 분석은 다음과 같다.

岐陽/西/望(기양의 서쪽 전망, 지명/방향/명사)에는 隴水/東流(농수의 동쪽 강물, 지명/방향/명사)로 대장했다.

無/來信(소식을 듣지 못하다, 동사/목적어)에는 聞/哭聲(통곡 소리를 듣다, 동사/목적어)으로 대장했다.

野/蔓(들판의 잡초 넝쿨, 명사형 형용사/명사)에는 殘/陽(석양, 형용사/명사)으로 대장했다.

有/情(유정, 동사/명사)에는 何/意(무슨 뜻, 의문사/명사)로 대장했다. 有/何와 같은 형태의 동사/의문사 대장은 가끔 나타난다. 縈/戰骨(전사자의 백골을 감싸다, 동사/목적어)에는 照/空城(빈 성을 비추다, 동사/목적어)으로 대장했다.

歧陽 3
기양 3

眈眈九虎護秦關 (지난날) 범 같은 아홉 장군은 진관을 보호하며
탐 탐 구 호 호 진 관

懦楚屖齊机上看 유약한 초와 제나라를 도마 위의 (고기처럼) 바라보았다네
나 초 잔 제 궤 상 간

禹貢土田推陸海 《상서》에 기록한 비옥한 땅은 육지와 바다 모두 추천했고
우 공 토 전 추 육 해

漢家封徼盡天山 (기양을 포함한) 한나라의 변경은 천산까지 미쳤다네
한 가 봉 요 진 천 산

北風獵獵悲笳發 (지금은) 북풍 소리에 비장한 오랑캐 노래만 일고
북 풍 엽 렵 비 가 발

渭水瀟瀟戰骨寒 위수의 세찬 물소리에 전사자의 백골만 차갑네
위 수 소 소 전 골 한

三十六峰長劍在 화산의 서른여섯 봉우리도 장검처럼 서 있을 뿐!
삼 십 육 봉 장 검 재

倚天仙掌惜空閑 하늘에 기댄 선인장 봉도 애처로이 막아섰을 뿐!
의 천 선 장 석 공 한

•眈眈九虎: 호시탐탐(虎視眈眈)의 변용. 범이 먹이를 노리는 모습으로 기회를 엿본다는 뜻이지만, 이 구에서는 지난날의 물샐틈없는 수비를 나타내는 말로 쓰였다. •禹貢: 《상서(尙書)》 중의 한 편. 상고시대의 중국 국토 범위가 기재되어 있다. •陸海: 산물이 풍부한 지역이라는 뜻으로 쓰였다. •閑: 보위하다. 막아서다. 나라가 망해가는 안타까운 심정을 나타낸다.

删운. 제2구의 압운인 看은 寒운에 속하지만, 删운과 寒운은 통운할 수 있다. 그러나 율시에서 통운은 적절하지 못하다는 예로써 제시한다. 제5구의 北/風/獵은 측/평/측으로 고평이지만, 첫 부분의 고평은 허용된다. 대장의 분석은 다음과 같다.

禹貢(역사 기록)에는 漢家(조정)로 대장했다.

土田(토지)에는 封畿(토지의 범위)으로 대장했다. 어색한 대장이다. 土田은 田土가 자연스러우나 평/측의 안배 때문에 도치되었다.

推/陸海(동사/목적어)에는 盡/天山(동사/목적어)으로 대장했다. 偏枯의 대장이다. 陸과 海의 비중은 동등하지만, 天山은 비중이 다르기 때문이다.

北風(명사)에는 渭水(지명, 명사)로 대장했다. 어색한 대장이다. 지명에는 인명 또는 지명으로 대장해야 한다.

獵獵(첩어)에는 瀟瀟(첩어)로 대장했다.

悲/笳(비장한 오랑캐 노래, 형용사/명사)에는 戰骨(전사자의 백골, 명사형 형용사/명사)로 대장했다. 어색한 대장이다.

發(동사)에는 寒(형용동사)으로 대장했다.

표현의 의기는 충만하지만, 율시의 구성으로는 약간 부족함이 느껴진다. 굳이 율시로 나타내어야 했는지 의문이다. 歧陽 3수의 내용은 차라리 고시의 구성이 알맞을 것 같다.

嶽鄂王墓
악비의 묘

趙孟頫

鄂王墳上草離離　악비의 묘에는 풀만 무성한 채
악왕분상초리리

秋日荒涼石獸危　가을날의 황량함 속에 석물은 위태롭네
추일황량석수위

南渡君臣輕社稷　남쪽으로 천도한 군신들은 사직을 경시했는데도
남도군신경사직

中原父老望旌旗　중원의 부로들은 군대의 깃발만 애타게 기다렸네
중원부로망정기

英雄已死嗟何及　영웅은 이미 죽어 탄식해도 소용없고
영웅이사차하급

天下中分遂不支　천하는 나누어져 결국 지탱될 수 없었네
천하중분수부지

莫向西湖歌此曲　서호를 향해 이 노래를 부르지 말라!
막향서호가차곡

水光山色不勝悲　산수의 풍경에는 슬픔을 떠올릴 수 없으니!
수광산색불승비

• 조맹부(1254~1322): 만송말기에서 원나라 초기의 관원. 서법가. 시인. •嶽鄂王墓:
항주(杭州) 서호(西湖)에 있다. •嶽飛: 소흥(紹興) 11년(1142)에 권간(權奸), 진회(秦檜)
등의 모함으로 살해당했다. 송대 영종(寧宗) 가태(嘉泰) 4년(1204)에 鄂王으로 추봉되었
다. •離離: 풀이 무성한 모습. •石獸: 묘 앞에 장식한 석물. •南渡君臣: 남송 고종
때 조구(趙構) 등으로 대표되는 통치 집단을 가리킨다. 북송이 망한 뒤, 남방인 임안(臨安)
에 수도를 건설했기 때문에 역사에서는 남도로 칭한다. •社稷: 국가. 社는 토지 신,
稷은 곡식 신. •望旌旗: 남송의 대군이 도래하기를 간절히 바란다는 뜻이다. 정기는
군대의 깃발 또는 군대를 상징한다. •嗟何及: 후회와 탄식이 이미 늦다. •天下中分遂不支:
이로부터 국가가 남북으로 양분되었으며, 또한 남송의 반벽강산(半壁江山)도 지탱될
수 없어 결국은 멸망했다는 뜻이다.

支운. 제8구의 勝은 昇(평성)과 같다. 슬픔을 이길 수 없다는 뜻이 아니다. 두보의 〈춘망(春望)〉에서 "아무리 애를 써도 비녀 올릴 수 없네(渾欲不勝簪)"와 같다. 勝을 이기다의 뜻으로 쓰면 평/측 안배가 어긋난다. 대장의 분석은 다음 과 같다.

南渡/君臣(남도의 군신, 명사형 형용사/명사)에는 中原/父老(중원의 부로, 명 사형 형용사/명사)로 대장했다. 南과 中은 위치와 위치의 대장이다.

輕/社稷(사직을 경시하다, 동사/목적어)에는 望/旌旗(군대가 오기를 바라다, 동 사/목적어)로 대장했다.

英雄/已/死(영웅은 이미 죽다, 주어/부사/동사)에는 天下/中/分(천하는 중간 에서 나누어지다, 주어/부사형/동사)으로 대장했다. 中은 남송과 북송으로 반반 씩 나누어졌다는 뜻이다. 已와 中은 약간 어색하다.

嗟何及(탄식해도 소용없다)에 遂不支(결국은 지탱할 수 없었다)는 올바른 대장 이다. 何와 不처럼 의문사와 부정사의 대장은 가끔 나타난다.

賣花聲
웃음을 파는 소리

謝宗可

春光叫盡費千金　춘광은 천금을 모두 소비하라고 소리치고
춘 광 규 진 비 천 금

紫豔紅香藉好音　자색과 진홍색의 향기는 호음을 빌리네
자 염 홍 향 자 호 음

幾處喚回遊冶夢　어느 곳에서는 방탕한 꿈을 소환하고
기 처 환 회 유 야 몽

誰家不動惜芳心　누구 집에서는 아쉽고 애틋한 마음에도 흔들리지 않네
수 가 부 동 석 방 심

響穿紅霧樓臺曉　가락은 붉은 안개가 자욱한 누대의 새벽을 관통하고
향 천 홍 무 누 대 효

情逐香風巷陌深　정은 향기로운 바람이 부는 골목의 깊숙함을 따르네
정 축 향 풍 항 맥 심

妝鏡美人聽未了　화장한 미인의 결정은 아직 끝나기도 전에
장 경 미 인 청 미 료

繡簾低揭畫簷陰　화려한 주렴은 낮게 그림 처마에 걸려 은밀하네
수 렴 저 게 화 첨 음

• 사종가(1330~?): 원대 시인. • 賣花: 매소(賣笑)와 같다. 웃음을 팔다. 기루의 여인들을
가리킨다. • 春光: 춘광사설(春光乍泄)과 같다. 은밀한 부위를 갑자기 드러내다. • 費:
소비하다. 빛나다. • 豔紅: 진홍색. • 喚回: 불러들이다. 소환하다. 기억 따위를 불러
돌이키다. • 遊冶: 야유(冶遊)와 같다. 주색에 빠져 방탕하게 놀다. • 不動: 여인을 유혹하
는 남자와 유혹에 넘어가지 않는 여인의 상황을 나타낸다. • 芳心: 애틋한 마음. • 紅霧:
술과 여인과 담배 연기 자욱한 상황을 나타낸다. • 巷陌: 길거리와 골목의 통칭. • 妝鏡:
화장용 거울. 화장. • 聽: 기녀의 허락을 기다린다는 뜻으로 쓰였다.

侵운. 제1구는 평/측 안배 때문에 도치되었다. 대장의 분석은 다음과 같다.

幾/處(몇몇 곳, 의문사/명사)는 誰/家(누구의 집, 의문사/명사)로 대장했다. 喚回/遊冶夢(방탕의 꿈을 소환하다, 동사/목적어)에는 不動/惜芳心(애타는 마음에도 흔들리지 않다, 동사/목적어)으로 대장했다. 제3/4구의 구성은 때로 참고할 만하다.

響/穿/紅霧樓臺/曉(메아리는 붉은 연기 자욱한 누대의 새벽을 관통하다, 명사/동사/명사형 형용사/명사)에는 情/逐/香風巷陌/深(정은 향기로운 바람 가득한 골목의 깊이를 따르다, 명사/동사/명사형 형용사/명사)으로 대장했다. 이런 구성은 간혹 참고할 만하다.

白燕

상서로운 흰 꼬리 제비

袁凱

故國飄零事已非
고국표령사이비
고국은 영락하여 사업은 이미 어긋났으니

舊時王謝見應稀
구시왕사견응희
지난날 왕씨와 사씨 같은 집안 보는 것은 응당 드물다네

月明漢水初無影
월명한수초무영
달이 한수를 밝혀도 처음부터 (백연의) 그림자는 없었고

雪滿梁園尙未歸
설만양원상미귀
눈이 양원에 쌓여 (백연은) 여전히 돌아가지 못하네

柳絮池塘香入夢
유서지당향입몽
버들개지 연못 향기는 꿈속에서만 스며들고

梨花庭院冷侵衣
이화정원냉침의
배꽃 정원의 쓸쓸함만 옷 속에 스며드네

趙家姉妹多相忌
조가자매다상기
조비연 자매는 상대에게 질투 많았으니

莫向昭陽殿里飛
막향소양전리비
아무도 조양궁 속에서는 날 수 없었네

• 원개(생졸년 미상): 명대 초기 시인. • 白燕: 백연(白鷰)으로도 쓴다. 꼬리가 흰 제비. 상서로운 징조로 여겼다. • 飄零: 꽃잎 따위가 우수수 떨어지다. 영락하다. • 제3/4구는 자신을 알아주지 못하는 세상에 대한 한탄이다. • 王謝: 육조시대 낭야(琅琊) 왕씨와 진군(陳郡) 사씨의 합칭으로 권문세가의 대명사로 불린다. • 梁園: 한대 양(梁)나라 효왕(孝王)이 천하의 문사들을 모아 연회를 열었던 원림으로 역대 문인들은 종종 인용해 찬양한다. 뛰어난 선비들이 모이는 장소의 대명사로 불린다. • 影: 음덕. • 趙家姉妹: 조비연(趙飛燕)과 동생 조합덕(趙合德). 둘 다 성제(成帝)에게 총애를 받았다. • 昭陽殿: 한 성제가 조합덕을 위해 지은 별궁이다.

86

微운. 대장의 분석은 다음과 같다.

月/明/漢水(달은 한수에 밝다, 명사/동사/목적어)에는 雪/滿/梁園(눈은 양원에 가득하다, 명사/동사/목적어)으로 대장했다.

初/無影(본래부터 그림자가 없다, 부사/동사)에는 尙/未歸(여전히 돌아가지 못하다, 부사/동사)로 대장했다.

柳絮/池塘(버들개지, 명사형 형용사/명사)에는 梨花/庭院(배꽃 정원, 명사형 형용사/명사)으로 대장했다.

香/入/夢(향기는 꿈속에 스며들다, 명사/동사/목적어)에는 冷/侵/衣(쓸쓸함은 옷 속에 스며들다, 명사/동사/목적어)로 대장했다. 香/冷은 표현상으로는 옳지만 약간 어색하다.

唐叔良溪居

당숙량이 염계에 살다

張羽

高齋每到思無窮
고 재 매 도 사 무 궁
고아한 서재에 올 때마다 생각은 무궁하고

門巷玲瓏野望通
문 항 영 롱 야 망 통
문밖 길은 아름답고 들판의 조망이 통하네

片雨隔村猶夕照
편 우 격 촌 유 석 조
편우의 저편 마을에는 여전히 저녁 햇살

疏林映水已秋風
소 림 영 수 이 추 풍
성긴 숲이 비친 물에 이미 가을바람

藥囊詩卷閑行後
약 낭 시 권 한 행 후
약주머니와 시권으로 한가하게 걸은 후

香炧燈光靜坐中
향 사 등 광 정 좌 중
남은 초 등불에 조용히 앉아 있네

爲問只今江海上
위 문 지 금 강 해 상
지금의 강호에 대해 묻는다면

如君無事幾人同
여 군 무 사 기 인 동
그대처럼 무사한 사람이 몇 명이나 있을까!

•장우(1333~1385): 원말명초 시인. •高齋: 고아한 서재. 타인의 가옥에 대한 경칭으로
쓰인다. •野望: 넓은 들판을 조망하다. •片雨: 국지적으로 내리는 비. •隔村: 촌락이
떨어져 있는 모습. •疏林: 나무가 성긴 숲. •惠風: 미풍과 같다. •藥囊: 약을 넣어놓은
주머니. •香炧: 타다 남은 초를 가리킨다.

東운. 思는 측성으로 쓰였다. 去聲 置운에 속한다. 측성일 때는 명사로만 써야 한다. 대장의 분석은 다음과 같다.

片雨(국지적인 비, 명사)에는 疏林(성긴 숲, 명사)으로 대장했다.

隔村(마을에서 떨어지다, 동사/목적어)에는 映水(물에 비치다, 동사/목적어)로 대장했다.

猶(여전히, 부사)에는 已(이미, 부사)로 대장했다.

夕照(저녁 햇살, 명사)에는 秋風(가을바람, 명사)으로 대장했다.

藥囊/詩卷(약 자루와 시권, 명사/명사)에는 香炧/燈光(초와 등불, 명사/명사)으로 대장했다.

閑(한가롭게, 부사)에는 靜(고요히, 부사)으로 대장했다.

行/後(간 후, 동사/위치)에는 坐/中(앉은 가운데, 동사/위치)으로 대장했다.

清明呈館中諸公
청명절에 여러 관원에게 드리다

高啟

新煙著柳禁垣斜 봄기운 가득한 버드나무는 황궁 담장에 비켜 있고
신 연 착 류 금 원 사

杏酪分香俗共誇 은행 죽에서 퍼지는 향기 속의 풍속은 함께 기뻐하네
행 락 분 향 속 공 과

白下有山皆繞郭 백하에는 여러 산이 모두 다 성곽을 둘러싸고
백 하 유 산 개 요 곽

清明無客不思家 청명에는 고향 생각하지 않는 사람 없네
청 명 무 객 불 사 가

卞侯墓下迷芳草 변후의 묘 아래는 방초로 어지럽고
변 후 묘 하 미 방 초

盧女門前映落花 기녀의 문전은 낙화에 빛나네
노 녀 문 전 영 낙 화

喜得故人同待詔 친구들이 기뻐하며 한림원에 동반하니
희 득 고 인 동 대 조

擬沽春酒醉京華 봄 술 구해 마시며 경화의 모습에 취하려 하네
의 고 춘 주 취 경 화

• 고계(1336~1373): 원말명초 시인. •館中諸公: 송렴(宋濂), 왕의(王禕), 주우(朱右) 등 16인으로 館은 한림원 국사편수관을 가리킨다. •新煙: 한식 후에 새로 피어나는 연기. 왕성한 봄기운을 나타낸다. •禁垣: 황궁의 담장. •杏酪: 한식 무렵 3일간 발효한 쌀과 보리에 은행을 찧어 넣어 죽을 만들어 먹는 풍습을 가리킨다. •誇: 자랑하다. 사치스럽다. 이 구에서는 청명 시절 풍속의 성대함을 나타낸다. •白下: 南京의 별칭. •卞侯: 동진의 이름난 재상인 卞壼(변호, 281~328)를 가리킨다. •盧女: 고대 가상의 인물로 노래를 잘하는 여자를 상징한다. 기녀. •待詔: 명대 한림원 내에 설치한 관직으로 상소 문건을 주로 담당했다. •春酒: 청명주. •擬: …하려 하다.

麻운. 대장의 분석은 다음과 같다.

白下(지명)에는 淸明(절기)로 대장했다. 동일한 품사의 대장이다. 당송대의 작품에서는 이러한 대장이 잘 나타나지 않는다. 지명에 下가 나타났으므로, 위치를 나타내는 운자를 쓰면 더욱 묘미 있는 대장이 될 수 있다.

有山/皆/繞/郭(여러 산은 모두 성곽에 둘러싸여 있다, 주어/부사/동사/목적어)에는 無客不思家(고향을 생각하지 않는 손님은 없다, 주어/부사/동사/목적어)로 대장했다. 우리말로는 어색하지만 올바른 대장이다. 有에는 無, 皆에는 不로 대장했다.

卞侯墓/下(변후의 묘 아래, 명사/위치)에는 盧女門/前(기녀의 문 앞, 명사/위치)으로 대장했다.

迷/芳草(방초에 어지럽다, 형용동사/목적어)에는 映/落花(낙화에 빛나다, 형용동사/목적어)로 대장했다.

요구와 구요 방법은 다음과 같다.

제5구 卞侯墓下迷芳草 측/평/측/측/평/평/측(고평)
제6구 盧女門前映落花 평/측/평/평/측/측/평(고측 안배로 구요)

梅花 1
매화 1

瓊姿只合在瑤臺 옥 같은 자태 오직 부합하는 곳은 요대뿐인데도
경 자 지 합 재 요 대

誰向江南處處栽 누가 강남 곳곳에 심어놓았나?
수 향 강 남 처 처 재

雪滿山中高士臥 눈 쌓인 산속에 고상한 선비 누웠으니
설 만 산 중 고 사 와

月明林下美人來 달 밝은 숲 아래에서 미인이 다가오네
월 명 임 하 미 인 래

寒依疏影蕭蕭竹 추위에는 쓸쓸한 대나무가 성긴 그림자를 의지하고
한 의 소 영 소 소 죽

春掩殘香漠漠苔 봄에는 자욱한 이끼가 남은 향기를 가리네
춘 엄 잔 향 막 막 태

自去何郎無好詠 하손이 떠난 후로는 아름다운 노랫소리 끊겼으니
자 거 하 랑 무 호 영

東風愁寂幾回開 춘풍은 근심과 적막 속에 몇 번이나 돌아서 피운 것인가!
동 풍 수 적 기 회 개

• 美人: 매화의 모습을 가리킨다. • 제6구는 봄이 되어 매화 꽃잎이 녹은 진흙땅에
떨어지면, 이끼가 매화꽃의 남은 향기를 가린다는 뜻으로 쓰였다.

灰운. 제6구의 苔는 압운자로 부자연스러우나, 달리 대체할 압운자가 없다. 대장의 분석은 다음과 같다.

雪/滿/山中(눈이 가득 쌓인 산중, 주어/동사/명사)에는 月/明/林下(달 밝은 숲 아래, 주어/동사/명사)로 대장했다. 위치에는 위치로 대장한다.

高士/臥(고상한 선비가 누워 있다, 주어/동사)에는 美人/來(미인이 다가오다, 주어/동사)로 대장했다.

寒/依/疏影(추위는 성긴 그림자에 의지하다, 주어/동사/목적어)에는 春/掩/殘香(봄은 남은 향기를 덮다, 주어/동사/목적어)으로 대장했다.

蕭蕭/竹(쓸쓸한 대나무, 부사형 동사/목적어)에는 漠漠/苔(이끼를 짙게 하다, 부사형 동사/목적어)로 대장했다. 蕭蕭와 漠漠처럼 첩어에는 첩어로 대장한다.

寒依疏影蕭蕭竹은 寒蕭蕭竹依疏影의 도치, 春掩殘香漠漠苔는 春漠漠苔掩殘香의 도치다. 평/측 안배 때문에 자의의 순서가 바뀌었다.

梅花 2
매화 2

高啟

翠羽驚飛別樹頭　물총새 놀라 날아 다른 나뭇가지 끝으로 옮겨 가고
취 우 경 비 별 수 두

冷香狼籍倩誰收　맑은 향 낭자하고 모습 고와도 누가 거두겠는가
냉 향 낭 자 천 수 수

騎驢客醉風吹帽　나귀 탄 취한 객에게 바람은 두건에 불고
기 려 객 취 풍 취 모

放鶴人歸雪滿舟　학 본받아 돌아오는 주인에게 눈은 배에 가득했네
방 학 인 귀 설 만 주

淡月微雲皆似夢　어슴푸레한 달빛과 옅은 구름 모두 꿈과 같고
담 월 미 운 개 사 몽

空山流水獨成愁　쓸쓸한 산과 유수에 유독 근심 일어나네
공 산 유 수 독 성 수

幾看孤影低徊處　그 얼마나 외로운 그림자 보며 배회한 곳인가 마는
기 간 고 영 저 회 처

只道花神夜出遊　단지 화신이 밤에 나와 거닌다고 여긴다네
지 도 화 신 야 출 유

94

尤운. 대장의 분석은 다음과 같다.

騎/驢(나귀를 타다, 동사/목적어)에는 放/鶴(학에게 의지하다, 동사/목적어)으로 대장했다.

客/醉(객이 취하다, 주어/동사)에는 人/歸(사람이 돌아가다, 주어/동사)로 대장했다. 평/측 안배 때문에 騎驢醉客과 放鶴歸人이 도치되었다. 驢/鶴, 客/人은 자연스러운 대장이다.

風/吹/帽(바람은 두건을 불어 올리다, 주어/동사/목적어)에는 雪/滿/舟(눈은 배에 가득하다, 주어/동사/목적어)로 대장했다. 제3/4구는 도치된 부분이 나타나기는 하지만 대장의 정식이다. 雪은 매화꽃잎을 가리킨다.

淡月/微雲(어슴푸레한 달빛과 옅은 구름, 명사/명사)에는 空山/流水(쓸쓸한 산과 유수, 명사/명사)로 대장했다.

皆/似/夢(모두 꿈과 같다, 부사/동사/목적어)에는 獨/成/愁(유독 근심을 일게 하다, 부사/동사/목적어)로 대장했다.

初夏江村

초여름 강촌

輕衣軟履步江沙 가벼운 옷 가뿐한 신발로 강가 모래밭을 걷는데
경 의 연 리 보 강 사

樹暗前村定幾家 나무에 가려진 앞마을은 몇 집뿐이네
수 암 전 촌 정 기 가

水滿乳鳧翻藕葉 넘실거리는 강물의 새끼오리는 연잎을 뒤집고
수 만 유 부 변 우 엽

風疏飛燕拂桐花 이따금 부는 바람에 나는 제비는 오동나무 꽃을 스치네
풍 소 비 연 불 동 화

渡頭正見橫漁艇 나루 근처에는 곧바로 가로놓인 어부들의 배를 볼 수 있고
도 두 정 견 횡 어 정

林外時聞響緯車 숲 밖에서는 이따금 울리는 물레 소리를 들을 수 있네
임 외 시 문 향 위 거

最是黃梅時節近 제일 좋은 것은 매실 익는 계절이 가까워지며
최 시 황 매 시 절 근

雨餘歸路有鳴蛙 비 방금 그친 뒤의 귀로에서 개구리 소리 들을 때라네
우 여 귀 로 유 명 와

• 緯車: 방거(紡車)와 같다. 물레. •黃梅: 익은 매실. 때로는 살구의 뜻으로도 쓰인다.
• 雨餘: 餘는 나머지. 방금이란 뜻으로 쓰였다.

麻운. 대장의 분석은 다음과 같다.

水/滿(물이 가득 차다, 명사/형용동사)에는 風/疏(바람이 이따금 불다, 명사/동사)로 대장했다. 평/측 안배에 영향이 없으므로 滿水/疏風의 대장이 더 자연스럽다. 제5/6구의 渡/林 대장과 연관 지어 보면 알 수 있다. 즉 물은~, 바람은~, 나루터는~, 숲은~, 형식은 가능한 피하는 편이 좋다. 합장(合掌)에 가깝기 때문이다. 물론 이 시의 구성은 합장을 피했다.

乳/鳧(갓 태어난 오리, 형용동사/명사)에는 飛/燕(나는 제비, 형용동사/명사)으로 대장했다.

翻/藕葉(연잎을 뒤집다, 동사/목적어)에는 拂/桐花(오동나무 꽃을 스치다, 동사/목적어)로 대장했다. 제3/4구의 대장은 참고할 만하다.

渡/頭(나루터 앞, 명사/위치)에는 林/外(숲 밖, 명사/위치)로 대장했다. 위치에 위치의 대장은 상용하는 대장이다.

正(바로, 부사)에는 時(때때로, 부사)로 대장했다.

見/橫漁艇(가로놓인 어부의 배를 보다, 동사/목적어)에는 聞/響緯車(울리는 물레 소리를 듣다, 동사/목적어)로 대장했다.

요구와 구요 방법은 다음과 같다.

제5구 渡頭正見橫漁艇 측/평/측/측/평/평/측 (고평)
제6구 林外時聞響緯車 평/측/평/평/측/측/평 (고측 안배로 구요)

첫 부분의 고평은 구요하지 않아도 되지만, 이처럼 구요하는 것이 상용하는 방법이다.

秋日江居寫懷 1
가을날 강촌에 거처하며 회포를 쓰다 1

高啓

每看搖落即成悲　매번 낙엽을 볼 때마다 곧바로 슬퍼지는데
매 간 요 락 즉 성 비

況在漂零與別離　하물며 영락과 이별의 처지에 있었으랴!
황 재 표 령 여 별 리

爲客偶當鱸美處　객인데도 뜻밖에 농어를 맛보는 좋은 곳에 처했으니
위 객 우 당 로 미 처

思兄正值雁來時　형 생각하는데 그야말로 서신 오는 때와 맞먹네
사 형 정 치 안 래 시

天邊暝爲秋陰早　하늘가 황혼은 가을 음기 때문에 빨리 오고
천 변 명 위 추 음 조

江上寒因歲閏遲　강 위의 추위는 윤달이 들었기 때문에 늦게 가네
강 상 한 인 세 윤 지

莫把豐姿比楊柳　풍도와 자태를 버들에 비교해서는 안 되지만
막 파 풍 자 비 양 류

愁多蕭颯恐先衰　근심과 쓸쓸함 깊어 먼저 쇠락할까 두렵네
수 다 소 삽 공 선 쇠

• 搖落: 조락(凋落)하다. 낙엽. •漂零: 꽃잎 따위가 우수수 떨어지다. 영락하다. •值:
값, 가치에 상당하다. •暝: 날이 저물다. 해가 지다. 황혼. •豐姿: 風姿와 같다. 풍도와
자태. •蕭颯: 쓸쓸하다. •雁來: 기러기가 날아오다. 편지를 상징한다.

支운. 대장의 분석은 다음과 같다.

爲/客(객이 되다, 동사/명사)에는 思/兄(형을 그리워하다, 동사/명사)으로 대장했다.

偶(우연히, 부사)에는 正(바야흐로, 부사)으로 대장했다.

當/鱸美/處(농어가 맛있는 곳에 처하다, 동사/목적어)에는 値/雁來/時(서신이 오는 때와 맞먹다, 동사/목적어)로 대장했다. 美/來는 약간 어색하다.

天/邊(하늘가, 자연/위치)에는 江/上(강 위, 강변, 자연/위치)으로 대장했다.

爲/秋陰/早(가을 음기 때문에 빨리 오다, 동사/명사/동사)에는 因/歲閏/遲(윤달이 들었기 때문에 늦다, 동사/명사/동사)로 대장했다. 대장은 정확하지만 표현은 어색하다.

요구와 구요 방법은 다음과 같다.

제7구 莫把豐姿比楊柳 측/측/평/평/측/평/측(고평)
제8구 愁多蕭颯恐先衰 평/평/평/측/측/평/평(楊/先 평/평)
　　　　　　　　　⇕
제7구 莫把豐姿比楊柳 측/측/평/평/평/측/측(比/楊, 측/평 교환, 구요)
제8구 愁多蕭颯恐先衰 평/평/평/측/측/평/평(위아래 2/4/6 부동)

상용하는 요구와 구요 방법이다.

秋日江居寫懷 2
가을날 강촌에 거처하며 회포를 쓰다 2

高啓

舌在休誇術未窮　말은 자랑을 그쳐도 재능 다하지 못했지만
설 재 휴 과 술 미 궁

且將蹤跡托漁翁　당분간 앞으로의 종적은 어옹에게 의탁하려 하네
차 장 종 적 탁 어 옹

芙蓉澤國彌漫雨　부용 연못 고장은 비로 자욱하고
부 용 택 국 미 만 우

禾黍田苗掩冉風　벼와 기장밭의 이삭은 바람에 쓸리네
화 서 전 묘 엄 염 풍

身計未成先業廢　계획을 이루지 못해 선업은 쓸모없어지고
신 계 미 성 선 업 폐

心懷欲說舊交空　심회를 말하려 해도 옛 친구는 없네
심 회 욕 설 구 교 공

楚雲吳樹無窮恨　초나라 구름 오나라 나무의 무궁한 한
초 운 오 수 무 궁 한

都在蕭條隱几中　모두 다 탁자에 기댄 쓸쓸함 속에 있네
도 재 소 조 은 궤 중

•休: 사직하다. 그치다. •澤國: 수향택국(水鄉澤國)의 준말. 호수나 늪이 많은 지방.
•禾黍: 벼와 기장. •苗: 싹, 곡식. 이 구에서는 이삭을 뜻한다. •掩冉: 엄염(掩苒)으로도
쓴다. 쓸리다. 유약한 모습. •身計: 생계 또는 자신의 계획. •先業: 선대의 업적. 죄업.
•楚雲: 초나라 하늘의 구름. 여인의 아름다운 튼 머리. •蕭條隱幾: 隱幾蕭條의 도치로
隱은 의탁하다. 궤(几)는 작은 탁자. 두보의 시 〈소한식주중작(小寒食舟中作)〉에 나오는
"책상에 기대어 쓸쓸히 은자의 관을 쓰고 있네(隱幾蕭條戴鶡冠)"의 도치 인용이다.

東운. 대장의 분석은 다음과 같다.

芙蓉澤/國(연꽃 연못 고장, 명사형 형용사/명사)에는 禾黍田/苗(벼와 기장 밭의 이삭, 명사형 형용사/명사)로 대장했다. 苗(miáo)는 어색하다. 수(穗, suì)가 더 적합하지만 측성이어서 黍와 평/측 안배가 맞지 않기 때문에 苗를 썼다. 芙蓉/禾黍는 편고의 대장에 해당한다. 芙와 蓉은 둘 다 연의 뜻이지만, 禾와 黍는 다른 뜻이기 때문이다.

彌漫/雨(비로 자욱하다, 동사/자연)에는 掩冉/風(바람에 휩쓸리다, 동사/자연)으로 대장했다. 상용하는 대장이며, 참고할 만하다.

身計(계획, 명사)에는 心懷(심회, 명사)로 대장했다.

未成(이루지 못하다, 동사)에는 欲說(말하려 하다, 동사)로 대장했다.

先業/廢(선업은 쓸모없다, 명사/동사)에는 舊交/空(옛 친구는 사라지다, 명사/동사)으로 대장했다.

요구와 구요 방법은 다음과 같다.

제3구 芙蓉澤國彌漫雨　평/평/측/측/평/측/측(4/6 평/평)
제4구 禾黍田苗掩冉風　평/측/평/평/측/측/평(漫/冉 측/측)
　　　　　　　　⇕
제3구 芙蓉澤國彌漫雨　평/평/측/측/측/평/측(彌/漫 평/측 교환, 구요)
제4구 禾黍田苗掩冉風　평/측/평/평/측/측/평(위아래 2/4/6 부동)

彌/漫의 평/측을 교환하더라도 고평이 된다. 이 고평에는 제4구의 첫 부분인 禾/黍/田이 고측으로 안배되었다. 평/측을 능숙하게 안배하는 시인의 능력을 엿볼 수 있다.

落花 1
낙화 1

剩紫殘紅慘不禁 남은 자색 시든 붉음에 참담함은 금할 길 없고
잉자잔홍참불금

狂蜂醉蝶杳難尋 맹렬한 벌과 미혹된 나비는 묘연히 찾기 어렵네
광봉취접묘난심

閑階半蝕苔痕淺 한가한 계단을 절반 침식한 이끼 흔적은 옅고
한계반식태흔천

曲徑全埋草色深 굽은 길을 모두 묻은 풀색은 짙네
곡경전매초색심

遊子驟驚風雨夢 나그네는 종종 비바람의 꿈에 놀라지만
유자취경풍우몽

美人長抱歲時心 미인은 오랫동안 사계절의 마음을 품었다네
미인장포세시심

枝頭取次成靑子 가지 끝은 차츰 푸른 잎을 이루니
지두취차성청자

且共攜尊坐綠陰 또다시 모두 노인을 모시고 녹음 아래 앉네
차공휴존좌녹음

• 신시행(1535~1614): 명대 대신. •歲時: 사계절. 세시. •取次: 순차적으로. 순서대로. 창졸간. •靑子: 푸른 잎을 나타낸다. •美人: 이 구에서는 꽃을 의미한다. 즉 사계절 피어 있고 싶은데, 떨어질 수밖에 없는 운명이라는 점을 의인화했다.

侵운. 대장의 분석은 다음과 같다.

閑/階/半/蝕/苔/痕(형용사/명사/부사, 상태/동사/명사/흔적)에는 曲/徑/全/
埋/草/色(형용사/명사/부사, 상태/동사/명사/색깔)으로 대장했다.

淺(얕다, 형용동사)에는 深(깊다, 형용동사)으로 대장했다.

遊子(나그네, 명사)에는 美人(미인, 명사)으로 대장했다.

驟(종종, 부사)에는 長(오래도록, 부사)으로 대장했다.

驚/風雨/夢(동사/명사형 형용사/명사)에는 抱/歲時/心(동사/명사형 형용사/
명사)으로 대장했다.

閑階/曲徑/遊子/美人은 모두 형용사/명사로 합장(合掌) 같지만 이 경우에는
합장이 아니다. 遊子/美人이 주어로 쓰였기 때문이다.

落花 2
낙화 2

申時行

殘英片片入埃塵 시든 꽃잎 조각조각 먼지 속에 떨어지니
잔영편편입애진

芳徑迢迢遍草萊 길에 떨어진 꽃잎 향기는 멀리멀리 잡초 속에 퍼지네
방경초초편초래

野鹿銜將溪畔過 산 노루는 꽃잎 머금고 계곡 물가를 지나려 하고
야록함장계반과

杜鵑啼向月中來 두견새는 울면서 달빛 속을 향해 날아오네
두견제향월중래

偶經別院飄歌扇 우연히 별원을 지날 때는 노래용 부채를 펄럭이고
우경별원표가선

忽舞前簷送酒杯 홀연히 앞 처마에서 춤추며 술잔을 보내네
홀무전첨송주배

不似無情東逝水 무정하게 동쪽으로 흘러가버린 물과 같지 않으니
불사무정동서수

明年還逐豔陽開 내년에도 또다시 밝은 태양을 따라 피어나리라!
명년환축염양개

• 埃塵: 塵埃와 같다. 塵이 압운자이므로 埃塵으로 썼으나 그 외에는 塵埃로 써야 자연스럽다. 이러한 안배를 도운(倒韻)이라 한다. 山水를 水山으로 쓰면 어색한 것과 마찬가지다. • 芳徑: 徑芳으로 써야 알맞다. 평/측 안배 때문에 芳徑으로 썼다. • 草萊: 무더기로 자란 잡초. • 野鹿: 산 노루. • 溪畔: 계곡 물가. • 別院: 본채와 떨어져 있는 집. • 逝水: 한번 흘러가면 되돌아오지 않는 물. • 豔陽: 밝은 태양. 봄의 화창한 풍광을 가리킨다.

灰운. 제5구의 偶/經/別은 고평이지만 첫 부분의 고평은 허용된다. 대장의 분석은 다음과 같다.

野鹿/衔(산 노루가 물다, 동물, 주어/동사)에는 杜鵑/啼(두견이 울다, 동물, 주어/동사)로 대장했다. 杜鵑은 촉나라 망제(望帝)인 두우(杜宇)의 혼백이 변한 전설에서 유래했으므로 野/杜는 정확하게 대장된다.

將/溪畔/過(곧 계곡의 물가를 지나려 하다, 동사/목적어, 위치/동사)에는 向/月中/來(달빛 속을 향해 날아오다, 동사/목적어, 위치/동사)로 대장했다. 문법을 정확하게 지켰다.

偶/經/別院(때마침 별원을 지나다, 부사/동사/목적어)에는 忽/舞/前簷(홀연히 앞 처마에서 춤추다, 부사/동사/목적어)으로 대장했다.

別/前은 위치의 대장이다. 飄/歌扇(노래용 부채를 펄럭이다, 동사/목적어)에는 送/酒杯(술잔을 보내다, 동사/목적어)로 대장했다. 참고할 만하다.

圍獵
포위하여 사냥하다

楊榮

關塞霜清曉色明 변경의 서리 맑고 새벽 경색 밝아지니
관새 상청 효 색 명

鑾輿校獵出邊城 어가는 사냥하러 변성을 나서네
난여 교렵 출 변성

六龍扶輦旌旗合 육룡이 부축하는 어가에 정기가 더해지고
육룡 부련 정기 합

萬騎連營鼓角鳴 수만의 기병이 따르는 진영에 고각 소리 울리네
만기 련영 고각 명

遠火依微秋草薄 저 멀리 불빛은 희미하고 가을 풀은 메말랐고
원화 의미 추초 박

驚沙寂曆暮雲平 놀랄 만큼 모래밭은 깨끗하고 저녁 구름은 평온하네
경사 적력 모운 평

小臣躬睹三驅樂 신하는 몸소 제왕의 수렵 터에서 즐거움을 보면서
소신 궁도 삼구 락

願效嵩呼播頌聲 만만세를 바치며 송축의 소리 전파하길 바라네
원효 숭호 파송 성

• 양영(1372~1440): 명대 저명 정치가. • 關塞: 변경의 요새. 변새. 함곡관(函谷關)과 도림새(桃林塞). • 鑾輿: 황제의 어가. • 圍獵: 짐승을 포위하여 사냥하는 일. 사냥. • 六龍: 《易》건괘(乾卦)의 육효(六爻). 태양. 전설에 의하면 태양신은 수레를 타고 다녔다고 한다. 천자의 수레를 끄는 여섯 마리 말. 말이 8척(약 2.4미터) 이상이면 용이라 부른다. 천자 어가의 대칭. 여섯 형제의 미칭. • 扶輦: 어가를 부축하다. • 依微: 은미하다. • 寂曆: 영락하다. 고요하다. 쓸쓸하다. 깨끗하다. • 小臣: 신하가 임금에 대해 자신을 낮추어 일컫는 말. • 三驅: 고대 제왕의 사냥터로 지정된 곳. 네 면 중에서 한 방면은 반드시 열어두어 짐승을 사랑한다는 덕을 나타낸다. • 嵩呼: 천자의 장수를 빌면서 만세 만만세로 송축하는 소리.

106

庚운. 대장의 분석은 다음과 같다.

六/龍(육룡, 숫자/명사)에는 萬/騎(수만의 기병, 숫자/명사)로 대장했다.

扶/輦(수레를 부축하다, 동사/명사)에는 連/營(진영을 잇다, 동사/명사)으로 대장했다.

旌旗/合(정기가 더해지다, 명사/동사)에는 鼓角/鳴(고각이 울리다, 명사/동사)으로 대장했다.

遠/火(저 멀리의 불빛, 형용사/명사)에는 驚/沙(놀랄 만큼 넓은 백사장, 형용사/명사)로 대장했다.

依微(희미하다, 형용동사)는 寂曆(고요하고 깨끗하다, 형용동사)으로 대장했다.

秋/草/薄(가을 풀이 메마르다, 시간, 명사/형용동사)에는 暮/雲/平(저녁 구름은 평온하다, 시간/명사/형용동사)으로 대장했다.

요구와 구요 방법은 다음과 같다.

제1구 關塞霜淸曉色明 평/측/평/평/측/측/평

제2구 鑾輿校獵出邊城 평/평/측/측/측/평/평

제3구 六龍扶輦旌旗合 측/평/평/측/평/평/측(龍/騎 평/평)

제4구 萬騎連營鼓角鳴 측/평/평/평/측/측/평(騎/營 평/평)

제5구 遠火依微秋草薄 측/측/평/평/평/측/측

제6구 驚沙寂曆暮雲平 평/평/측/측/측/평/평

⇕

제1구 關塞霜淸曉色明 평/측/평/평/측/측/평

제2구 鑾輿校獵出邊城 평/평/측/측/측/평/평

제3구 六龍扶輦旌旗合 평/평/평/측/평/평/측(六/騎 측/평 교환, 구요)

제4구 萬騎連營鼓角鳴 측/측/평/평/측/측/평(2/4/6 부동)

제5구 遠火依微秋草薄 측/측/평/평/평/측/측
제6구 驚沙寂曆暮雲平 평/평/측/측/측/평/평

제1/2/3/4/5/6구의 두 번째 운자가 측/평/평/측/측/평으로 안배되어야 하지만 측/평/평/평/측/평으로 안배되었다. 점대 원칙에 어긋난다. 六龍/萬騎는 이 시의 필수 대장이므로 점대 원칙에 맞출 수 없었다. 억지로 평/측을 안배하기 위해 萬騎 대신에 다른 표현으로 대장하면 이 시의 품격은 현격하게 떨어지고 말 것이다.

薊門煙樹
계문의 안개 숲

楊榮

薊門春雨散浮埃　계문의 봄비가 떠도는 먼지를 가라앉히며
계 문 춘 우 산 부 애

煙樹溟濛霽欲開　안개 숲의 부슬비는 그치고 막 개려 하네
연 수 명 몽 제 욕 개

十里清陰連紫陌　십 리의 맑은 그늘 도성의 길에 이어졌고
십 리 청 음 련 자 맥

半空翠影接金臺　절반 공중의 비취 그림자 금빛 누대에 접했네
반 공 취 영 접 금 대

東風葉暗留鶯語　동풍에 잎은 가만히 꾀꼬리 소리를 남기고
동 풍 엽 암 류 앵 어

落日林深看鳥回　지는 해에 숲에서는 깊숙이 새의 귀환을 보네
낙 일 임 심 간 조 회

記得清明攜酒處　기억에 남을 청명에 술 휴대하여 누리며
기 득 청 명 휴 주 처

碧桃花底坐徘徊　벽도화 아래 앉았다가 배회도 하네
벽 도 화 저 좌 배 회

・薊門: 계문관(薊門關). 계주(薊州). 계구(薊丘). ・煙樹: 구름이나 안개에 휩싸인 나무, 숲. ・溟濛: 안개 따위로 어슴푸레하다. 부슬비. ・霽: 비나 눈이 그치고 날이 개다. ・紫陌: 도성의 길. 한대 왕찬(王粲)의 〈우렵부(羽獵賦)〉 "濟漳浦而橫陣, 倚紫陌而竝征"에 근거한다. ・翠影: 비취 그림자. 대 그림자를 가리킨다. ・處: 누리다. ・碧桃花: 장미과의 낙엽교목이다.

灰운. 제4구의 半/空/翠는 고평이지만, 자체 또는 아래 구에서 구요하지 않았다. 구요하지 않더라도 허용된다. 평/측/평으로 구요하면 리듬의 측면에서는 더욱 알맞다. 대장의 분석은 다음과 같다.

十里/淸/陰(십 리의 맑은 그늘, 숫자/형용사, 색깔 상당/명사)에는 半空/翠/影(반 공중의 비춰 그림자, 숫자/형용사, 색깔/명사)으로 대장했다.

連/紫陌(도성에 이어지다, 동사/색깔, 목적어)에는 接/金臺(금빛 누대에 접하다, 동사/색깔, 목적어)로 대장했다.

東/風(동풍, 형용사/명사, 자연)에는 落/日(지는 해, 형용사/명사, 자연)로 대장했다.

葉(잎, 명사)에는 林(숲, 명사)으로 대장했다.

暗/留/鶯語(가만히 꾀꼬리 소리를 남기다, 부사/동사/목적어, 동물)에는 深/看/鳥回(깊숙이 새의 귀환을 보다, 부사/동사/목적어, 동물)로 대장했다. 제3/4/5/6구는 상용하는 형태로 나타난다.

洸濱垂釣

광하의 물가에서 낚싯대를 드리우고

許彬

坐釣洸濱記昔曾　광하의 물가에 앉아 낚시하면서 지난날을 돌이켜보는데
좌조광빈기석증

斜陽古渡碧澄澄　석양 속의 옛 물길은 맑고도 푸르네
사양고도벽징징

一絲牽動波心月　강물 중앙의 달은 한 자락 감동을 일으키는 가운데
일사견동파심월

兩手扳回柳下罾　버드나무 아래의 그물을 양손으로 끌어당기네
양수반회류하증

漏網白魚猶假息　어망을 탈출한 흰 물고기는 겨우 목숨 부지한 것과 같으나
누망백어유가식

得雲金鯉遂飛騰　구름 얻은 금빛 잉어는 마침내 날아오르네
득운금리수비등

一從脫卻羊裘去　이로부터 은거 생활을 끝내고 돌아가면서도
일종탈각양구거

回首秋霜兩岸冰　고개 돌려 보는 가을 서리와 강변의 얼음이여!
회수추상량안빙

• 허빈(1392~1467): 명대 대신. 한림학사. 洸濱: 광하(洸河). 산동성 영양(寧陽)현 서부에 있는 강. •昔曾: 지난날. 압운자가 曾이므로 이렇게 안배했으나 문법에는 맞지 않다. •碧澄澄: 맑고도 푸르다. •一絲: 한 가닥. •牽動: 일부분의 변화가 다른 부분에 영향을 미치다. 촉발하다. •波心: 강물의 중앙. •扳回: 끌어당겨 되돌리다. •漏網: 그물에서 벗어나다. •白魚: 뱅어. 사백어. 방어. •假息: 겨우 목숨을 부지하다. 잠시 쉬다. •飛騰: 급속히 날아오르다. 공중으로 높이 떠오르다. •一從: …부터. •脫卻: 탈락하다. 빠져나가 다. •羊裘: 양가죽으로 만든 옷. 한대 엄광(嚴光)의 어릴 때 이름. 유수(劉秀)와 함께 공부했다. 후일 유수가 제위에 오르자 엄광은 양가죽으로 만든 옷을 입고 낚시로 소일했다. 이후 은자 또는 은거 생활을 뜻하는 말로 쓰인다.

一/絲(한 가닥, 숫자/명사)에는 兩/手(양손, 숫자/명사)로 대장했다.

牽/動(촉발하다, 동사)에는 扳回(되돌리다, 동사)로 대장했다.

波/心/月(강물 속의 달, 명사/위치/명사)에는 柳/下/罾(버드나무 아래의 어망, 명사/위치/명사)으로 대장했다. 제3/4구는 도치로 구성되었다. 心은 위치를 나타내는 말로 쓰였다. 매우 묘미 있다.

漏/網(어망을 탈출하다, 동사/목적어)에는 得/雲(구름을 얻다, 동사/목적어)으로 대장했다.

白/魚(흰 물고기, 색깔/명사, 생물)에는 金/鯉(금빛 잉어, 색깔/명사, 생물)로 대장했다. 상용하는 대장이다.

猶/假息(겨우 목숨을 부지한 것과 같다, 부사/동사)에는 遂/飛騰(마침내 날아오르다, 부사/동사)으로 대장했다.

九日渡江
중양일에 강을 건너다

李東陽

秋風江口聽鳴榔 추풍 부는 강 입구에서 뱃전 두드리는 소리를 들으며
추풍강구청명랑

遠客歸心正渺茫 원객이 돌아가는 마음은 그야말로 아득하네
원객귀심정묘망

萬里乾坤此江水 만 리에 걸친 세상은 이 강물에 있고
만리건곤차강수

百年風日幾重陽 백 년의 풍일에 몇 번의 중양일이었던가!
백년풍일기중양

煙中樹色浮瓜步 안개 속의 나무 빛깔 과보에 떠 있고
연중수색부과보

城上山形繞建康 성 위의 산 모습은 건강을 에둘렀네
성상산형요건강

直過眞州更東下 곧바로 진주를 지나 다시 동쪽으로 내려가다
직과진주갱동하

夜深燈影宿維揚 밤 깊은 등불 그림자에 유양에서 숙박하네
야심등영숙유양

• 이동양(1447~1516): 명대 대신. 시인. 茶陵 시파 영수. 다릉 시파는 이동양을 영수로 한 시파. 이동양이 다릉 출신이므로 그렇게 불린다. • 시인이 응천부(應天府, 지금의 남경)에서 향시(鄕試)를 주관하고 돌아가는 길에 어버이를 그리워하며 지은 시다. 향시 합격자를 발표한 후 시인은 남경으로부터 강을 건너 양주를 거쳐 북상하던 중에 때마침 중양(重陽)일을 맞이하게 되었다. • 鳴榔: 물고기를 그물로 몰 때, 배의 고물에 있는 횡목(橫木)을 두드려 내는 소리. • 瓜步: 지명.

陽운. 聽은 대부분 평성으로 쓰이지만, 측성으로도 쓰인다. 측성으로 쓰일 때는 去聲 徑운에 속한다. 평성으로 보이도 상관없다. 평/평/병/측/평/평/평이 되어 구 자체에서 구요되기 때문이다. 대장의 분석은 다음과 같다.

萬里(만 리, 숫자)에는 百年(백 년, 숫자)으로 대장했다.

乾坤(세상, 명사)에는 風日(기후, 명사)로 대장했다.

此(이, 대명사)에는 幾(몇 번, 의문사)로 대장했다.

江水(강물, 명사)에는 重陽(중양일, 명사)으로 대장했다.

煙/中/樹/色(안개 속의 나무 빛깔, 명사/위치/명사/빛깔)에는 城/上/山/形(성 위의 산 모습, 명사/위치/명사/형태)으로 대장했다.

浮/瓜步(과보에 떠 있다, 동사/목적어, 지명)에는 繞/建康(건강을 에두르다, 동사/명사, 지명)으로 대장했다.

요구와 구요 방법은 다음과 같다.

제3구 萬里乾坤此江水 측/측/평/평/측/평/측(고평)

제4구 百年風日幾重陽 측/평/평/측/측/평/평(江/重, 평/평)

⇕

제3구 萬里乾坤此江水 측/측/평/평/평/측/측(此/江 측/평 교환, 구요)

제4구 百年風日幾重陽 측/평/평/측/측/평/평(위아래 2/4/6 부동)

제7구 直過眞州更東下 측/측/평/평/측/평/측(고평)

제8구 夜深燈影宿維揚 측/평/평/측/측/평/평(東/維, 평/평)

⇕

제7구 直過眞州更東下 측/측/평/평/평/측/측(更/東 측/평 교환, 구요)

제8구 夜深燈影宿維揚 측/평/평/측/측/평/평(위아래 2/4/6 부동)

題韓信廟
한신 묘에 대해 쓰다

駱用卿

逐鹿中原漢力微　사슴 쫓는 중원에서 한나라의 힘은 미약했는데
축록중원한력미

登壇頻蹙楚軍威　(한신이) 등단하여 눈살 찌푸리자 초군은 두려웠네
등단빈축초군위

足當躡後猶分土　(신하) 발걸음 뒤따른 충고에 유방은 망설이다 땅을 나누었고
족당섭후유분토

心已猜時尚解衣　(유방의) 마음속으로는 이미 의심하면서도 옷을 벗어주었네
심이시시상해의

畢竟封侯符蒯徹　마침내 봉후되어 괴철의 말에 부합했지만
필경봉후부괴철

幾曾握手到陳豨　언제 진희와 손잡고 모반하기에 이르렀던가!
기증악수도진희

英魂漫灑荒山淚　영웅의 혼이 황량한 산에 가득 뿌리는 눈물
영혼만쇄황산루

秋草長陵久落暉　가을 풀 자란 장릉에도 오랫동안 지는 햇살 비추네
추초장릉구낙휘

•낙용경(생졸년 미상): 풍수가. 시인. •韓信: 漢나라 개국공신. 秦나라 말기 유명한 장군. 《사기(史記)》〈회음후열전(淮陰侯列傳)〉에 근거한다. 蕭何는 한신을 천하제일의 뛰어난 인물이란 뜻의 국사무쌍(國士無雙)으로 칭찬했다. •逐鹿中原: 〈淮陰侯列傳〉의 "秦失其鹿, 天下共逐之"에 근거한다. 鹿은 쫓기는 대상. 진나라가 망하면 천하가 모두 제위를 다툴 것이라는 뜻이다. 용쟁호투(龍爭虎鬥)와 같다. •登壇: 유방이 길일을 택해 단장(壇場)을 설치하여 한신에게 절하며 대장군으로 추대한 일화에서 유래한다. •頻蹙: 눈살을 찌푸리다. •제3구의 足躡은 躡足의 도치. 살금살금. 미행하다. 살금살금 걷다. 처신. 한고조가 위기에 처했을 때, 한신은 사자를 보내 초나라를 치기 위해 임시로 자신을 제나라 왕으로 봉해달라고 청했다. 이에 화가 난 유방이 들어주지 않으려 하자, 책사인 장량(張良)과 진평(陳平)이 살금살금 뒤따라가면서 귓속말로 유방의 마음을 바꾸게 했다. 이에 유방은 한신을 제나라 왕에 봉했다. •分土: 한신을 제나라 왕에 봉한 일을 가리킨다. •解衣: 유방이 내심으로 韓信을 의심했으나, 겉으로는 여전히

微운. 제3구와 제6구의 첫 부분은 고평으로 안배되었으나, 각 구의 첫 부분 고평은 허용된다. 대장의 분석은 다음과 같다.

足/當/蹄/後(명사/부사/동사/명사, 시기)에는 心/已/猜/時(명사/부사/동사/명사, 시기)로 대장했다. 《사기》〈회음후열전〉 구의 인용으로, 자의대로 번역되지 않지만 올바른 대장이다. 이처럼 전고에는 전고의 대장이 수준 높은 대장이다. 後/時처럼 때에는 때로 대장한다.

猶/分/土(마땅히 땅을 나누다, 부사/동사/목적어)에는 尙/解/衣(오히려 옷을 벗어주다, 부사/동사/목적어)로 대장했다.

畢竟(결국, 부사)에는 幾曾(언제, 의문형 부사)으로 대장했다.

封/侯(제후에 봉하다, 동사/목적어)에는 握/手(손을 잡다, 동사/목적어)로 대장했다.

符(부합하다, 동사)에는 到(미치다, 동사)로 대장했다.

蒯徹(괴철, 인명)에는 陳豨(진희, 인명)로 대장했다. 인물의 대장은 격이 맞는 인물, 선인 또는 악인으로 선명하게 대비되는 것이 좋다.

한신을 믿는 것처럼 행동했다는 뜻이다. •제6구에서 幾曾은 '언제 …한 적이 있었는가!'라는 반문의 뜻. 한신은 유방이 원정으로 인해 자리를 비운 동안, 유방의 부인 여후(呂后)와 승상 소하에 의해 진희(陳豨)가 일으킨 반란을 공모했다고 모함받아 참살되었다. 이 구는 한신은 결코 진희와 손잡고 모반을 도모한 적 없다는 뜻으로 쓰였다. •蒯徹: 괴통(蒯通). 한무제 류철(劉徹)의 이름을 피휘해 괴통으로 고쳤다. 제나라 사람. 천하의 권력이 한신의 행동 여하에 딸린 것으로 파악한 괴통은 한신이 유방을 배신해 천하를 삼분하는 것이 어떻겠냐는 제안을 했으나, 한신은 듣지 않았다. •陳豨(?~BC 195): 한고조 유방의 부장. 조(趙)나라 상국(相國)으로 임명되었다가 후에 반란을 일으켜 자칭 왕이 되었으나, 진압되어 죽임을 당했다. •제8구는 한신은 비록 유방에게 억울한 죽임을 당했으나, 유방의 묘지 역시 이미 가을 풀이 길게 자라 석양 아래 황량하게 드러났다는 뜻이다. 즉 한고조도 교활해 결국 함께 망했다는 뜻이다. •長陵: 한고조 유방의 묘지가 있는 곳. •落暉: 저물어가는 저녁 햇살을 뜻한다.

龍潭夜坐

용담에서 밤에 앉아

王守仁

何處花香入夜淸　어느 곳의 꽃향기가 밤에 스며들어 이처럼 맑은가!
하 처 화 향 입 야 청

石林茅屋隔溪聲　석림의 초가집은 계곡의 물소리를 마주했네
석 림 모 옥 격 계 성

幽人月出每孤往　은자는 달 뜨면 매번 외롭게 왕래하고
유 인 월 출 매 고 왕

棲鳥山空時一鳴　깃든 새는 빈산에서 때때로 한 번씩 우네
서 조 산 공 시 일 명

草露不辭芒屨濕　이슬의 사양 않음에 짚신은 젖고
초 로 불 사 망 구 습

松風偏與葛衣輕　솔바람의 편애에 갈옷은 가벼워지네
송 풍 편 여 갈 의 경

臨流欲寫猗蘭意　물가에 임해서 〈의란〉 곡의 뜻을 묘사하려니
임 류 욕 사 의 란 의

江北江南無限情　강북강남의 무한한 정이라네
강 북 강 남 무 한 정

・龍潭: 저주(滁州)의 용 연못. ・幽人: 은사. ・芒屨: 짚신. ・葛衣: 겨울에 입는 옷의
총칭. ・猗蘭: 〈의란조(猗蘭操)〉. 금곡(琴曲) 명.

庚운. 대장의 분석은 다음과 같다.

幽/人(은자, 형용사/명사)에는 棲/鳥(깃든 새, 형용사/명사)로 대장했다.

月/出(달이 뜨다, 주어/동사)에는 山/空(산이 쓸쓸하다, 주어/형용동사)으로 대
장했다.

每(매번, 부사)에는 時(때때로, 부사)로 대장했다.

孤/往(외로이 왕래하다, 부사/동사)에는 一/鳴(한 번씩 울다, 부사/동사)으로
대장했다. 孤와 一은 숫자와 숫자의 대장으로 묘미가 있다.

草/露(풀잎에 맺힌 이슬, 명사형 형용사/명사)에는 松風(솔바람, 명사형 형용사/
명사)으로 대장했다.

不辭(사양 않다, 동사)에는 偏與(편애하다, 동사)로 대장했다.

芒屨/濕(짚신이 젖다, 주어/동사)에는 葛衣/輕(갈옷이 가벼워지다, 주어/동사)
으로 대장했다.

尋春

봄에 (행락처를) 찾다

王守仁

十里湖光放小舟　십 리의 호수에 작은 배를 띄워놓고
십리호광방소주

慢尋春事及西疇　늦게나마 봄 일을 물으며 서쪽 언덕에 이르렀네
만심춘사급서주

江鷗意到忽飛去　강 갈매기는 뜻 미치는 곳에 홀연히 날아가고
강구의도홀비거

野老情深只自留　촌로는 정 깊어지는 곳에서 오직 절로 머무네
야로정심지자류

日暮草香含雨氣　저녁 무렵 풀 향기는 비 기운을 머금었고
일모초향함우기

九峰晴色散溪流　아홉 봉우리 맑은 색은 계곡물에 흩어지네
구봉청색산계류

吾儕是處皆行樂　우리가 처한 곳은 모두 행락 있으니
오제시처개행락

何必蘭亭說舊遊　구태여 난정원의 옛 교유를 말할 필요가 있겠는가!
하필난정설구유

尤운. 대장의 분석은 다음과 같다.

江鷗(강 갈매기, 명사)에는 野老(촌로, 명사)로 대장했다.

意/到(뜻이 미치다, 주어/동사)에는 情/深(정이 깊어지다, 주어/동사)으로 대장했다.

忽/飛/去(홀연히 날아가다, 부사/동사/동사)에는 只/自/留(단지 절로 머물다, 부사/부사/동사)로 대장했다.

日暮(저녁 무렵, 명사)에는 九峰(구봉, 명사)으로 대장했다. 日은 숫자로 본다.

草/香(풀 향기, 명사형 형용사/명사)에는 晴色(맑은 색깔, 형용사/명사)으로 대장했다.

含/雨氣(비 기운을 품다, 동사/목적어)에는 散/溪流(계곡물에 흩어지다, 동사/목적어)로 대장했다.

요구와 구요 방법은 다음과 같다.

제3구 江鷗意到忽飛去 평/평/측/측/측/평/측(고평)

제4구 野老情深只自留 측/측/평/평/측/측/평(구요되지 않음)

고평에는 고평이나 고측으로 구요해야 한다. 只의 평/측을 순간 착각했을 수 있다. 只는 欣(흔연히, 평성) 등으로 대체할 수 있기 때문이다.

秋望
가을의 원망

李夢陽

黃河水繞漢宮牆 　황하는 한나라 궁전을 휘감아 (흐르고)
황 하 수 요 한 궁 장

河上秋風雁幾行 　강물 위 가을바람에 기러기 몇 줄인가?
하 상 추 풍 안 기 행

客子過壕追野馬 　병사들은 해자 건너 들판의 말을 뒤쫓고
객 자 과 호 추 야 마

將軍韜箭射天狼 　장군은 화살을 준비하여 외적을 쏘네
장 군 도 전 사 천 랑

黃塵古渡迷飛挽 　누런 먼지 이는 옛 나루터는 배들로 어지럽고
황 진 고 도 미 비 만

白月橫空冷戰場 　밝은 달이 가로지르는 하늘은 전장을 차갑게 하네
백 월 횡 공 냉 전 장

聞道朔方多勇略 　(옛날) 서북 지역에서는 용맹과 책략 많았다는데
문 도 삭 방 다 용 략

只今誰是郭汾陽 　지금은 그 누가 곽자의 같은 명장일 것인가!
지 금 수 시 곽 분 양

• 이몽양(1473~1530): 복고시파 전칠자의 영수. •漢宮牆: 명 왕조 때 건설한 장성. 명나라와 혁달단부족(革達靼部族)의 경계를 이룬다. •客子: 가족과 떨어져 변방을 지키는 병사. •過壕: 해자를 건너다. •野馬: 사람과 말이 일으키는 먼지. •弢箭: 화살 주머니. 이 구에서는 발사 준비가 되었다는 뜻이다. •天狼: 천랑성. 이 별이 출현하면 외적이 침입한다고 믿었다. •射天狼: 적의 침입에 맞서다. •飛挽: 비추만속(飛芻挽粟)의 줄임말. 군량과 마초를 나르는 쾌속선. •聞道: 도를 깨우치다. 듣자 하니. •朔方: 주둔지. 이 구에서는 서북 일대를 가리킨다. •郭汾陽: 곽자의(郭子儀). 唐대 명장. 공을 세워 분양군왕(汾陽郡王)에 봉해졌다.

陽운. 대장의 분석은 다음과 같다.

客子(병사, 명사)에는 將軍(장군, 명사)으로 대장했다.

過/壕(해자를 건너다, 동사/목적어)에는 韜/箭(화살을 주머니에 넣다, 동사/목적어)으로 대장했다.

追/野馬(들판의 말을 쫓다, 동사/목적어)에는 射/天狼(적을 향해 쏘다, 동사/목적어)으로 대장했다.

黃塵(누런 먼지, 색깔/명사)에는 白月(밝은 달, 색깔/명사)로 대장했다. 黃과 白처럼 색깔에는 색깔로 대응한다.

古/渡(옛 나루터, 형용사/명사)에는 橫空(가로지르는 하늘, 형용사/명사)으로 대장했다.

迷/飛挽(배들로 어지럽다, 동사/목적어)에는 冷/戰場(전장을 차갑게 하다, 동사/목적어)으로 대장했다.

庚辰元日
경진년 새해 첫날

諸侯玉帛會長安 제후들의 옥백은 (새해를 축하하러) 장안으로 모여들지만
제후옥백회장안

天子旌旗下楚關 천자의 깃발은 (남쪽 순례를 구실 삼아) 초 지방 관문에 꽂히네
천자정기하초관

共想正元趨紫殿 모두 올바른 왕을 생각하며 황궁을 향하지만
공상정원추자전

翻勞邊將從金鞍 도리어 변방의 장수를 수고롭게 하며 금 안장을 따르게 하네
번로변장종금안

滄江飮馬波先靜 검푸른 강에서 말에게 물 먹일 때는 파도 먼저 잠잠해졌고
창강음마파선정

黃竹回鑾雪正乾 황죽에서 제왕의 수레 되돌릴 때야 눈은 비로소 녹았다네
황죽회란설정간

北極巍巍天咫尺 북극성 빛나는 하늘은 지척 간
북극외외천지척

五雲長護鳳樓寒 오색구름 길게 오봉루 둘러싼 채 차갑네
오운장호봉루한

• 고린(1476~1545): 명대 관원. 문학가. •正元: 올바른 제왕. 정월 초순. 역대 몇몇
연호. •紫殿: 제왕의 궁전. •滄江: 강물. 강물이 푸른색을 띠기 때문에 붙은 이름이다.
•黃竹: 지명. 《목천자전(穆天子傳)》에 따르면, 주나라 목왕(穆王)은 황죽 거리에서 백성
들이 추위에 얼어 죽는 모습을 보고, 〈황죽시(黃竹詩)〉를 지어 백성들의 고통을 슬퍼했다
고 한다. 이후 黃竹은 백성의 고통에 관심을 가진다는 상징어로 쓰인다. •鑾: 제왕의
수레. 고대에 제왕이나 왕비의 수레를 난가(鑾駕)라고 한다. 후에는 어가가 외출에서
돌아온다는 뜻인 회란(回鑾)으로 불린다. •巍巍: 뛰어나게 높고 우뚝 솟은 모양. •鳳樓:
궁내의 누각, 조정, 기녀의 거처, 오봉루(五鳳樓) 등을 나타낸다.

寒운. 대장의 분석은 다음과 같다.

共/想/正元(모두 다 정원의 연호를 생각하다, 부사/동사/목적어)에는 翻/勞/邊
將(도리어 변방의 장수를 수고롭게 하다, 부사/동사/목적어)으로 대장했다.
趨/紫殿(자색 궁전을 향하다, 동사/목적어)에는 從/金鞍(금빛 말안장을 따르다,
동사/목적어)으로 대장했다. 紫와 金은 색깔과 색깔의 대장이다.
滄/江(검푸른 강, 형용사/명사)에는 黃/竹(황죽, 형용사/명사)으로 대장했다.
滄과 黃은 색깔과 색깔의 대장이다.
飮/馬(말에게 물을 먹이다, 동사/목적어)에는 回/鑾(어가를 되돌리다, 동사/목
적어)으로 대장했다.
波/先/靜(파도는 먼저 조용해지다, 주어/부사/동사)에는 雪/正/乾(눈은 비로소
녹기 시작하다, 주어/부사/동사)으로 대장했다. 乾은 마르다. 이 구에서는 녹는
다는 뜻으로 쓰였다. '녹다'를 대신할 만한 압운자가 없다.

요구와 구요 방법은 다음과 같다.

제3구 共想正元趨紫殿 측/측/측/평/평/측/측
제4구 翻勞邊將從金鞍 평/평/평/측/평/평/평

제4구는 하삼평에 상삼평을 안배해 자체 구요했다. 드물게 나타나지만 표현
이 우선이며 2/4/6 부동 원칙에 맞으면 그만이다.

午日觀競渡
단오날에 용선 경기를 감상하며

邊貢

共駭群龍水上遊 모두가 무리 지은 용선이 강에서 경기하는 것을 보고 놀라니
공해군룡수상유

不知原是木蘭舟 이것이 원래 목란으로 만든 작은 배인지 알 수 없네
부지원시목란주

雲旗獵獵翻青漢 채색 깃발 펄럭펄럭 푸른 하늘에서 뒤집히고
운기엽렵번청한

雷鼓嘈嘈殷碧流 뇌고는 시끌벅적 푸른 물결을 진동시키네
뇌고조조은벽류

屈子冤魂終古在 굴원의 원혼이 옛날부터 있었으니
굴자원혼종고재

楚鄉遺俗至今留 초나라 풍속은 지금까지 남아 있네
초향유속지금류

江亭暇日堪高會 강가의 정자에서 한가한 날 이러한 경기를 감상할 만하니
강정가일감고회

醉諷離騷不解愁 취해서 〈이소〉를 읊조려도 근심을 이해할 수 없다네
취풍이소불해수

•변공(1476~1532): 명대 문학가. •午日: 단오절. •駭: 깜짝 놀라다. •木蘭舟: 용 모양의
배. •青漢: 푸른 하늘. •雷鼓: 뇌고(雷鼓), 뇌고(靁鼓), 팔면고(八面鼓)라고도 한다.
천신에게 제사지낼 때 울리는 북. •殷: 왕성하다. 풍부하다. 가득 차다. 이 구에서는
진동시킨다는 뜻으로 쓰였다. •終古: 예로부터. 영구히. •暇日: 여가. 한가하다. •高會:
단오절에 배가 모여 강을 건너는 경기를 가리킨다.

125

尤운. 대장의 분석은 다음과 같다.

雲旗(채색 깃발, 명사)에는 雷鼓(뇌고, 명사)로 대장했다.

獵獵(펄럭펄럭, 의태어)에는 嘈嘈(시끌벅적, 의성어)로 대장했다.

翻/靑漢(푸른 하늘에서 뒤집히다, 동사/목적어)에는 殷/碧流(푸른 물결을 진동시키다, 동사/목적어)로 대장했다.

屈子/冤魂(굴원의 원혼, 명사형 형용사/명사)에는 楚鄕/遺俗(촉나라에서 남긴 풍속, 명사형 형용사/명사)으로 대장했다.

終古/在(예로부터 있어오다, 부사/동사)에는 至今/留(지금까지 남아 있다, 부사/동사)로 대장했다.

謁文山祠
문산사를 배알하고

邊貢

丞相英靈消未消　승상의 영혼은 사라져도 사라진 게 아니어서
승상영령소미소

絳帷燈火颯寒飆　진홍색 휘장 속의 등불은 맹렬한 바람 속에 차네
강유등화삽한표

乾坤浩蕩身難寄　천지는 광대하여 몸은 힘들게 의지해야 했고
건곤호탕신난기

道路間關夢且遙　노정은 기구하여 꿈 또한 요원했네
도로간관몽차요

花外子規燕市月　꽃 너머 두견새와 연 지방 시장의 달
화외자규연시월

水邊精衛浙江潮　물가의 정위 조와 절강의 조류
수변정위절강조

祠堂亦有西湖樹　사당 역시 서호 숲에 있으나
사당역유서호수

不遣南枝向北朝　남쪽으로 가지 내지 않고 북쪽 조정을 향하네
불견남지향북조

• 文山祠: 문천상(文天祥, 1236~1283)을 모신 사당. 문천상의 호는 文山. 강서(江西) 여릉(廬陵) 사람. 덕우(德祐) 원년(1275) 원나라가 동쪽으로 남하하자, 송나라의 많은 장군들이 항복했다. 문천상은 사재를 털어 군비를 조달하면서, 오만의 군사를 모아 임안(臨安)을 지켰다. 각지에서 항거하는 백성들의 지지 아래 원나라 군사에 대항했으나 결국은 패해 원나라 포로가 되었다. 후일 원나라 세조 홀필렬(忽必烈)이 친히 항복을 권유하며 재상직을 제안했으나, 대의를 지켜, 항복하지 않았다. 향년 47세. 원나라에 굴복하지 않은 남송의 위대한 명신이며 민족 영웅으로 추앙받는다. 옥에 갇혀 있을 때 〈정기가(正氣歌)〉를 지었다. • 間關: 기구하다. 전전하다. • 精衛: 精衛鳥. 돌을 물어다 바다를 메운다(精衛塡海)는 신화 속의 물새다.

蕭운. 대장의 분석은 다음과 같다.

乾坤/浩蕩(천지는 호탕하다, 주어/동사)에는 道路/間關(여정은 힘들다, 주어/동사)으로 대장했다.

身/難/寄(몸은 힘들게 의탁하다, 명사/형용사형 부사/동사)에는 夢/且/遙(꿈 또한 요원하다, 명사/부사/동사)로 대장했다.

花/外/子規(꽃 너머 두견새, 식물/위치/동물)에는 水/邊/精衛(물가의 물새, 자연/위치/동물)로 대장했다.

燕市/月(연 지방 시장의 달, 지명/자연)에는 浙江/潮(지명/지연)로 대장했다.

得獻吉江西書
헌길이 심양강 서쪽에서 부친 편지를 받고

何景明

近得潯陽江上書　근래에 심양강에서 부쳐온 편지를 보니
근득 심양강 상서

遙思李白更愁予　저 멀리 이백을 생각나게 하여 더욱 나를 근심스럽게 하네
요사이백갱수여

天邊魑魅窺人過　하늘가 요괴 같은 간신은 사람을 몰래 살피며 지나가고
천변리매규인과

日暮黿鼉傍客居　저물녘 자라와 악어 같은 권문은 객에게 달라붙어 거주하네
일모원타방객거

鼓枻襄江應未得　양강에서는 배를 띄워도 응당 뜻을 이루지 못할 것이니
고타양강응미득

買田陽羨定何如　양선 지방에 밭을 사서 정착하는 것이 어떻겠는가!
매전양선정하여

他年淮水能相訪　지난날 회수에서는 서로 왕래하면서
타년회수능상방

桐柏山中共結廬　동백산에 함께 초가집 지었었지!
동백산중공결려

• 하경명(1483~1521): 명대 문단사걸로 불린다. •獻吉: 이몽양(李夢陽)의 자. 李白은
이 구에서 獻吉을 가리킨다. •魑魅: 요괴. 이 구에서는 조정의 간악한 무리를 가리킨다.
•黿鼉: 큰 자라와 악어. 이 구에서는 흉악한 권문귀족을 가리킨다. •제3/4구는 위태한
형편을 타나낸다. •鼓枻: 배를 띄우다. •陽羨: 지명. 은거하는 장소의 상징으로 쓰인다.

漁운. 予(yú)가 '나'의 뜻일 때는 평성 魚운, '주다'의 뜻일 때에는 上聲 語운에 속한다(予, yǔ). 柁(duò)가 '배'의 뜻일 때에는 측성, '들보'의 뜻일 때에는 평성이다. 대장의 분석은 다음과 같다.

天/邊(하늘가, 자연/위치)에는 日/暮(저물녘, 자연/때)로 대장했다. 邊과 暮는 묘미 있는 대장이다.

魑/魅(요괴, 동물/동물)에는 黿/鼉(자라와 악어, 동물/동물)로 대장했다. 魑와 魅는 요괴의 종류다.

窺/人/過(사람을 몰래 살피며 지나가다, 동사/목적어/동사)에는 傍/客/居(객에게 달라붙어 거주하다, 동사/목적어/동사)로 대장했다. 窺/人/過의 구성 방법과 제3/4구는 참고할 만하다.

鼓柁(배를 띄우다, 동사/목적어)에는 買/田(밭을 사다, 동사/목적어)으로 대장했다.

襄江(양강, 지명)에는 陽羨(양선, 지명)으로 대장했다. 鼓柁襄江/買田陽羨은 襄江鼓柁/陽羨買田의 도치이다. 이러한 도치 표현은 종종 나타나며, 문법을 어긴 것과는 다르다.

應/未得(응당 얻을 수 없다, 부사/동사)에는 定/何如(정착하는 것이 어떻겠는가, 주어/동사)로 대장했다. 應과 定은 올바르게 대장되지 않았다. 부분적으로 대장되지 않았더라도 전체적인 내용에 영향을 주지 않는다.

詠錢 1
돈을 노래하다 1

個許微軀萬事任　개인이 미구를 맡기면 만사가 보증되니
개 허 미 구 만 사 임

似泉流動利源深　샘처럼 유동하는 이익의 원천은 깊다네
사 천 유 동 리 원 심

平章市場無偏價　흥정하는 시장에서는 치우치는 가격을 없애고
평 장 시 장 무 편 가

泛濫兒童有愛心　떠도는 아이들에게는 사랑하는 마음을 독차지하네
범 람 아 동 유 애 심

一飽莫充輸白米　눈요기로는 배부를 수 없는 백미를 헌납하고
일 포 막 충 수 백 미

五財同用愧黃金　재물신이 함께 사용하면 황금을 부끄럽게 하네
오 재 동 용 괴 황 금

可憐別號爲賄賂　가련하게도 별호는 수뢰이니
가 련 별 호 위 회 뢰

多少英雄就此沉　얼마나 많은 영웅들이 곧바로 이에 함몰되었나!
다 소 영 웅 취 차 침

•심주(1427~1509): 명대 회화의 대가. •泉: 샘물. 泉은 錢과 해음(諧音)자로 쓰였다.
•平章: 상작(商酌)과 같다. 협상하다. •泛濫: 이 구에서 떠돈다는 뜻이다. •一飽: 일포안
복(一飽眼福)의 준말. 실컷 눈요기하다. •莫充: 채울 수 없다. 이 구에서는 배부를 수
없다는 뜻으로 쓰였다. •五財: 오대재신(五大財神)의 준말. 이 구에서는 도교의 재물신인
조공명(趙公明)을 가리킨다.

侵운. 任(rèn)은 4성으로 측성에 속하지만, 평성 侵운과 去聲 沁(심)에 속한다. 대장의 분석은 다음과 같다.

平章(협상하다, 동사)에는 泛濫(떠돌다, 동사)으로 대장했다.

市場(시장, 명사, 장소)에는 兒童(아동, 명사, 사람)으로 대장했다.

無/偏價(치우친 가격을 없애다, 동사/목적어)에는 有/愛心(사랑하는 마음을 충만하게 하다, 동사/목적어)으로 대장했다. 無/有는 참고할 만하다.

一飽(눈요기, 명사)에는 五財(재물신, 명사)로 대장했다. 숫자와 관련이 없지만 一을 사용했기 때문에 五로 대장했다.

莫/充(충족하지 못하다, 부사/동사)에는 同/用(함께 사용하다, 부사/동사)으로 대장했다.

輸/白米(백미를 헌납하다, 동사/목적어)에는 愧/黃金(황금을 부끄럽게 하다, 동사/목적어)으로 대장했다. 색깔과 관계없는 표현이지만, 白/黃은 묘미 있는 대장이다.

詠錢 2
돈을 노래하다 2

沈周

區區團團銅作胎 납작하면서도 둥글둥글한 동전이 근원을 만드니
편편단단동작태

能貧能富亦神哉 빈부의 일은 오직 신만의 일이라네
능빈능부역신새

有堪使鬼原非謬 감당할 수 있을 때는 귀신을 부려도 원래 잘못이 없고
유감사귀원비류

無任呼兄亦不來 감당할 수 없을 때는 형을 불러도 역시 오지 않네
무임호형역불래

總爾苞苴莫漫臭 항상 선물할 때는 구린내를 풍기지 말아야 하는데
총이포저막만취

終然撲滿要遭槌 결국에 저금통은 망치질을 당해야 한다네
종연복만요조퇴

寒儒也辨生涯地 가난한 유가가 생활 정도를 밝힐 처지는
한유야변생애지

四壁春苔綠萬枚 네 벽의 봄 이끼가 만 점으로 푸르렀다네
사벽춘태록만매

・苞苴: 선물. 뇌물. ・撲滿: 벙어리저금통. 고대에 옹기로 만든 저금통으로 가득 차면 깨서 돈을 꺼낸다. ・辨: 밝히다. 변별하다. ・地: 처지. ・四壁: 가도사벽(家徒四壁)의 준말. 너무 가난해 가진 것이 아무것도 없다는 뜻이다. 《사기(史記)》〈사마상여열전(司馬相如列傳)〉에 근거한다. 서한(西漢)시대의 문인 사마상여는 관직을 구하려 나섰으나, 여의치 않자 성도(成都)로 돌아왔다. 어느 날, 그는 임공(臨邛) 지방의 부호인 탁왕손(卓王孫) 집의 연회에 참가하게 되었다. 술이 몇 순배 돌자 그는 거문고를 연주하기 시작했다. 당시 왕손의 집에는 과부가 된 딸이 있었는데, 그녀의 이름은 문군(文君)이었다. 거문고 소리에 감동한 그녀는 그날 밤 곧바로 상여를 따라 성도로 돌아왔다. 성도에 도착한 문군은 상여의 집이 네 벽만 남아 있을 정도의 가난한 집이라는 사실을 알았다. 그녀는 상여를 설득해 함께 임공으로 되돌아가서, 수레를 팔아, 그 돈으로 주점을 차렸다. 문군은 술을 팔고, 상여는 허드렛일을 도왔다.

灰운. 漫은 4성으로 측성에 속하지만, 고대에는 평성 翰(한)운에 속한다. 대장의 분석은 다음과 같다.

有堪(감당할 수 있다, 동사)에는 無任(감당할 수 없다, 동사)으로 대장했다. 참고할 만하다.

使/鬼(귀신을 부리다, 동사/목적어)에는 呼/兄(형을 부르다, 동사/목적어)으로 대장했다.

原(원래, 부사)에는 亦(역시, 부사)으로 대장했다.

非謬(잘못이 없다, 동사)에는 不來(오지 않다, 동사)로 대장했다.

總爾(항상, 부사)에는 終然(결국, 부사)으로 대장했다.

苞苴(선물, 명사)에는 撲滿(저금통, 명사)으로 대장했다.

莫/漫臭(구린내를 풍기지 말라, 동사/목적어)에는 要/遭槌(망치질을 당해야 하다, 동사/목적어)로 대장했다.

요구와 구요 방법은 다음과 같다.

제5구 總爾苞苴莫漫臭 측/측/평/평/측/평/측(고평)
제6구 終然撲滿要遭槌 평/평/평/측/측/평/평(漫/遭 평/평)
⇕
제5구 總爾苞苴莫漫臭 측/측/평/평/평/측/측(莫/漫 측/평 교환, 구요)
제6구 終然撲滿要遭槌 평/평/평/측/측/평/평(위아래 2/4/6 부동)

詠錢 3
돈을 노래하다 3

沈周

存亡未了復亡存 존망의 완결 전에 또다시 존망이니
존 망 미 료 부 망 존

欲火難燒此利根 불같은 욕심을 태우기 어려운 점이 바로 탐욕의 근본이네
욕 화 난 소 차 이 근

生化有涯眞子母 생식과 화육으로 생을 소유할 때는 진실한 자모(의 관계)
생 화 유 애 진 자 모

圓方爲象小乾坤 원과 네모로 조짐을 나타낼 때에는 작은 천지(의 법칙)
원 방 위 상 소 건 곤

指揮悉聽何須耳 지휘를 마음대로 할 수 있다면 무슨 이목이 필요하겠으며
지 휘 실 청 하 수 이

患難能排豈藉言 환난을 물리칠 수 있다면 어찌 말을 빌리겠는가!
환 난 능 배 기 자 언

自笑白頭窮措大 스스로 비웃는 백발의 가난한 서생
자 소 백 두 궁 조 대

不妨明月夜開門 (돈 없어도) 방해 없는 명월의 밤에 문을 여네
불 방 명 월 야 개 문

・未了: 끝내지 못하다. ・欲火: 맹렬하게 타오르는 정욕의 불길. 불타는 욕심. ・利: 貪과 같다. ・生化: 생식화육(生息化育). ・有涯: 이승과 같다. 《장자(莊子)》〈양생주(養生主)〉의 "吾生也有涯, 而知也無涯. 以有涯隨無涯, 殆已"에 근거한다. "생은 유한하지만, 앎의 추구는 무한하다. 유한의 생으로 무한의 지식을 추구하는 일은 위태로울 뿐이다." 순도(順道)의 지식은 많이 알수록 좋고, 패도(悖道)의 지식은 적을수록 좋다는 뜻을 포함한다. ・圓方: 천원지방(天圓地方)의 준말. 하늘은 둥글고 땅은 네모지다. ・悉聽尊便: 모든 것을 상대방의 의견대로 진행하다. ・窮措大: 가난한 서생. 몰락한 생원. 경멸의 뜻을 내포한다. ・措大: 초대(醋大)의 가차(假借). 大는 長과 같다. 어른. 醋大는 거만하게 얼굴을 찌푸린 어른. ・白頭: 백발과 같다. ・不妨: 무방(無妨)과 같다.

元운. 難이 명사로 쓰일 때는 去聲 한(翰)운에 속한다. 제5구의 指/揮/悉은 측/평/측으로 고평이지만 각 구의 첫 부분 고평은 허용된다. 대장의 분석은 다음과 같다.

生化(생식화육, 명사)에는 圓方(원방, 명사)으로 대장했다. 형상/형상의 대장이다.

有涯(생을 소유하다, 동사/목적어)에는 爲/象(상을 만들다, 동사/목적어)으로 대장했다.

眞/子母(진정한 자모, 형용사/명사)에는 小/乾坤(작은 천지)으로 대장했다. 子/母와 乾/坤처럼 명사로 대장을 이루더라도 반대의 명사에는 반대의 명사로 대장하는 것이 좋다.

指揮/悉聽(지휘를 마음대로 하다, 명사/동사)에는 患難/能排(환난을 물리치다, 명사/동사)로 대장했다. 평/측 안배 때문에 도치되었다.

何/須耳(무슨 이목이 필요하겠는가!, 의문사/목적어)에는 豈/藉言(어찌 말을 빌리겠는가!, 의문사/목적어)으로 대장했다. 의문사에는 의문사 또는 부사로 대장할 수 있다.

요구와 구요 방법은 다음과 같다.

제5구 指揮悉聽何須耳 측/평/측/측/평/평/측(聽은 측성)
제6구 患難能排豈藉言 측/평/평/평/측/측/평(2/4 평/평 동일)
⇩
제5구 指揮悉聽何須耳 측/평/평/측/평/평/측(揮/悉 평/측 교환)
제6구 患難能排豈藉言 평/측/평/평/측/측/평(患/難 측/평 교환, 구요)

溪亭小景
계곡 정자의 작은 풍경

沈周

幽亭臨水稱冥棲 물가에 임한 그윽한 정자는 은거하기에 적합하여
유 정 임 수 칭 명 서

蓼渚莎坪咫尺迷 여뀌 핀 물가와 풀 자란 들판은 지척이 매혹하네
요 저 사 평 지 척 미

山雨乍來第溜細 산비 잠시 내리자 저택의 낙숫물은 가늘고
산 우 사 래 제 류 세

溪雲欲墮竹梢低 계곡 구름이 낙하하려 할 때 대나무 끝은 숙여 있네
계 운 욕 타 죽 초 저

簷頭故壘雌雄燕 처마 끝 보루에는 암수의 제비
첨 두 고 루 자 웅 연

籬脚秋蟲子母雞 울타리 발치의 가을벌레에는 병아리와 어미 닭
이 각 추 충 자 모 계

此段風光小韋杜 이곳의 풍광은 작은 위씨와 두씨 마을(로 여길 수 있으니)
차 단 풍 광 소 위 두

可能無我一青藜 나의 모든 어려움을 잊을 수 있다네
가 능 무 아 일 청 려

•稱(chèn): 적합하다. 어울리다. •莎坪: 지명. •冥棲: 은거와 같다. •第: 집. 저택.
•故壘: 보루. •韋杜: 장안성 남쪽의 위곡(韋曲)과 두곡(杜曲). 곡은 성씨를 뜻한다.
당대의 망족(望族, 명문가)인 韋씨와 杜씨가 이곳에 거주했다. 산자수명(山紫水明)해
당시의 유람지였다. 후일에는 풍경이 수려한 곳을 일컫는 말로 쓰인다. •無我: 몰아(沒我)
와 같다. 자신을 망각하다. •青藜: 청려장(青藜杖, 명아주 줄기로 만든 지팡이). 고독(苦
讀, 어려움을 견디며 공부하는 일), 독서인(讀書人, 지식인) 등의 뜻으로 쓰인다.

齊운. 稱이 측성으로 쓰일 때는 去聲 徑(경)운에 속한다. 대장의 분석은 다음과 같다.

山/雨(산비, 명사)에는 溪/雲(계곡 구름, 명사)으로 대장했다. 상용하는 대장이다.

乍/來(잠시 내리다, 부사/동사)에는 欲/墮(내리려 하다, 동사/동사)로 대장했다. 조금은 어색하지만 표현에 영향을 주지는 않는다. 이러한 대장은 가끔 나타난다. 표현이 자연스럽다면 지나치게 맞춘 대장이 오히려 어색할 수 있다.

第/溜(저택의 낙숫물, 명사형 형용사/명사)에는 竹/梢(대나무 끝, 명사형 형용사/명사)로 대장했다.

細(가늘다, 형용동사)에는 低(낮아져 있다, 형용동사)로 대장했다. 분석을 위해 형용동사라는 용어를 썼지만, 대장의 분석에서 형용사와 동사의 구분은 경계가 모호하다.

簷/頭(처마 끝, 명사/위치)에는 籬/脚(울타리 발치, 명사/위치)으로 대장했다. 頭/脚의 대장은 많은 고심 끝에 나타난 묘미 있는 표현으로 보아야 한다. 상황에 잘 들어맞는다. 단순히 上/下로 나타낼 수도 있기 때문이다.

故壘(성곽의 보루, 명사)에는 秋蟲(가을벌레, 명사)으로 대장했다. 故/秋는 시간을 나타내는 말로 쓰였다.

雌雄/燕(암수의 제비, 명사형 형용사/명사, 동물)에는 子母/雞(명사형 형용사/명사)로 대장했다. 雌/雄과 子/母는 구 자체에서 선명하게 대장된다. 각각의 대장도 마찬가지다.

詠柳
버드나무를 노래하다

照影盈盈拂自垂　비친 그림자 아름답게 떨치어 절로 드리우니
조 영 영 영 불 자 수

受風縷縷弱還吹　바람 맞아 흔들거리며 가냘픈데 또다시 부네
수 풍 루 루 약 환 취

關山笛里思歸引　관산의 피리 소리가 귀향을 그리워하는 곡이라면
관 산 적 리 사 귀 인

灞水橋邊恨別枝　패수의 다리 주변에는 이별을 한스러워하는 가지 있네
파 수 교 변 한 별 지

翠黛莫因春去損　눈썹 먹은 어쩔 수 없이 봄이 감에 따라 이지러지나
취 대 막 인 춘 거 손

纖腰乍向月明移　가는 허리는 때마침 달 밝은 곳을 향해 옮겨 가네
섬 요 사 향 월 명 이

可憐空傍章臺老　가련하게도 이처럼 아름다운 미인이 늙어가는데
가 련 공 방 장 대 로

欲惜凋零更有誰　영락을 애석해하는 자 (나 외에) 누가 있을까!
욕 석 조 령 갱 유 수

•강언등(1567~1624) •盈盈: 물이 맑고 얕다. 여자의 자태가 날렵하고 아름답다. 걸음걸이가 사뿐사뿐하다. •拂: 털다. 털어내다. 스쳐 지나가다. •縷縷: 끊임없이 왕래하는 모습. 잇달아 끊이지 않다. 섬세하다. 상세하다. •思歸引: 거문고 곡명. 引은 곡조. •翠黛: 미인. 미인의 눈썹. 눈썹 먹. •莫: 모(暮)와 같다. 늦다. 어쩔 수 없다. •纖腰: 미인의 가는 허리. •空傍: 일공의방(一空依傍)의 준말. 예술이나 학문 등에서 너무나 뛰어나 도저히 모방할 수 없다. 이 구에서는 楊柳의 아름다운 모습을 뜻한다. •章臺: 장대양류의 준말. 미인. •凋零: 시들어가다.

支운. 대장의 분석은 다음과 같다.

關山/笛/里(관산의 피리 소리, 지명/인공물/위치)에는 灞水/橋/邊(지명/인공물/위치)으로 대장했다. 關山/灞水처럼 지명과 지명의 대장 중에서도 山/水의 대장은 묘미 있는 구성이다.

思/歸(귀향을 그리워하다, 동사/목적어)에는 恨/別(이별을 한스러워하다, 동사/목적어)로 대장했다.

引(곡, 명사)에는 枝(가지, 명사)로 대장했다. 동일한 품사의 대장이다.

翠黛(눈썹 먹, 명사, 미인의 의인화)에는 纖腰(가는 허리, 명사, 미인의 의인화)로 대장했다.

莫/因/春/去/損(부사/시간/명사/동사/동사)에는 乍/向/月/明/移(부사/방향/명사/동사/동사)로 대장했다. 다양한 표현을 위해서는 이런 구성을 잘 익혀둘 필요가 있다.

秋日懷弟
가을날에 동생을 그리며

謝榛

生涯憐汝自樵蘇   평생토록 가련한 너는 혼자 생계를 책임졌고
생 애 련 여 자 초 소

時序驚心尙道途   (나는) 계절의 추이에 놀라면서도 여전히 여정이네
시 서 경 심 상 도 도

別後幾年兒女大   몇 년간의 이별 동안에 아이들은 성장했는데
별 후 기 년 아 녀 대

望中千里弟兄孤   천 리를 바라보니 형제는 외롭네
망 중 천 리 제 형 고

秋天落木愁多少   가을날 낙엽에 근심 그 얼마인가!
추 천 낙 목 수 다 소

夜雨殘燈夢有無   밤비 속 가물거리는 불빛에 꿈은 있겠는가!
야 우 잔 등 몽 유 무

遙想故園揮涕淚   저 멀리 고향을 생각하며 눈물을 훔치는데
요 상 고 원 휘 체 루

況聞寒雁下江湖   하물며 찬 기러기 강호에 내려앉는 소리를 들음이려니!
황 문 한 안 하 강 호

• 사진(1495~1575): 명대 포의시인. •樵蘇: 나무와 풀베기. 생계. •時序: 계절의 순서. 시간의 선후. •道途: 여정. 이정. 도로. 노도(路途)와 같다.

虞운. 대장의 분석은 다음과 같다.

別/後(이별 후, 명사/위치)에는 望/中(조망 중, 명사/위치)으로 대장했다.

幾/年(몇 년, 숫자/명사)에는 千/里(천 리, 숫자/명사)로 대장했다.

兒女/大(아이들이 성장하다, 주어/동사)에는 弟兄/孤(형제는 외롭다, 주어/형용동사)로 대장했다.

秋天(가을날, 명사)에는 夜雨(밤비, 명사)로 대장했다.

落木(낙엽, 명사)에는 殘燈(희미한 등불, 명사)으로 대장했다.

愁/多少(근심은 그 얼마인가!, 주어/동사)에는 夢/有無(꿈은 있을 수 있겠는가!, 주어/동사)로 대장했다. 제3/4/5/6구의 대장은 참고할 만하다.

送皇甫別駕往開州

황보방이 개주별가로 가는 것을 전송하며

李攀龍

銜杯昨日夏雲過　잔 기울인 어제는 여름 구름 지나더니
함 배 작 일 하 운 과

愁向燕山送玉珂　근심은 연산을 향하며 그대를 보내네
수 향 연 산 송 옥 가

吳下詩名諸弟少　오 지방에서의 시명은 동생들에 비해 적었고
오 하 시 명 제 제 소

天涯宦跡左遷多　천애의 벼슬 행적은 좌천당한 일이 많았네
천 애 환 적 좌 천 다

人家夜雨黎陽樹　인가의 밤비는 여양의 나무(를 적시고)
인 가 야 우 여 양 수

客渡秋風瓠子河　나루터의 추풍은 호자하(를 스치네)
객 도 추 풍 호 자 하

自有呂虔刀可贈　자신이 소유한 여건도는 선물할 수 있을 것이니!
자 유 여 건 도 가 증

開州別駕豈蹉跎　개주별가 관직이 어찌 헛된 시간이겠는가!
개 주 별 가 기 차 타

• 이반룡(1514~1570): 명대 후 칠자 영수. • 이 시는 친구인 皇甫汸이 개주로 좌천되어
떠나갈 때 쓴 이별시다. 수련의 銜杯는 송별의 제의(題意)를 대신한다. 愁는 친구를
걱정하는 시인의 마음이 작품 전체를 이끄는 시어다. 함련의 詩名諸弟少구는 실제 능력은
그렇지 않다는 강조의 뜻으로 쓰였다. 天涯宦跡左遷多구는 관리의 좌천은 언제나 있는
일이니, 개의치 말라는 위로의 뜻이다. 경련의 黎陽과 瓠子河는 황보방이 이전에 거쳤던
곳이다. 미련의 呂虔刀 전고는 비록 지금은 좌천되어 가지만 그곳에서 또다시 자신을
알아주는 고관과 친분을 맺어 재기할 것이라는 위로와 기대를 담고 있다. 친구 사이의
일이어서 자의만으로는 그 뜻을 잘 알기 어렵다. • 皇甫: 황보방(皇甫汸, 1497~1582).
명대 관원. • 別駕: 별가종사사(別駕從事史)의 준말. 관직명. 주 刺史의 보좌관. 후에는
통판(通判)으로 지칭했다. • 銜杯: 술잔을 입에 물다. 음주. 이 구에서는 송별의 뜻으로
쓰였다. • 玉珂: 말머리 장식물. 말. 고귀현달. 이 구에서는 황보방을 가리킨다. • 吳下:
오나라 땅. 下는 명사 뒤에 붙어 장소를 가리킨다. • 諸弟: 동성의 동생. • 宦跡: 관리로서의

歌운. 過는 현대한어에서 4성으로 측성에 속하지만 운서에서 경과의 뜻일 때에는 평성 歌운에 속한다. 대장의 분석은 다음과 같다.

吳/下/詩名(오 지방에서의 시명, 지명/위치/명사)에는 天/涯/宦跡(천애의 벼슬 행적, 지명/위치/명사)으로 대장했다.

吳/下/天/涯는 吳下/天涯의 대장이지만, 下/涯처럼 위치를 포함한다. 天涯의 涯 때문에 吳下로 나타낸 것이다. 이처럼 위치를 나타내는 말에는 위치를 나타내는 지명으로 대장하는 것이 좋다.

諸弟/少(동생들에 비해 적다, 명사, 주어/수량, 동사)에는 左遷/多(좌천은 다반사다, 주어/동사)로 대장했다. 少/多는 선명한 대장이다. 이처럼 인대와 반대가 적절하게 섞이는 것이 좋다.

人家/夜雨(인가의 밤비, 명사형 형용사/명사)에는 客渡/秋風(나루터의 추풍, 명사형 형용사/명사)으로 대장했다. 夜雨/秋風은 상용하는 대장이다.

黎陽/樹(여양의 나무, 지명/자연)에는 瓠子河(호자하, 지명)로 대장했다. 黎陽/瓠子河는 대장되지 않지만, 黎陽에 樹를 더해 樹/河로 대장을 이루었다.

행적. •黎陽: 지명. •客渡: 渡船과 같다. 나룻배. 이 구에서는 나루터를 가리킨다. •瓠子河: 지명. •呂虔刀: 삼국시대 魏나라 刺史 여건의 보검. 칼을 만드는 사람이 그것을 살펴보고는, 반드시 삼공 정도가 되어야만 찰 수 있는 보검이라고 감정했다. 虔은 왕상(王祥)에게 이 보검을 선물했는데, 그 후 왕상은 삼공이 되었다. 왕상은 임종할 때, 다시 이 보검을 동생 왕람(王覽)에게 주었으며, 왕람은 이후 대중대부(大中大夫)에 이르렀다. •蹉跎: 차타자오(蹉跎自誤)의 준말. 시간을 헛되게 보내어 자신의 앞날을 망치다.

郊外水亭小集
교외 물가 정자에서의 작은 모임

袁宏道

清歌嫋嫋兩妖童　맑은 노래 낭창낭창한 두 미소년
청가뇨뇨량요동

尼酒題詩興轉工　술 가까이하며 시를 지으니 흥은 돌아 공교하네
일주제시흥진공

拾翠女來虛檻外　비취 깃털을 장식한 여인은 난간 밖에 오고
습취여래허함외

分蔬人立小畦中　채소를 나누는 사람은 이랑에 서 있네
분소인립소휴중

落花撲面都如雪　얼굴에 스치는 낙화는 모두 눈과 같고
낙화복면도여설

密樹宜亭不礙風　정자에 어울리는 조밀한 나무는 바람을 방해할 수 없네
밀수의정불애풍

怪得夜來鄉夢好　아무래도 밤이 되어야 고향의 꿈이 좋으니
괴득야래향몽호

穿雲直入武陵東　구름 뚫고 곧바로 무릉 동쪽으로 들어가네
천운직입무릉동

• 원굉도(1568~1610): 명대 공안파 대표 인물. • 小集: 소회취(小會聚)와 같다. • 嫋嫋: 연기, 냄새 따위가 모락모락 오르는 모양. 가늘고 부드러운 것이 흔들리는 모양. 하늘거리는 모양. 소리가 가늘고 길게 이어지는 모양. 은은하다. 낭창낭창하다. 의태어로 다양하게 활용할 수 있다. • 妖僮: 미소년. • 尼: 닐(昵)과 같다. 가까이하다. 친근하다. • 拾翠: 비취새의 깃털을 주워 장식하다. 여인의 봄 행락을 비유한다. • 虛檻: 난간. • 小畦: 24畝를 소휴로 여겼다. 1무는 약 666.67제곱미터. 24畝는 약 5천여 평에 해당한다. • 撲面: 얼굴에 확 스쳐오다. 얼굴을 덮어오다. • 不礙: 지장이 없다. 아무래도 좋다. 정자에 부는 바람에 지장을 주지 않는다는 뜻이다.

東운. 제2구의 工은 어색하다. 달리 대체할 압운자가 없다. 대장의 분석은
다음과 같다.

拾/翠/女(비취 깃털을 장식한 여인, 동사/목적어/인명)에는 分/蔬/人(채소를
나누는 사람, 동사/목적어/인명)으로 대장했다. 女/人의 대장은 묘미 있다.

來/虛/檻/外(난간 밖에 오다, 동사/명사/위치)에는 立/小/畦/中(이랑에 서다,
동사/상태/명사/위치)으로 대장했다.

落/花(낙화, 형용사/명사)에는 密/樹(조밀한 나무, 형용사/명사)로 대장했다.

撲/面(얼굴을 스치다, 동사/목적어)에는 宜/亭(정자를 돋보이게 하다, 동사/목
적어)으로 대장했다. 落花撲面/密樹宜亭은 撲面落花/宜亭密樹의 도치다.

都/如/雪(모두 눈과 같다, 부사/동사/명사)에는 不/礙/風(바람을 막지 못하다,
동사/명사)으로 대장했다. 정확한 대장은 아니지만 가끔 나타난다.

別王百穀
왕백곡과 이별하며

袁宏道

河上清霜雁字斜　강변의 찬 서리에 기러기 무리 비스듬히 날고
하 상 청 상 안 자 사

西風匹馬又天涯　서풍에 필마는 또다시 하늘가(로 떠돌아야 한다네)
서 풍 필 마 우 천 애

錦帆涇繞郎官舍　금범경 강물은 낭관의 관사를 에둘렀고
금 범 경 요 랑 관 사

冠子橋通處士家　관자교는 처사의 집과 통하네
관 자 교 통 처 사 가

好事每供梅月水　좋은 일에는 매번 4월의 물을 길러
호 사 매 공 매 월 수

清齋長試穀前茶　청결한 집에서 오랫동안 우전차를 맛보았지
청 재 장 시 곡 전 다

東隣不是無姝子　동편의 이웃에 미인 없는 것 아닌데도
동 린 부 시 무 주 자

眼底何人解浣紗　눈앞의 서시를 그 누가 알아보겠는가!
안 저 하 인 해 완 사

•王百穀: 명대 포의시인 왕치등(王稚登, 1535~1612). 원굉도는 그의 시문이 왕유(王維)
보다 낫다고 평가한 적이 있다. •清霜: 寒霜, 白霜과 같다. 찬 서리. •雁字: 무리지어
나는 기러기의 모습을 형용한다. •西風: 추풍과 같다. •匹馬: 一匹馬와 같다. 외로운
처지를 상징한다. •郎官: 관원의 통칭. •處士: 관직을 지내지 않은 독서인의 통칭.
•好事: 두 사람이 정담을 나눈 일을 가리킨다. •錦帆涇: 소주성(蘇州城) 내의 강물
명. •冠子橋: 소주성 내의 다리 이름. •梅月: 음력 4월. •清齋: 수행을 위해 고기나
생선을 먹지 않다. 소식(채식)하다. 맑은 하늘. 깨끗한 집. •供: 제공하다. 이 구에서는
물을 뜬다는 뜻으로 쓰였다. •穀前茶: 24절기 중 하나인 곡우(穀雨) 전에 찻잎을 따서
만든 차. 봄에 가장 먼저 딴 찻잎으로 만든 차라 해 첫물차라고도 한다. •姝子: 미인.
이 구에서는 왕백곡을 가리킨다. •浣滌: 옷을 씻다. 서시(西施)의 별칭으로도 쓰인다.
•眼底: 안전(眼前)과 같다.

佳운. 대장의 분석은 다음과 같다.

錦帆涇(지명)에는 冠子橋(지명)으로 대장했다. 지명의 대장이면서도 涇/橋의 대장은 공교롭다.

繞/郎官舍(관원의 관사를 에두르다, 동사/목적어)에는 通/處士家(처사의 집으로 통하다, 동사/목적어)로 대장했다.

好/事(좋은 일, 형용사/명사)에는 淸/齋(깨끗한 집, 형용사/명사)로 대장했다.

每/供(매번 갖추다, 부사/동사)에는 長/試(한참 동안 시음하다, 부사/동사)로 대장했다.

梅月/水(4월의 물, 절기/명사)에는 穀前/茶(곡우 전의 차, 절기/명사)로 대장했다. 月을 위치로 여긴 月/前의 대장은 좀처럼 찾아보기 어려우며, 묘미 있는 대장이다.

登華

화산을 올라

袁宏道

洗頭盆下撷芝苗 (머리 감는 대야) 세두분 아래서는 영지를 따고
세 두 분 하 힐 지 묘

古洞深松話寂寥 옛 동굴과 무성한 소나무 이야기는 적료하네
고 동 심 송 화 적 료

仙跡久湮無後輩 선인의 발자취는 오랫동안 묻혀 찾는 후인이 없었는데
선 적 구 인 무 후 배

遊人逆數即前朝 유람객이 추측해보니 전 왕조에서 끝났네
유 인 역 수 즉 전 조

身輕眼豁腸皆換 몸은 가볍고 눈은 트이고 마음은 완전히 새로워지고
신 경 안 활 장 개 환

月冷煙清夢亦遙 달은 차갑고 안개는 선명하고 꿈 또한 아득하네
월 랭 연 청 몽 역 요

見說乳泉甘似酒 감미로운 샘물은 술과 같다고 들었으니
견 설 유 천 감 사 주

扪蘿親與試雲瓢 덩굴을 잡고 친히 가서 구름 표주박으로 시험하리라!
문 라 친 여 시 운 표

• 洗頭盆: 옥녀세두분(玉女洗頭盆)의 준말. 화산 중앙 산봉우리 옥녀사 남쪽 벼랑의 바위. 춘추시대 통소의 달인 弄玉이 머리를 감던 곳이라는 전설이 전해진다. 옥녀사 앞에는 다섯 개의 절구가 있는데, 절구 속의 물은 푸르고도 맑다. 가물어도 마르지 않고 비가 와도 넘치지 않으며, 머리를 감으면 윤기가 나고, 빠진 머리는 재생하며, 흰머리는 검어진다는 전설이 전해진다. •芝苗: 영지. 苗는 어색하다. 苗는 芝로 써야 하지만, 芝는 압운자가 아니므로 쓸 수 없다. •寂寥: 적적하고 고요하다. 적적하고 쓸쓸하다. 광활하다. •即: 곧. 혹은. 가까이하다. 나아가다. 끝나다. 동사로 쓰였다. •逆數: 예측과 같다. 이 구에서는 거꾸로 헤아려보다는 뜻으로 쓰였다. •見說: 알리다. 설명하다. 들은 바에 의하면. …라고 듣다. •乳泉: 종유석 위에 떨어지는 물방울. 감미로운 샘물. •扪蘿: 덩굴을 잡고 오르다. •親與: 직접 가다.

蕭운. 대장의 분석은 다음과 같다.

仙跡/久/湮(선인의 흔적은 오랫동안 묻히다, 명사/부사/형용동사)에는 遊人/逆/數(나그네는 거꾸로 헤아려보다, 명사/부사/동사)로 대장했다.

無/後/輩(후배가 없다, 동사/위치/명사)에는 即/前/朝(바로 앞 왕조이다, 부사/위치/명사)로 대장했다. 無/即은 우리말로는 어색하지만 인정할 만한 대장이다.

身/輕/眼/豁(몸은 가볍고 눈은 트이다, 명사/형용동사/명사/형용동사)에는 月/冷/煙/清(달은 차갑고 안개는 선명하다, 명사/형용동사/명사/형용동사)으로 대장했다.

腸/皆/換(마음은 완전히 새로워지다, 명사/부사/동사)에는 夢/亦/遙(꿈은 또한 아득해지다, 명사/부사/동사)로 대장했다.

渡黃河
황하를 건너며

袁中道

如雪寒沙千里平　눈과 같은 찬 모래가 천 리에 걸쳐 평평하고
여설한사천리평

猛風雖盡浪猶驚　사나운 바람 비록 그쳤으나 물결은 두렵게 느껴지네
맹풍수진랑유경

草經靑女全無色　풀은 눈과 서리를 맞아 완전히 무색이고
초경청녀전무색

雁過黃河別有聲　기러기는 황하를 지나며 특별하게 소리를 내네
안과황하별유성

騎馬久無浮宅夢　말을 타며 오랫동안 안정된 집에서 생활하는 꿈을 꾸었으나
기마구무부택몽

倚蓬忽動蕩舟情　쑥에 의지하여 어느덧 불안한 배에 탄 것 같은 심정이네
의봉홀동탕주정

可憐廣武山常在　안타까운 일 있었던 광무산은 언제나 그대로이니
가련광무산상재

寂寞誰知豎子名　적막 속에 그 누가 풋내기 항우를 알아주겠는가!
적막수지수자명

• 원중도(1570~1626): 명대 공안파 대표 인물. • 靑女: 서리와 눈을 맡은 여신. 서리와 눈의 다른 이름. 백발.《회남자(淮南子)》〈천문훈(天文訓)〉에 근거한다. • 無浮: 안정되다의 뜻으로 쓰였다. • 動蕩: 동요하다. 출렁이다. 불안정하다. • 豎子: 동복. 소자(경멸의 뜻). 풋내기. 새파란 놈. • 제7/8구는《진서(晉書)》〈완적전(阮籍傳)〉의 "時無英雄, 使豎子成名"에 근거한다. 완적이 광무산에 올라 초한 전쟁터를 바라보며 탄식한 말로, 그 시대에 영웅이 없어 풋내기로 하여금 영웅호걸의 명성을 얻게 했다는 뜻이다. 항우의 책사 범증(範增)은 유방을 죽이라고 재촉했지만 항우가 머뭇거리며 살려주었다. 이에 항우를 비웃으며 풋내기와는 천하의 일을 도모하지 못하겠다며 내뱉은 말이다. • 豎子成名: 무능한 자가 요행히 명성을 얻는다는 전고로 쓰인다. • 可憐: 가련하다. 안타깝다.

庚운. 대장의 분석은 다음과 같다.

草/經/靑/女(풀이 서리와 눈을 거치다, 식물/동사/색깔/명사)에는 雁/過/黃/
河(기러기가 황하를 지나다, 동물/동사/색깔/명사)로 대장했다. 靑女는 눈과 서
리 또는 서리, 눈을 뜻하므로 黃河와 정확하게 대장된다.

全/無/色(완전하게 무색이다, 부사/동사/명사)에는 別/有/聲(특별하게 소리를
내다, 부사형/동사/명사)으로 대장했다.

騎/馬(말을 타다, 동사/목적어, 동물)에는 倚/蓬(쑥에 의지하다, 동사/목적어,
식물)으로 대장했다.

久(오래도록, 부사)에는 忽(어느덧, 부사)로 대장했다.

無浮/宅/夢(안정된 집에 사는 꿈, 형용동사/명사/명사)에는 動蕩/舟/情(흔들
리는 배에 탄 심정, 형용동사/명사/명사)으로 대장했다. 대장은 맞지만 약간 억지
스럽다.

同惟長舅讀唐詩有感
큰 처남과 함께 당시를 읽은 생각

袁宗道

數卷陳言逐字新　여러 시권의 표현은 자구마다 새롭고
수권 진 언 축 자 신

眼前君是賞音人　지금 그대는 지음인으로서 감상하네
안 전 군 시 상 음 인

家家櫝玉誰知贋　시인마다 간직한 재능은 누가 가짜인지 알 수 있겠는가!
가 가 독 옥 수 지 안

處處抽龍總忌眞　시권마다 뽑아놓은 명구는 모두 진면목에 질투 나네
처 처 추 룡 총 기 진

再舍肉黥居易句　또다시 벼슬을 버리고 자자하듯 새긴 백거이 구
재 사 육 경 거 이 구

重捐金鑄浪仙身　거듭 부귀를 버리고 아로새긴 가도의 처신
중 연 금 주 랑 선 신

一從馬糞卮言出　말똥으로부터도 자연에 합치되는 말이 나오니
일 종 마 분 치 언 출

難洗詩家入骨塵　삼가 조탁한 시구는 뼈가 먼지 되어도 들일 만하네
난 세 시 가 입 골 진

• 원종도(1560~1600): 명대 관원. 공안파의 한 사람. •陳言: 진부한 말. 이 구에서는
진술하다는 뜻이다. •逐字: 한 자마다. 글자마다. •音人: 知音人의 준말. 음률에 정통하다.
작품을 깊이 이해하고 정확히 평가하는 사람. •家家: 당대의 유명 시인들을 가리킨다.
•櫝玉: 궤 속의 미옥. 간직한 재능을 상징한다. •處處: 시권마다. •抽龍: 이 구에서
가려 뽑은 명구 또는 각각의 시를 뜻한다. •眞: 진면목. •舍肉: 고기를 버리다. 肉은
벼슬의 뜻으로 쓰였다. •捐金: 연금침주(捐金沉珠)의 준말. 捐은 버리다. 황금은 산중에
버리고, 주옥은 호수에 던져버리려 하다. 부귀를 탐하지 않는다는 뜻이다. •黥: 자자하다.
묵형하다. 원래는 좋지 않은 뜻이지만, 이 구에서는 긍정의 의미로 쓰였다. 백거이의
구는 자자하듯이 뚜렷하고도 알기 쉽게 구성되었다는 뜻이다. •鑄: 각인되다. 黥과
비슷한 뜻이다. •居易: 백거이. •浪仙: 가도(賈島)의 자. 一從은 …로부터. •馬糞: 마분.
하찮은 것. •卮言: 허튼소리 또는 임기응변의 말이나 이 구에서는 시비를 할 수 없는
말. 자연에 합치되는 말의 뜻으로 쓰였다. 《장자(莊子)》〈우언(寓言)〉의 "卮言日出, 和以天

眞운. 대장의 분석은 다음과 같다.

家家/櫝/玉(시인마다 간직한 재능, 첩어/형용사/명사)에는 處處/抽/龍(곳곳에 뽑아놓은 명구, 첩어/형용사/명사)으로 대장했다. 玉/龍은 재능/명구의 상징으로 쓰였다. 참고할 만하다.

誰/知/贗(누가 가짜인지를 알겠는가!, 의문사/동사/목적어)에는 總/忌/眞(언제나 진면목을 시기하다, 부사/동사/목적어)으로 대장했다. 의문사와 부사의 대장은 상용하는 대장이다.

再/舍/肉/黥(재차 벼슬을 버리고 아로새기다, 부사/동사/목적어/동사)에는 重/捐/金/籙(거듭 부귀를 버리고 아로새기다, 부사/동사/목적어/동사)로 대장했다. 두 구는 동일한 뜻으로 이루어졌다. 일반적으로 바람직한 방법은 아니다. 肉과 黥 역시 이 구의 시어로서는 바람직하지 않다. 居易/句(백거이 구, 인명/명사)에는 浪仙/身(낭선의 처신, 인명/명사)으로 대장했다.

倪"에 근거한다. 허튼소리가 일신하면 하늘의 뜻과 합치된다는 뜻이다. ·卮: 술잔. ·日出: 일신과 같다. ·天倪: 天邊과 같다. 하늘가. ·和: 합치하다. ·宋 태종(太宗) 순화(淳化) 3년(992)의 전시(殿試)에도 인용되었다. 송대 초기 과거시험에는 가장 먼저 답을 제출한 사람을 장원으로 뽑는 괴이한 제도가 시행되었다. 태종은 이러한 왜곡된 풍조를 바로잡기 위해 '卮言日出'의 생소한 시제를 제시했다. 그 결과 가장 먼저 답안을 제출한 이서기(李庶幾)는 낙제하고, 늑장을 부리며 가장 늦게 제출한 손하(孫何)가 장원이 되었다. 이로부터 과거시험에서는 빨리 써내는 풍조가 시정되었다. ·難洗: 삼가 갈고 다듬다. 難은 고난. 삼가. 온 힘을 다한다는 뜻으로 쓰였다. ·洗: 갈고 다듬다. ·詩家: 당(唐)대의 시인, 또는 시구를 가리킨다.

雪中共惟長舅氏飮酒

눈 내리는 가운데 큰 처남과 함께 술을 마시다

袁宗道

盆梅香里倒淸巵 화분의 매화 향기 속에 맑은 술을 따르며
분 매 향 리 도 청 치

閑聽群鳥噪凍枝 한가로이 새무리가 찬 가지에서 지저귀는 소리를 듣네
한 청 군 오 조 동 지

飽後茶勳眞易策 배부른 후에 음차는 그야말로 쉬운 방책이요
포 후 다 훈 진 이 책

雪中酒戒最難持 눈 내리는 가운데 금주는 가장 어려운 견지라네
설 중 주 계 최 난 지

爐心香燼灰成字 향로 중심의 향이 타고 남은 재는 글자를 이루고
노 심 향 신 회 성 자

紙尾書慵筆任欹 종이 말미에 쓴 글씨의 평범한 붓놀림도 찬탄에 내맡기네
지 미 서 용 필 임 의

共話當年騎竹事 서로 지난날 선정 베푼 일을 이야기하는데
공 화 당 년 기 죽 사

如今雙鬢各成絲 지금은 양쪽 귀밑머리가 각각 백발이 되었네
여 금 쌍 빈 각 성 사

•倒: 따르다. 붓다. •巵: 술잔. 이 구에서는 술을 뜻한다. 支운에는 술을 나타내는 말이 없으므로 술잔으로 술을 대신한 것이다. •茶勳: 차의 공로. 차 마시는 일. •紙尾: 문장의 마지막에 서명이나 날짜를 쓴 부분. •慵: 庸과 같다. 떳떳하다. 범상하다. 평범하다. •騎竹: 지방 관리의 仁政에 어린아이들이 죽마를 타고 환영했다는 《후한서(後漢書)》의 고사에 근거한다. 또는 선가의 출행을 나타내는 말로도 쓰인다. •絲: 고치실. 견사. 이 구에서는 백발을 뜻한다.

支운. 聽은 측성으로 안배되었다. 去聲 徑운에 속한다. 대부분 평성으로 쓴다. 제4구의 첫 부분은 고평이지만 구요하지 않아도 허용된다. 제5구에서 평/측/평의 고측으로 안배하는 것이 일반적이다. 대장의 분석은 다음과 같다.

飽/後(배부른 후, 명사형 동사/상태)에는 雪中(눈이 내리는 가운데, 명사형 동사/상태)으로 대장했다.

茶/勳(차의 효능, 명사형 형용사/명사)에는 酒/戒(음주 금지, 명사형 형용사/명사)로 대장했다.

眞/易/策(참으로 쉬운 방법, 부사/형용사/명사)에는 最/難/持(가장 어려운 견지, 부사/형용사/명사형)로 대장했다. 持는 동사이므로 엄밀하게 따지자면 策과는 어색한 대장이다. 공안파(公安派)는 진실한 성령 표현을 강조하므로 품사가 어색하게 대장되는 방법을 크게 문제 삼지 않는 특징을 볼 수 있다.

爐心香燼灰/成/字(주어/동사/목적어)에는 紙尾書慵筆/任/欹(주어/동사/목적어)로 대장했다.

秋曉

가을새벽

鍾惺

清秋但覺曉猶淸 늦가을인데도 새벽에 깨어보니 여전히 맑아
청추단교효유청

起趁空明繞砌行 일어나 하늘 맑은 틈을 타서 섬돌을 돌아가네
기진공명요체행

在竹露沾星下影 대에 앉은 이슬은 별 아래 그림자를 적시고
재죽로첨성하영

出林鴉帶夜來聲 숲을 나선 까마귀는 밤새운 울음을 곁들였네
출림아대야래성

煙隨曆亂孤光去 안개가 어지럽게 따르자 달빛은 사라지고
연수역란고광거

人語稀微衆動生 사람 소리 희미하다 무리로 움직이며 나타나네
인어희미중동생

高枕倒衣皆此際 베개 높여 자다가 옷 갈아입는 것은 모두 이즈음
고침도의개차제

紛然喧靜各爲情 시끄러움과 고요함이 뒤섞여 각각 정을 위하네
분연훤정각위정

• 종성(1574~1624): 명대 문학가. 산문가. •淸秋: 심추(深秋), 만추(晩秋)와 같다. 늦가을. •覺: 잠을 깨다. •空明: 공광징철(空曠澄澈)과 같다. 맑은 영혼. 광활하고도 맑다. •曆亂: 어지럽다. 너저분하다. 소란하다. 전란 따위를 겪다. •孤光: 먼 곳에서 반짝이는 불빛. 외로운 불빛. 햇빛. 달빛. 외로운 그림자. •紛然: 뒤섞이다.

庚운. 대장의 분석은 다음과 같다.

在/竹/露(대나무에 맺힌 이슬, 동사/명사/명사)에는 出/林/鴉(숲을 나선 까마귀, 동사/명사/명사)로 대장했다.

沾/星/下/影(별 아래 그림자를 적시다, 동사/명사/위치/명사)에는 帶/夜/來/聲(밤새우며 곁들인 울음소리, 동사/명사/시간/명사)으로 대장했다. 위치에는 위치로 대장하는 게 일반적이지만 이처럼 위치/시간으로도 대장할 수 있다.

煙/隨/曆亂(안개가 어지럽게 따르다, 명사/동사/동사형 명사)에는 人語/稀微(말소리가 희미해지다, 명사/동사)로 대장했다. 올바르게 대장되지 않는다.

孤光/去(달빛이 사라지다, 명사/동사)에는 衆/動生(사람들이 나타나기 시작하다, 명사/동사)으로 대장했다. 정확하게 대장되지 않는다.

제5/6구는 올바르게 대장되지 않는다. 제3/4구만 대장되었다. 양련(兩聯) 대장이 정석이지만 이와 같은 단련(短聯) 대장도 가능하다.

秋日雜感 1
가을날의 여러 가지 생각 1

陳子龍

滿目山川極望哀   도처의 산천은 지극히 원망스럽고 슬프니
만목산천극망애

周原禾黍重徘徊   들판을 배회하며 고국 잃은 슬픔에 거듭 배회하네
주원화서중배회

丹楓錦樹三秋麗   단풍으로 눈부신 나무의 가을은 아름답고
단풍금수삼추려

白雁黃雲萬里來   흰기러기 (날 때의) 누런 구름 만 리에서 오네
백안황운만리래

夜雨荊榛連茂苑   밤비에 황량한 모습은 오중으로 이어졌고
야우형진련무원

夕陽麋鹿下胥臺   석양 속의 미록은 고소대 아래 있네
석양미록하서대

振衣獨上要離墓   옷 털고 일어나 홀로 자객 요리의 묘에 올라
진의독상요리묘

痛哭新亭一舉杯   통곡하며 한동안 멈추었던 술잔을 드네
통곡신정일거배

•진자룡(1608~1647): 명대 말기 관원. 시인. 산문가. •고국 잃은 슬픔을 나타내려 했으나 위제(違題)에 해당한다. 錦樹, 麗, 黃雲은 모두 길상의 뜻으로 쓰였기 때문이다. 수미일관되지 않는다. •滿目: 눈에 보이는 것 모두. 도처에. 가는 곳마다. •周原: 서주(西周)의 발상지. 중국의 발상지를 가리키기도 한다. 이 구에서는 단순히 들판을 배회한다는 뜻으로 쓰였다. 벼와 기장. 고국을 잃은 슬픔이나 명승지가 황폐하게 변해버린 탄식의 전고로 쓰인다. •黃雲: 황색 구름. 천자의 기운. •荊榛: 가시. 가시덩굴 등이 우거져 막힌 모양. 황량한 모습. •茂苑: 아름다운 정원. 吳中의 별칭. 후일에는 소주의 별칭으로 변했다. •麋鹿: 고라니와 사슴. 촌스러운 행동의 비유. •胥臺: 고소대(姑蘇臺) 또는 고서대(姑胥臺)라고도 한다. 소주성 서쪽 고소산(姑蘇山) 위에 있는 누각. •要離: 춘추시대 오나라 사람으로 역사상 유명한 자객. 의심을 피하려 자신의 팔을 자르고 처를 죽인 다음 왕자 경기(慶忌)를 살해하는 고육계를 썼다. 일이 성사된 후 오왕이 소원을 말하라고 하자, 경기의 부친인 오왕 僚를 살해한 전저(專諸)의 묘 옆에 묻어달라는

灰운. 대장의 분석은 다음과 같다.

丹/楓/錦/樹(단풍이 눈부신 나무, 색깔/명사/색깔/명사)에는 白/雁/黃/雲(흰 기러기 날 때의 누런 구름, 색깔/명사/색깔/명사)으로 대장했다. 丹楓錦樹는 단풍이 눈부신 나무이므로 白雁黃雲은 흰기러기와 금빛 구름이 아니라 흰기러기 날 때의 금빛 구름으로 보아야 한다.

三/秋/麗(가을은 아름답다, 숫자/명사/형용동사)에는 萬/里/來(만 리로 부터 오다, 숫자/명사/동사)로 대장했다.

夜雨(밤비, 명사)에는 夕陽(석양, 명사)으로 대장했다.

荊榛(가시덤불, 식물)에는 麋鹿(사불상, 동물)으로 대장했다. 麋鹿은 이 작품에서 단지 대장을 맞춘 것에 불과하다.

連/茂苑(무원으로 이어지다, 동사/지명)에는 下/胥臺(고소대 아래에 있다, 동사/지명)로 대장했다. 連/下는 단순한 품사의 대장이다.

제3/4구의 丹楓/白雁/夜雨/夕陽은 합장이다. 이처럼 일률적인 안배는 좋지 않다.

요구와 구요 방법은 다음과 같다.

제1구 滿目山川極望哀 측/측/평/평/측/측/평
제2구 周原禾黍重徘徊 평/평/평/측/평/평/평

제2구의 하삼평은 상삼평으로 안배해 구요했다. 이러한 구요는 드물게 나타난다. 표현을 우선했다.

유언을 남겼다. 지금 강소성 무석(無錫)시에는 동한시대 은사 양홍(梁鴻)의 묘와 더불어 품자 형태로 안치되어 있다.

제7구 振衣獨上要離墓 측/평/측/측/측/평/측(고평 반복, 구요)
제8구 痛哭新亭一擧杯 측/측/평/평/측/측/평(위아래 2/4/6 부동)

제7구에서는 고평을 반복 안배해 구요했다. 상용하는 방법이다.

秋日雜感 2
가을날의 여러 가지 생각 2

陳了龍

行吟坐嘯獨悲秋　거닐거나 앉아서 읊조리는 유독 슬픈 가을
행음좌소독비추

海霧江雲引暮愁　해무와 강 구름은 저녁 근심을 일으키네
해무강운인모수

不信有天常似醉　하늘 있어도 언제나 취한 것 같아 믿을 수 없고
불신유천상사취

最憐無地可埋憂　땅 없어 근심조차 묻을 곳 없는 처지가 가장 가련하네
최련무지가매우

荒荒葵井多新鬼　스산한 해바라기 우물에는 새로운 귀신이 늘어나고
황황규정다신귀

寂寂瓜田識故侯　쓸쓸한 오이 밭에서는 동릉후의 심정을 알 수 있네
적적과전식고후

見說五湖供飲馬　오호는 모두 말을 물 먹이는 곳으로 제공한다고 설명하지만
견설오호공음마

滄浪何處著漁舟　창랑의 어느 곳인들 배 댈 수 있겠는가!
창랑하처착어주

• 명나라 숭정(崇禎) 17년(1644), 청나라 군사는 북경을 점령했다. 이듬해에는 곧바로 강남을 빼앗기고, 동남쪽 여러 성이 함락되었다. 이 시는 1646년에 지어졌는데, '객이 오중(吳中)에서 짓다'라는 부제가 달려 있다. 오중은 오주(吳州)로 지금의 소주(蘇州)를 가리킨다. 진자룡은 소주와 송주(松州) 일대에서 청나라에 항거하는 강남 각지의 무장 세력과 연합해 적을 방어했다. 전화의 상황을 묘사한 〈추일잡감〉 10수는 청나라 군사가 침입해 강남 일대의 백성이 겪은 재난을 묘사한 작품이다. 시인은 조국을 위해 기꺼이 목숨을 바친 애국지사들을 추모하고 나라를 되찾아야겠다는 굳은 결심을 나타내고 있다. 이 연작시를 쓸 당시 소주와 송주는 이미 청나라 쪽으로 형세가 기운 뒤였다. 진자룡도 어찌할 수 없는 지경에 이르자 승복으로 변장하고 이름을 바꾸어 오중을 전전하면서 항거할 시기를 기다렸다. 시인의 비분강개한 심정이 잘 드러나는 작품이다.
• 行吟: 거닐면서 시를 읊조리다. • 坐嘯: 앉아서 읊조리다. • 天: 황제를 상징한다. • 荒荒: 스산하다. • 新鬼: 청나라 군대를 가리킨다. • 見說: 알리다. 설명하다. • 五湖: 원래

尤운. 대장의 분석은 다음과 같다.

不信(믿을 수 없다, 동사)에는 最/憐(가장 가련하다, 부사/형용동사)으로 대장
했다. 어색한 대장이다.

有/天/常/似/醉(동사/명사/부사/동사/동사)에는 無/地/可/埋/憂(동사/명사/
동사/동사/명사)로 대장했다. 제3/4구는 정확하게 대장되지 않는다. 이 작품은
제5/6구만 정확하게 대장한 단련(單聯) 대장에 해당한다.

荒荒(스산하다, 첩어)에는 寂寂(쓸쓸하다, 첩어)으로 대장했다.

葵/井(해바라기 우물, 명사형 형용사/명사)에는 瓜/田(오이 밭, 명사형 형용사/
명사)으로 대장했다. 전고와 전고의 대장이다. 葵井은 실제로 우물 위의 해바라
기 밭이다. 井葵로 써야 더욱 어울리지만 평/측 안배가 맞지 않아서 葵井으로
쓴 것이다. 도운(倒韻)에 가깝다.

多/新鬼(새로운 귀신을 많게 하다, 동사/목적어)에는 識/故侯(동릉후의 심정을
알다, 동사/목적어)로 대장했다. 鬼는 청나라 군대 또는 청나라 조정을 가리키므
로 鬼/侯는 인명과 인명의 대장이다.

요구와 구요 방법은 다음과 같다.

제5구 荒荒葵井多新鬼 평/평/평/측/평/평/측

제6구 寂寂瓜田識故侯 측/측/평/평/측/측/평

제7구 見說五湖供飲馬 측/측/측/평/평/측/측

제8구 滄浪何處著漁舟 평/측/평/측/측/평/평(점대 원칙에 어긋남)

⇕

제5구 荒荒葵井多新鬼 평/평/평/측/평/평/측

중국의 큰 호수를 가리키지만, 이 구에서는 중국 전체를 가리킨다.

제6구 寂寂瓜田識故侯 측/측/평/평/측/측/평

제7구 見說五湖供飲馬 측/측/측/평/평/측/측

제8구 滄浪何處著漁舟 평/평/측/측/측/평/평(浪/何 측/평 교환, 구요)

제5/6/7/8구의 두 번째 운자는 평/측/측/평으로 안배되어야 하지만, 평/측/측/측으로 안배되어 점대 원칙에 어긋난다. 제8구의 滄/浪/何/處는 평/측/평/측으로 2/4 부동에 어긋난다. 浪/何의 측/평을 바꾸면 원래의 기본 구식으로 되돌려진다. 잘 나타나지 않는 요구와 구요 방법이지만 자연스럽게 표현하면서도 평/측을 잘 응용한 시인의 능력을 알 수 있다.

秋日雜感 3
가을날의 여러 가지 생각 3

萬木凋傷歎式微　온 나무 시들 듯이 나라 망해가는 것이 한탄스러운데
만목조상탄식미

何人猶與賦無衣　그 누가 힘을 합해 적 물리치는 일을 주저하는가!
하인유여부무의

繁箱皓月陰蟲切　번화했던 지방의 밝은 달에도 가을벌레 소리 끊기고
번상호월음충절

畫角淸筎旅雁稀　군중의 처연한 피리 소리에도 나는 기러기 드무네
화각청가려안희

阮籍哭時途路盡　위나라 완적은 나아갈 길이 막혔을 때 통곡했고
완적곡시도로진

梁鴻歸去姓名非　한나라 양홍은 명성이 드러나지 않았을 때 은거했다네
양홍귀거성명비

南方尙有招魂地　남방은 여전히 굴원의 애국심을 필요로 하는 땅
남방상유초혼지

日暮長歌學采薇　저무는 해에 긴 노래로 충절을 모방하네
일모장가학채미

・수미가 일관되며 미련의 구성이 뛰어나다. 결말을 잘 맺는 방법으로 참고할 만하다.
・萬木凋零: 온 나무가 시들다. ・式微: 국가, 명문, 호족 따위가 쇠미하다. ・猶豫: 주저하
다. 망설이다. ・賦無衣: 無衣之賦의 준말. 춘추 말기 오나라가 초나라를 침범하자 오나라
대부 신포서(申包胥)는 진(秦)나라에 구원병을 요청하기 위해 7일 동안 한 모금의 물도
마시지 않고 진나라의 궁전 담장에 기대 통곡하며 애원했다. 이에 진나라 애공(哀公)은
〈무의(無衣)〉시로 답한 다음, 초나라에 구원병을 보내주었다. 《춘추좌씨전(春秋左氏傳)》
〈정공사년(定公四年)〉에 근거한다. 이후 無衣之賦는 구원병을 보내어 상대 나라를 돕다,
공동의 적에 대해 적개심을 품는다는 전고로 쓰인다. 이 구에서는 관민이 서로 힘을
합쳐 적을 물리쳐야 한다는 뜻으로 쓰였다. ・箱: 廂과 같다. 일반적으로는 사랑채의
뜻이지만, 이 구에서는 성문 부근의 지방을 가리킨다. ・皓月: 밝은 달. ・陰蟲: 가을벌레.
귀뚜라미 종류. 두꺼비의 뜻도 있다. ・畫角: 군중(軍中)에서 쓰던 대나무나 가죽 따위로
만든 나팔의 일종. ・淸筎: 凄然과 같다. 처연하면서도 맑은 피리 소리. ・旅雁稀: 남쪽이나

微운. 대장의 분석은 다음과 같다.

繁/箱(번화했던 거리, 형용사/명사)에는 畫角(군중의 피리, 명사)으로 대장했다. 畫는 획책을 꾀한다는 뜻이고 畫角은 어떠한 용도를 분명히 한 악기이므로 형용사의 뜻으로 쓰였다. 올바른 대장이다.

皓/月(밝은 달, 형용사/자연)에는 淸/笳(맑은 피리 소리, 형용사/인공)로 대장했다.

陰蟲/切(가을벌레 소리가 끊기다, 명사/동사)에는 旅雁/稀(나는 기러기가 드물다, 명사/형용동사)로 대장했다.

阮籍(완적, 인명)에는 梁鴻(양홍, 인명)으로 대장했다. 인명과 인명, 인명과 지명의 대장은 까다롭다. 격이 맞아야 하며, 평/측을 다른 말로 대체하기가 어렵기 때문이다.

哭/時(통곡할 때, 형용동사/명사)에는 歸/去(돌아가다, 동사)로 대장했다. 어색한 대장처럼 보이지만 자연스러운 표현이다. 또한 전고의 인용이므로 허용된다.

途路/盡(전도가 막히다, 명사/동사)에는 姓名/非(성명이 드러나지 않다, 명사/형용동사)로 대장했다. 名聲이 더욱 알맞지만 평/측 안배 때문에 姓名으로 쓴 것이다.

북쪽으로 나는 기러기 무리가 드물다. 기러기는 소식을 알리는 전령의 상징이다. 이 구에서는 시인의 처연한 심정을 알아주는 사람이 별로 없다는 뜻으로 쓰였다. •阮籍哭時: 阮籍三哭과 같다. 완적은 죽림칠현의 한 사람으로 일생에 세 번 울었다고 전해진다. 태어날 때, 모친이 돌아가셨을 때, 전도가 막혔을 때다. 부친은 매우 어렸을 때 돌아가셨기 때문에 포함되지 않는다. •제6구는 자신의 처지와 양홍을 비교했다. 즉 양홍은 명성이 드러나지 않았을 때부터 은거 생활을 했지만, 자신은 이미 그럴 수 없다는 뜻이다. •招魂: 애국 시인 굴원의 작품. 이 구에서는 굴원의 애국심을 나타낸다. •學: 모방하다. •采薇: 고사리. 백이(伯夷)와 숙제(叔齊)의 고사를 상징한다. 충절을 상징하는 전고로 인용된다.

秋日雜感 4
가을날의 여러 가지 생각 4

南臺西苑柳如絲 남쪽 누대 서쪽 화원의 버들은 생사 같은데
남 대 서 원 류 여 사

鳳輦龍舟向晚移 (쇠락의) 어가는 황혼 향해 이동하네
봉 련 용 주 향 만 이

春燕俄驚三月火 봄 제비는 갑작스러운 삼월의 전쟁에 놀라고
춘 연 아 경 삼 월 화

昏鴉空繞萬年枝 황혼의 까마귀는 부질없이 만년 가지를 맴도네
혼 아 공 요 만 년 지

橐駝盡系明光殿 (쇠락의 상징인) 낙타가 모두 명광전에 매여 있고
탁 타 진 계 명 광 전

苜蓿新栽太液池 (원나라 말먹이의) 개자리는 새롭게 태액지에서 재배되네
목 숙 신 재 태 액 지

苦憶教坊供奉伎 괴롭게도 교방관청에서 기녀 바치며
고 억 교 방 공 봉 기

短簫橫笛譜龜茲 피리 악보가 서역 지방 것임을 상기하는 일이라네
단 소 횡 적 보 귀 자

•苑: 주로 제왕의 화원을 가리킨다. 베이징 교외의 지명으로도 쓰인다. •鳳輦: 용거봉련(龍車鳳輦)의 준말. 어가. 龍舟는 제왕의 배. 鳳輦龍舟는 어가의 통칭으로 쓰였다. •晚: 저녁. 이 구에서는 왕조의 몰락을 뜻한다. •萬年: 지금까지 지속되었던 오랜 왕조를 뜻한다. •橐駝: 이민족의 침입으로 왕조의 쇠락을 나타내는 상징으로 쓰인다. •明光殿: 궁전 명. •苜蓿: 거여목. 개자리. 말의 사료로 이용된다. 원군의 점령 상황을 나타낸다. •太液池: 궁전 연못 명. •供奉: 받들다. •苦憶은 제8구까지를 포함한다. •教坊: 당(唐)대 이후 궁중에 설치해 음악, 무용, 배우, 잡희 따위를 관리하던 관청. 관기(官妓). •短簫橫笛: 피리의 일종인 관악기. •龜茲: 원래 중국이 관리했던 서역 지방. 이 구에서는 원나라를 가리킨다. 支운에서는 원나라를 나타낼 마땅한 운자가 없으므로 龜茲로 쓴 것이다. 보귀자 역시 서역의 악보를 가리키지만 이 구에서는 보와 귀자를 나누어야 한다.

支운. 供은 평/측 모두 쓸 수 있다. 제5구의 첫 부분은 고평이지만 허용된다. 대장의 분석은 다음과 같다.

春/燕(봄 제비, 시간/동물)에는 昏/鴉(황혼의 까마귀 시간/동물)로 대장했다. 俄(갑자기, 부사)에는 空(부질없이, 부사)으로 대장했다.

驚/三月/火(삼월의 전쟁에 놀라다, 동사/숫자, 명사/명사)에는 繞/萬年/枝(만년의 가지를 맴돌다, 동사/숫자, 명사/명사)로 대장했다. 春燕俄/驚三月火로 표현되어 3/4의 리듬이다. 일반적으로 4/3의 리듬이 자연스럽지만, 명, 청대 작품에서는 3/4의 리듬이 자주 나타난다. 격률의 측면보다 표현을 더욱 중시했다. 격률이라는 측면에서는 바람직하지 않다.

橐駝(낙타, 쇠락의 상징, 동물)에는 苜蓿(개자리, 쇠락의 상징, 식물)으로 대장했다. 다만 중국의 입장에서 보면 쇠락의 상징이지만, 서역의 입장에서는 쇠락의 상징이 아니다. 동물과 식물의 대장은 상용하는 대장이다.

盡/系/明光殿(모두 명광전에 묶다, 부사/동사/지명)에는 新/栽/太液池(새롭게 태액지에 재배하다, 부사/동사/지명)로 대장했다. 지명과 지명의 대장은 상용하는 대장이다.

秋日雜感 5
가을날의 여러 가지 생각 5

陳子龍

雙闕三山六代看 궁궐과 명산은 여섯 왕조가 수호했으니
쌍 궐 삼 산 육 대 간

龍盤虎踞舊長安 용이 서리고 호랑이가 웅크린 형세의 옛 장안이라네
용 반 호 거 구 장 안

江陵文武牙簽盡 강릉현의 문무와 법도는 끝났고
강 릉 문 무 아 첨 진

建業風流玉樹殘 건업 (시절의) 풍류와 유적만 남았네
건 업 풍 류 옥 수 잔

青蓋血飛天日暗 제왕의 수레덮개에 피가 튀자 하늘의 태양은 어두워지고
청 개 혈 비 천 일 암

黃旗氣掩斗牛寒 청군의 기세가 엄습하자 북두성과 견우성 차갑네
황 기 기 엄 두 우 한

翩翩入洛群公在 재빨리 낙양을 점령하자는 무모한 여러 신하 속에 있으면
편 편 입 락 군 공 재

剩有孤臣淚未乾 나머지 충절의 신하는 눈물 마를 날 없다네
잉 유 고 신 루 미 간

• 雙闕: 궁전. 종묘사직. 사당이나 묘 앞의 누각. 궁전 문. 수도. • 三山: 삼산오악(三山五嶽)의 준말. 각지의 명산. • 六代: 이 구에서 吳, 東晉과 남조의 宋, 齊, 梁, 陳나라를 가리킨다. 평/측의 안배를 위해 육대로 표현했으나 실제로는 중국 왕조를 가리킨다. • 看: 지키다. 수호하다. • 龍盤虎踞: 지세가 웅장하다. 요새. • 盤: 蟠과 같다. • 江陵: 삼국시대 오나라가 다스리던 곳. • 牙簽: 상아로 만든 도서의 표지. 서적. 옛날 관청에서 범인을 체포할 때 사용한 제비(簽牌). 오늘날의 체포영장과 같다. 이 구에서는 중국의 법도를 뜻한다. 약간 억지스러운 표현이다. • 建業: 삼국시대 오나라 수도. • 青蓋: 푸른 수레덮개. 제왕. 연잎. • 天日: 하늘의 태양. • 黃旗: 청나라 팔기 중의 하나. 이 구에서는 청나라 군대를 가리킨다. • 掩: 가리다. 엄습하다. 불의에 공격받다. • 斗牛: 북두성과 견우성. • 翩翩: 훨훨 나는 모양. 경쾌하게 춤추는 모양. 멋스럽다. 행동이 민첩하다. • 入洛: 단평입락(端平入洛)의 준말. 남송은 몽고군을 물리치기 위해 낙양까지 진군했으나 군량을 보급하지 못해 오히려 몽고군에게 패했다. 이때의 일을 端平入洛이라 일컫는다. • 入洛群公: 당시에

寒운. 乾은 闌으로도 쓴다. 뜻과 평/측은 같다. 看은 평/측 모두 쓸 수 있다. 대장의 분석은 다음과 같다.

江陵/文武/牙簽/盡(강릉의 문무와 법도, 지명/명사/명사, 비유/동사)에는 建業/風流/玉樹/殘(건업의 풍류와 유적, 지명/명사/명사, 비유/동사)으로 대장했다. 이러한 구성은 때로 응용할 만하다.

青/蓋(제왕의 수레덮개, 색깔/명사, 비유)에는 黃旗(청나라 군대 깃발, 색깔/명사, 비유)로 대장했다.

血飛(피가 튀다, 명사/동사)에는 氣/掩(기세가 엄습하다, 명사/동사)으로 대장했다. 우리말로는 약간 어색하지만 올바른 대장이다.

天日/暗(하늘의 태양이 어두워지다, 명사/동사)에는 斗牛/寒(북두성과 견우성은 차가워지다, 명사/동사)으로 대장했다. 하늘은 어두워지고 별빛은 차갑다는 뜻이지만, 대장으로 인해 약간 억지스럽게 표현되었다.

형세도 제대로 판단하지 못하고 강하게 출병을 주장한 신하들을 일컫는다. •孤臣: 중용되지 않았으면서도 충정이 변함없는 신하.

秋日雜感 6
가을날의 여러 가지 생각 6

陳子龍

故宮樓閣照江清　고궁과 누각은 강물에 비치어 푸르고
고궁누각조강청

細柳新蒲日日生　가는 버들 새 부들은 나날이 자라났네
세류신포일일생

霜老蓮房殘望苑　연방은 서리에 시들어 망원궁에 남아 있고
상로연방잔망원

楓飄槐葉下臺城　회화 잎은 단풍으로 나부끼며 대성 아래로 떨어지네
풍표괴엽하대성

仙人露掌饑烏集　선인되기 위한 승로반에는 배고픈 까마귀만 모여들고
선인로장기오집

玉女窗扉蔓草平　미인이 거처하던 창문에는 덩굴풀이 (덮어) 평평하네
옥녀창비만초평

回首蔣陵松柏路　고개 돌려 바라보는 (손권 묻힌) 장릉의 송백 길
회수장릉송백로

按鷹調馬不勝情　군사를 조련해 (조조 물리친) 감정을 감당할 수 없네
안응조마불승정

•蒲: 부들. 갯버들. 창포. •蓮房: 연봉(蓮蓬)과 같다. 연밥이 들어 있는 송이. 승려의
거처. •望苑: 박망원(博望苑). 궁전 명. •露掌: 승로반. •玉女: 미인. •蔣陵: 원래 손릉(孫
陵) 언덕(崗)으로 불렸다. 오나라 손권의 능묘. •按鷹調馬: 按調鷹馬와 같다. 사냥매와
말을 길들이는 일. 按鷹은 사냥매를 길들이는 일. 鷹馬는 사냥하다. 제8구는 손권이
매와 말을 조련시키듯이 군사를 잘 훈련해 조조의 군대를 물리쳤다는 뜻으로 쓰였지만
자의만으로는 뜻을 알기 어렵다.

庚운. 勝이 감당하다(昇)는 뜻일 때는 평성으로 쓰인다. 대장의 분석은 다음과 같다.

霜/老/蓮房(연방은 서리에 시들다, 명사/동사/명사)에는 楓/飄/槐葉(회화 잎은 단풍 들어 날리다, 명사/동사/명사)으로 대장했다.

蓮房老霜/槐葉飄楓이 평/측 안배 때문에 도치되었다.

殘/望苑(망원에 남아 있다, 동사/지명)에는 下/臺城(대성 아래에 떨어지다, 동사/지명)으로 대장했다.

仙人/露掌(선인의 승로반, 명사형 형용사/명사)에는 玉女/窗扉(옥녀가 거처하는 창, 명사형 형용사/명사)로 대장했다.

饑/烏/集(배고픈 까마귀가 모여들다, 형용사/동물/동사)에는 蔓/草/平(덩굴풀이 덮어 평평해지다, 형용사/명사/동사)으로 대장했다.

甲辰八月辭故里 1
갑진년 8월에 고향과 이별하다 1

張煌言

義幟縱橫二十年 의거의 기치 들어 종횡 20년
의 치 종 횡 이 십 년

豈知閏位在於闐 어찌 가짜 왕조인 청 왕조를 생각해본 일이 있겠는가!
기 지 윤 위 재 우 전

桐江空系嚴光釣 동강에서는 부질없이 엄광의 낚싯대를 드리웠고
동 강 공 계 엄 광 조

震澤難回范蠡船 태호에서는 삼가 범려의 배를 되돌렸네
진 택 난 회 범 려 선

生比鴻毛猶負國 생은 홍모보다 가볍게 여기며 여전히 나라를 근심하고
생 비 홍 모 유 부 국

死留碧血欲支天 죽음은 푸른 피로 남아도 (명나라) 하늘을 떠받치고 싶네
사 류 벽 혈 욕 지 천

忠貞自是孤臣事 충정은 자연히 외로운 신하의 일
충 정 자 시 고 신 사

敢望千秋春史傳 감히 사관이 전해주기를 바라네
감 망 천 추 춘 사 전

• 장황언(1620~1664): 시인. 청나라에 항거한 영웅. • 명나라 홍광(弘光) 원년(1645), 청나라 군대가 대거 남하하여, 양주(揚州)와 남경(南京)을 연파하고 홍광제(弘光帝)를 붙잡아 죽였다. 장황언은 항청 인사 전숙락(錢肅樂), 동지녕(董志寧) 등과 함께 수천의 군사를 모아 항거하며 주이해(朱以海)를 노왕(魯王)으로 옹립했다. 청 강희(康熙) 3년 (1664) 7월, 장황언은 오도(嶴島)에 은거해 있다가 포로가 되어 은현(鄞縣)으로 압송되었다. 8월 초에 항주로 호송될 때는 수천 명의 백성이 배웅했다. 장황언은 고향의 어른들과 이별을 고하며 의를 위해 죽겠다고 맹세하면서 출발할 때 이 시를 썼다. 망국의 처연한 심정과 나라 위해 목숨을 바치겠다는 결연한 의지가 잘 드러나 있다. • 甲辰八月: 1664년 8월. • 故里: 고향과 같다. • 起義: 봉기(蜂起)하다. 의거를 일으키다. 시인이 의거를 일으켜 체포되기까지의 기간은 19년이다. 이 구에서는 통상 20년으로 표현했다. • 豈知: 어찌 알았으랴! 생각해본 일도 없다. • 閏位: 정통이 아닌 제위(帝位). 《한서(漢書)》 〈왕망전(王莽傳)〉의 "餘分閏位"에 근거한다. 閏은 윤월로 정상적인 달이 아니라는 뜻을

先운. 대장의 분석은 다음과 같다.

桐江(동강, 지명)에는 震澤(태호, 지명)으로 대장했다. 桐江에 五湖, 太湖 모두 평/측 안배가 맞지 않으므로, 震澤으로 대장한 것이다.

空/系/嚴光/釣(부사/동사/목적어)에는 難/回/範蠡/船(부사/동사/목적어)으로 대장했다. 嚴光/範蠡는 인명/인명의 대장으로 까다롭다. 제3/4구의 대장 구성을 잘 익혀두면 다양한 표현을 할 수 있다.

生/比/鴻毛(주어/동사/목적어)는 死/留/碧血(주어/동사/목적어)로 대장했다.

猶/負/國(동사/동사/목적어)에는 欲/支/天(동사/동사/목적어)으로 대장했다.

요구와 구요 방법은 다음과 같다.

제1구 義幟縱橫二十年 측/측/측/평/측/측/평(고평)
제2구 豈知閏位在於闐 측/평/측/측/측/평/평(고평 안배로 구요)

나타낸다. •於闐: 한대 서역 국가 중의 하나. 이 구에서는 청나라를 뜻한다. •系: 묶어 내리다. •嚴光: 동한시대의 고결한 선비. 광무제가 출사를 요구하자 桐江에 은거해 나오지 않았다. 경전(耕田)과 낚시로 소일했다. 은거한 곳에 낚시터 흔적이 남아 있다. •震澤: 태호(太湖)의 옛 이름. •五湖: 태호(太湖)의 별명. •負: 환(患)과 같다. •範蠡: 춘추시대 월나라 대부. 오나라가 망한 뒤 서시는 다시 범려에게 돌아가 함께 오호를 떠돌다 생을 마쳤다. 鴻毛는 가벼움을 비유할 때 쓰는 말. 《한서(漢書)》〈사마천전(司馬遷傳)〉의 "死有重於泰山, 或輕於鴻毛"에 근거한다. 죽음이란 때로 태산보다 무거울 수도 있고, 때로는 기러기 털보다 가벼울 수 있다는 뜻이다. •碧血: 푸른빛을 띤 진한 피. 《장자(莊子)》〈외물(外物)〉의 "萇弘死於蜀, 藏其血, 三年而化爲碧"에 근거한다. •春秋春事: 사관을 뜻한다. 春事는 봄 농사를 관리하는 관리.

甲辰八月辭故里 2
갑진년 8월에 고향과 이별하다 2

國亡家破欲何之 나라와 집안이 망했으니 어디로 가야겠는가!
국 망 가 파 욕 하 지

西子湖頭有我師 서호의 부근에 나의 스승 있다네
서 자 호 두 유 아 사

日月雙懸於氏墓 일월은 쌍으로 (충신) 우씨 묘에 걸렸고
일 월 쌍 현 우 씨 묘

乾坤半壁嶽家祠 천지는 절반이 (명장) 악비의 사당에서 굳게 지키네
건 곤 반 벽 악 가 사

慚將赤手分三席 부끄럽게도 빈손이나 세 자리로 나누어
참 장 적 수 분 삼 석

敢爲丹心借一枝 감히 충심만으로 한 가지를 빌리네
감 위 단 심 차 일 지

他日素車東浙路 지난날 장례 행렬 절강의 동쪽 길을 향했지만
타 일 소 거 동 절 로

怒濤豈必屬鴟夷 성난 파도 어찌 (충신 오자서의 혼에만) 속하겠는가!
노 도 기 필 속 치 이

•西子湖頭: 서자호반(西子湖畔)과 같다. •日月: 명나라 조정을 가리킨다. 광휘찬란(光輝燦爛)의 뜻으로도 풀이할 수 있다. •於氏: 우겸(於謙, 1398~1457)을 가리킨다. 명나라 명신. •乾坤: 천지. •半壁: 半壁江山의 준말. 반으로 동강이 난 국토. 침략으로 빼앗기고 남은 국토. 남송이 金나라에 침략당할 때의 상황을 가리킨다. •飛: 악비(嶽飛, 1103~1142)를 가리킨다. 金나라에 항거한 남송의 장군. •제3/4구는 우겸의 공적이 일월처럼 찬란하여 오호 주변에 묻혔고, 남송의 명장 악비도 절반 남은 남송을 지켰기 때문에 오호 주변에 사당이 건립되었다는 뜻이다. •壁: 굳게 지키다. •赤手: 空手와 같다. 빈손. •借一枝: 한 가지를 빌려 깃든다는 뜻이다. •제5/6구는 부끄럽게도 자신은 공적을 세우지 못했지만 충심은 우겸과 악비에 못지않으므로 그들과 나란히 서호 주변에 묻히면 좋겠다는 소망을 뜻한다. •素車: 소차백마(素車白馬)로 상례 행렬을 가리킨다. •鴟夷: 혁낭(革囊)과 같다. 술 담는 가죽 포대. 시체를 가리키기도 한다. 오자서(伍子胥)의 술그릇. 치이자피(鴟夷子皮)는 範蠡를 가리킨다. 오왕 부차가 월나라 구천을 대파하자,

支운. 대장의 분석은 다음과 같다.

日月(자연)에는 乾坤(자연)으로 대장했다. 상용의 대장이다.

雙/懸/於氏墓(쌍으로 우씨 묘에 걸리다, 숫자/동사/목적어)에는 半/壁/嶽家祠(반쯤 악비 사당에서 굳게 지키다, 숫자/동사/목적어)로 대장했다. 雙/半, 於氏/嶽家는 숫자와 인명을 모두 표현한 뛰어난 대장이다.

慚將(부끄럽게도, 부사)에는 敢爲(감히, 부사)로 대장했다.

赤/手(빈손, 색깔/명사)에는 丹/心(충심, 색깔/명사)으로 대장했다. 색깔과 관계없는 표현이지만 이처럼 색깔에 색깔의 대장은 뛰어난 표현이다.

分/三席(세 자리를 분점하다, 동사/목적어)에는 借/一枝(한 가지를 빌리다, 동사/목적어)로 대장했다. 三/一처럼 숫자에는 반드시 숫자로 대장한다.

구천은 화의를 청했다. 부차가 구천의 청을 들어주자, 충신 오자서는 죽음을 불사하며 오왕에게 불가함을 간언했으나, 오왕은 오히려 자서를 죽인 후 시체를 가죽 포대에 담아 강에 던져버렸다. 자서의 시체가 던져진 날 파도가 용솟음쳤는데, 사람들은 자서의 충혼으로 여겼다. 《국어(國語)》에 근거한다.

和盛集陶落葉詩

성집도의 〈낙엽〉시에 창화하다

秋老鍾山萬木稀　가을 깊어진 종산에 온갖 나무 성기어지자
추로종산만목희

凋傷總屬劫塵飛　낙엽은 언제나 재앙 후의 재처럼 날리네
조상총속겁진비

不知玉露涼風急　흰 이슬 알지 못한 사이에 찬바람 급해지고
부지옥로양풍급

只道金陵王氣非　금릉은 제왕의 기운 있는 곳 아니라고 말할 수 있네
지도금릉왕기비

倚月素娥徒有樹　달에 의지해야 할 항아는 겨우 나무에 있고
의월소아도유수

履霜靑女正無衣　서리 밟는 청녀는 이제 옷도 없어지려 하네
이상청녀정무의

華林慘淡如沙漠　명 조정의 참담함은 사막과 같고
화림참담여사막

萬里寒空一雁歸　만 리에 걸친 찬 하늘에 외로운 기러기 돌아가네
만리한공일안귀

• 전겸익(1582~1664): 청대 초기 시단의 맹주. •盛集陶: 자는 집도(集陶). 안휘(安徽) 동성(桐城) 사람. 청대 초기에 남경에 우거(寓居)하면서 자주 전겸익의 시에 창화(唱和) 했다. •凋傷: 병들어 죽다. 가을이 되어 나뭇잎이 시들다. 낙엽. •只道: 다만 …라고 생각하다. •劫塵: 불교 용어. 겁회(劫灰)와 같다. 세계가 파멸할 때 일어난다는 큰 불 이후의 재. •玉露: 백로(白露)와 같다. •素娥: 항아(嫦娥). •履霜: 서리를 밟다. 겨울이 다가온다는 사실을 느끼다. 고난의 시기가 도래할 것을 예측하다. •靑女: 서리와 눈을 주관하는 여신. •華林: 曹魏(213~266)시대 황궁의 원림. 폭넓게 아름다운 원림을 가리키기도 한다. 이 구에서는 명나라 조정을 상징한다.

微운. 대장의 분석은 다음과 같다.

不知(알지 못하다, 동사)에는 只道(단지 말할 수 있을 뿐이다, 동사)로 대장했다.

玉/露(옥로, 명사형 형용사/명사)에는 金陵(금릉, 지명)으로 대장했다. 지명에는 지명으로 대장하면 더욱 알맞지만, 기본 품사만의 대장도 가능하다. 단순한 품사의 대장이지만 玉/金의 대장은 묘미 있다.

涼/風/急(찬바람이 급해지다, 형용사/명사/동사)에는 王/氣/非(왕기가 서린 곳은 아니다, 명사형 형용사/명사/동사)로 대장했다.

倚/月/素/娥(달에 의지한 항아, 동사/자연/색깔/인명)에는 履/霜/青/女(서리를 밟는 청녀, 동사/자연/색깔/인명)로 대장했다. 素娥는 嫦娥로 써야 더욱 자연스럽지만 青女의 靑(색깔)에 색깔로 대장하기 위해 素娥로 썼다.

徒/有/樹(헛되이 나무에 있다, 부사/동사/명사)에는 正/無/衣(이제 옷도 없어지려 하다, 부사/동사/명사)로 대장했다. 樹는 청나라 조정, 月은 명나라 조정을 상징한다. 즉 명나라 조정에 있어야 할 자신이 나라가 망해 청나라 조정에 속하게 되었다는 한탄이다. 無衣 역시 같은 뜻이다.

요구와 구요 방법은 다음과 같다.

제3구 不知玉露涼風急 측/평/측/측/평/평/측 (고평)

제4구 只道金陵王氣非 측/측/평/평/평/측/평 (고측 안배로 구요)

상용하는 요구와 구요 방법이다.

梅村
매화촌 별장

吳偉業

枳籬茅舍掩蒼苔 탱자나무 울타리의 초가집은 푸른 이끼에 덮였고
지 리 모 사 엄 창 태

乞竹分花手自栽 대를 구하고 꽃을 나누어 손수 심었다네
걸 죽 분 화 수 자 재

不好詣人貪客過 타인 찾는 일은 좋아하지 않으면서 객이 들르기를 바라고
불 호 예 인 탐 객 과

慣遲作答愛書來 답신은 늦으면서 서신 오는 것은 좋아한다네
관 지 작 답 애 서 래

閑窗聽雨攤詩卷 한가롭게 창가에서 빗소리를 들으며 시권을 펼치기도 하고
한 창 청 우 탄 시 권

獨樹看雲上嘯臺 홀로 나무 아래에서 구름을 바라보며 누대를 오르네
독 수 간 운 상 소 대

桑落酒香盧桔美 상락주는 향기롭고 비파는 아름다우며
상 락 주 향 로 길 미

釣肥斜系草堂開 살진 고기 낚아 느슨하게 묶어놓고 초당을 여네
조 비 사 계 초 당 개

• 오위업(1609~1672): 청대 초기 시인. • 제1, 2구는 도치되었다. '푸른 이끼에 덮이고, 탱자 울타리 있는 초가집을 사서, 대를 구하고 꽃을 나누어 손수 심었다네'로 표현되어야 한다. • 梅村: 시인의 별장 이름. 시인의 호 역시 매촌이다. • 枳籬: 탱자나무 울타리. • 嘯臺: 위진(魏晉)시대 진류(陳留) 지방의 완적(阮籍, 210~263)은 거문고 소리를 흉내 낼 정도로 휘파람을 잘 불었다. 진류 지방에는 완적의 소대(嘯臺)가 남아 있다. '누대를 오르다'는 전고로 쓰인다. • 桑落酒: 고대 미주 명. 하동군(河東郡)의 류타(劉墮)는 일찍이 술을 잘 빚었다. 강물을 길러 여러 번 양조해 맑은 술을 빚었다. 한참을 (기다려야 할) 음식은 가을과 겨울철에 함께했으니, 뽕잎이 떨어지는 때에 개봉했으므로, 상락주라는 이름으로 불렸다. 북위(北魏) 역도원(酈道元)의 《수경주(水經注)》〈하수사(河水四)〉에 근거한다. • 草堂開: 開/草堂으로 써야 더욱 알맞다.

灰운. 看은 평/측 모두 쓸 수 있다. 過가 압운자로 쓰일 때는 '들르다' '경과하다'의 뜻으로만 쓰인다. 측성일 때에는 모두를 포함한다. 제4구의 慣/遲/作은 고평이지만, 매 구의 첫 부분 고평은 허용된다. 대장의 분석은 다음과 같다.

不好(좋아하지 않다, 동사)에는 慣遲(습관적으로 늦다, 동사)로 대장했다. 완전한 대장은 아니다. 그러나 대장은 약간 느슨할 수 있으므로 흠이라고는 할 수 없다.

詣/人(타인을 방문하다, 동사/목적어)에는 作/答(답신을 쓰다, 동사/목적어)으로 대장했다.

貪/客過(객이 방문해주기를 바라다, 동사/목적어)에는 愛/書來(서신 오는 것을 좋아하다, 동사/목적어)로 대장했다. 過/來는 상용하는 대장이다.

閑(한가하게, 부사)에는 獨(홀로, 부사)으로 대장했다.

窗(창, 명사)에는 樹(나무, 명사)로 대장했다. 그러나 구 전체로 보면, 창가에서/나무 아래서의 뜻이 강하다.

聽/雨(빗소리를 듣다, 동사/목적어)에는 看/雲(구름을 바라보다, 동사/목적어)으로 대장했다.

攤/詩卷(시권을 펼치다, 동사/목적어)에는 上/嘯臺(누대를 오르다, 동사/목적어)로 대장했다. 攤/上은 동일한 품사의 대장으로 평범하다. 上은 방향을 나타내므로 가능하면 방향에 해당하는 운자로 대장하는 편이 좋다.

自信
자신

吳偉業

自信平生懶是眞　평생 동안 (공명에) 게으른 것이 진리라고 자신하니
자신평생라시진

底須辛苦踏春塵　어찌 고생스럽더라도 봄 길을 밟겠는가!
저수신고답준진

每逢墟落愁戎馬　매번 (황폐한) 촌락을 보며 (청나라) 군무에 괴로워하느니
매봉허락수융마

卻聽風濤話鬼神　차라리 풍랑 소리를 들으며 (명나라) 귀신을 책망하리라!
각청풍도화귀신

濁酒一杯今夜醉　탁주 한 잔에 오늘 밤은 취하고
탁주일배금야취

好花明日故園春　좋은 꽃핀 내일은 고향의 봄(을 즐기리라!)
호화명일고원춘

長安冠蓋知多少　장안에는 (지조 꺾은) 관리들 그 얼마나 많은가!
장안관개지다소

白頭江湖放散人　백두옹은 강호의 자연인으로 산다네
백두강호방산인

• 清나라 군사가 남하한 뒤, 시인은 오랫동안 은거하며 벼슬길에 나아가지 않고 문인
단체를 이끌면서 명성이 더욱 높아졌다. 그런데 오위업의 사돈인 진지린(陳之遴)은
명의 멸망 후 청의 대신이 되었다. 당시는 새로운 조정에서 권력 암투가 심했던 시기였다.
진지린은 오위업의 명망에 기대어 자신의 세력을 확대할 계획을 세웠으며, 동시에
오위업의 입조를 적극 추천했다. 명조에 이름을 날린 명문세가인 오위업의 청 입조는
청나라에 항거하는 명나라 유민의 항쟁 의지를 와해할 수 있었기 때문이었다. 이에
많은 지인과 유민들은 그의 입조를 말렸으나, 청 조정의 압박과 노모의 재촉에 못
이겨 순치(順治) 10년(1653)에 입조해 국자감제주(國子監祭酒)까지 승진했다. 오위업은
지조를 굽히고 청 왕조에 입조한 일을 항상 후회하다가 순치 13년(1656) 말, 사퇴하고
더 이상 출사하지 않았다. • 懶: 공명 추구에 게으르다. • 春塵: 塵은 먼지. 지조를 지키려
행적 청나라 군사가 남하한 후 시인은 은거해 벼슬길에 나아가지 않았다. • 底須: 하필(何
必)과 같다. 구태여 …할 필요가 있겠는가! 어찌 …할 필요가 있겠는가! • 墟落: 황폐한

181

眞운. 聽은 측성으로 쓰였다. 대부분 평성으로 쓴다. 평성으로만 쓰는 것이 좋다. 대장의 분석은 다음과 같다.

每/逢/墟落(매번 황폐한 촌락을 만나다, 부사/동사/목적어)에는 卻/聽/風濤(도리어 풍랑 소리를 듣다, 부사/동사/목적어)로 대장했다.

愁/戎馬(군무를 근심하다, 동사/목적어)에는 話/鬼神(귀신을 책망하다, 동사/목적어)으로 대장했다.

濁/酒/一/杯(탁주 한 잔, 형용사/명사/숫자/명사)에는 好/花/明/日(좋은 꽃핀 내일, 형용사/명사/숫자/명사)로 대장했다. 明은 日과 결합하여, 숫자를 상징하는 말로 쓰였다. 절묘한 대장이다.

今夜/醉(오늘 밤에는 취하다, 주어/동사)에는 故園/春(고향의 봄, 명사형 형용사/명사)으로 대장했다. 醉/春은 올바르게 대장되지 않는다.

요구와 구요 방법은 다음과 같다.

제5구 濁酒一杯今夜醉 측/측/측/평/평/측/측
제6구 好花明日故園春 측/평/평/측/측/평/평
제7구 長安冠蓋知多少 평/평/측/측/평/평/측(점대 원칙에 어긋남)
제8구 白頭江湖放散人 측/평/평/측/측/측/평(2/4 평/평)
⇕
제5구 濁酒一杯今夜醉 측/측/측/평/평/측/측
제6구 好花明日故園春 측/평/평/측/측/평/평

묘지. 촌락. •愁戎馬: 愁는 근심하다. 괴로워하다. 戎馬는 군무. 군대. 이 구에서는 청 조정을 뜻한다. •鬼神: 이 구에서 명나라 조정을 뜻한다. •話: 책망하다. •冠蓋: 관리의 관모와 수레덮개. 관리를 가리킨다. •散人: 쓸모없는 사람, 등용될 수 없는 사람, 자유인의 뜻으로 쓰인다.

제7구 長安冠蓋知多少 평/평/측/측/평/평/측

제8구 白頭江湖放散人 평/측/평/평/측/측/평(白/頭 측/평 교환, 구요)

제6/7/8구의 花/安/頭는 평/평/평으로 점대 원칙에 맞지 않다. 제8구는 2/4 평/평으로 평/측 안배 원칙에 맞지 않다. 白/頭의 평/측을 바꾸면 간단히 구요 된다.

山居雜詠
은거하여 읊다

鋒鏑牢囚取決過 저항으로 인한 죄수 신세 결정된 과정이었지만
봉 적 뢰 수 취 결 과

依然不廢我弦歌 의연하게 나는 개선가를 포기할 수 없었네
의 연 불 폐 아 현 가

死猶未肯輸心去 죽음조차 내 마음을 굴복시킬 수 없고
사 유 미 긍 수 심 거

貧亦豈能奈我何 가난 역시 나를 어찌할 수 있겠는가!
빈 역 기 능 나 아 하

廿兩棉花裝破被 이십 량의 면화만으로 해진 이불을 장식하고
입 량 면 화 장 파 피

三根松木煮空鍋 세 조각 소나무만으로 빈 솥을 끓이네
삼 근 송 목 자 공 과

一冬也是堂堂地 한겨울에도 당당한 처지
일 동 야 시 당 당 지

豈信人間勝著多 어찌 세간에 맡겨진다고 해서 승착이 좋겠는가!
기 신 인 간 승 착 다

•황종희(1610~1695): 청대 초기 경학가. •山居: 은거와 같다. •雜詠: 시제로 종종
쓰인다. 음영과 같다. •鋒鏑: 원래 화살의 촉. 병기. 이 구에서는 청에 저항한 일을
가리킨다. •牢囚: 가두다. 죄수. •取決: 결정하다. 달려 있다. 주로 뒤에 於를 수반한다.
•弦歌: 전고 명. 금슬에 의지하여 노래하다. 예악 교화. 선가(旋歌, xuán)의 해음.
개선가(凱旋歌). •輸心: 진심을 나누다. 이 구에서는 내심 굴복하다는 뜻으로 쓰였다.
•兩: 무게의 단위 1兩은 약 30여 그램. 20량은 약 600~700그램. 이 구에서는 추위를
막지 못하는 이불솜을 가리킨다. •被: 이불. •根: 조각의 뜻으로 쓰였다. 가느다란
물건. 片으로 쓰면 명확하지만 측성이다. •제6구를 먹을 것이 없어 세 뿌리 소나무를
빈 솥에 '삶다'라고 번역하기도 하지만, 제5구와 대장되지 않는다. 空은 내용물을
채우지 못한다는 뜻으로 쓰였다. •信: 믿다. …에 맡기다. •人間: 世間과 같다. •제8구
는 "지조를 버리고 세상의 흐름에 따르는 것이 뭐가 그리 좋겠는가!"라는 뜻이지만,
자의만으로는 뜻이 분명하게 드러나지 않는다. •多: 많다, 좋다는 뜻이다. 歌 압운자

歌운. 대장의 분석은 다음과 같다.

死/猶(죽음조차, 명사/부사)에는 貧/亦(가난 역시, 명사/부사)으로 대장했다.
未肯輸心去/豈能奈我何는 구와 구의 표현으로 대장되었다. 去/何의 대장은
어색하다.

卄兩/棉花(이십 량의 면화, 무게/명사)에는 三根/松木(세 조각 소나무 땔감,
숫자/명사)으로 대장했다.

裝/破被(해진 이불을 장식하다, 동사/목적어)에는 煮/空鍋(내용물이 없는 솥을
삶다, 동사/목적어)로 대장했다.

요구와 구요 방법은 다음과 같다.

제3구 死猶未肯輸心去 측/평/측/측/평/평/측(고평)
제4구 貧亦豈能奈我何 평/측/측/평/측/측/평(고평 안배로 구요)

제3구의 死/猶/未는 측/평/측으로 고평이지만, 첫 부분 고평은 허용된다.
제4구의 豈/能/奈를 측/평/측인 고평으로 안배해 구요했다. 그런데 제4구는
고평을 그대로 둔 채 2/4/6 부동으로 안배했다. 이러한 안배는 매우 드물게
나타나며, 어색하다. 위아래를 고평으로 안배해 구요하더라도 구 자체에 첫
부분을 제외한 고평 안배는 평/측 안배의 응용이다. 이러한 안배를 허용한다면
고평 금지 원칙은 무의미하다.

가운데 多를 대체할 운자가 없다.

海上 1
해상 1

顧炎武

日入空山海氣侵
일입공산해기침
해는 쓸쓸한 산으로 들어가며 바다 기운이 엄습하고

秋光千里自登臨
추광천리자등림
가을빛 천 리에 걸치자 절로 유람하게 되네

十年天地幹戈老
십년천지간과로
십 년 동안 천지에 전쟁이 오래되니

四海蒼生吊哭深
사해창생조곡심
사해의 백성들은 슬픈 울음 깊어지네

水湧神山來白鳥
수용신산래백조
바닷물은 신선산으로 용솟음쳐 백조로 오고

雲浮仙闕見黃金
운부선궐견황금
구름은 신선궁으로 떠돌며 황금을 내보이네

此中何處無人世
차중하처무인세
이 중의 어느 곳이 사람 없는 세상인가?

只恐難酬烈士心
지공난수열사심
다만 갚지 못할까 두려운 열사의 마음이라네

• 고염무(1613~1682): 청대 초기 사학가. •海上: 해변과 같다. •難酬: 장지난수(壯志難酬)의 준말. 뜻은 웅대하지만 실현하기 어렵다. •登臨: 산을 오르고 강을 찾다. 유람하다. 반드시 기쁜 뜻을 나타내지만은 않는다.

侵운. 대장의 분석은 다음과 같다.

十/年(십 년, 숫자/명사)에는 四/海(사해, 숫자/명사)로 대장했다.
天地(천지, 명사)에는 蒼生(백성, 명사)으로 대장했다.
幹戈(전쟁, 명사)에는 吊哭(울음, 명사)으로 대장했다. 편고(偏枯)처럼 보이지
만 올바른 대장이다.
水/湧/神山(물은 신선산으로 용솟음치다, 명사/동사/명사)에는 雲/浮/仙闕(구
름은 신선궁으로 떠돌다, 명사/동사/명사)로 대장했다.
來/白/鳥(백조로 오다, 동사/숫자/명사)에는 見/黃/金(황금을 보이다, 동사/숫
자/명사)으로 대장했다.
이 시는 원래 제2/7/3/6/4/1/5/8구 순서로 구성되어 있다. 율시의 구성과
전혀 관계없는 것처럼 보이지만 순서로 맞추면 위와 같은 순서로 재배열된다.
평/측을 자유자재로 활용하는 시인의 능력이 돋보이지만 굳이 그렇게 해야
하는지는 의문이다. 원문으로 재구성해보면 다음과 같다.

제2구 秋光千里自登臨 평/평/평/측/측/평/평
제7구 此中何處無人世 측/평/평/측/평/평/측
제3구 十年天地幹戈老 측/평/평/측/평/평/측
제6구 雲浮仙闕見黃金 평/평/평/측/측/평/평
제4구 四海蒼生吊哭深 측/측/평/평/측/측/평
제1구 日入空山海氣侵 측/측/평/평/측/측/평
제5구 水湧神山來白鳥 측/측/평/평/평/측/측
제8구 只恐難酬烈士心 측/측/평/평/측/측/평
　　　　　⇕
제1구 日入空山海氣侵 측/측/평/평/측/측/평
제2구 秋光千里自登臨 평/평/평/측/측/평/평

제3구	十年天地幹戈老	측/평/평/측/평/평/측
제4구	四海蒼生吊哭深	측/측/평/평/측/측/평
제5구	水湧神山來白鳥	측/측/평/평/평/측/측
제6구	雲浮仙闕見黃金	평/평/평/측/측/평/평
제7구	此中何處無人世	측/평/평/측/평/평/측
제8구	只恐難酬烈士心	측/측/평/평/측/측/평

海上 2
해상 2

滿地關河一望哀　천지의 산하에 끝없이 아득한 슬픔
만지 관 하 일 망 애

徹天烽火照胥臺　하늘을 관통하는 봉화는 고소대를 비추네
철 천 봉화 조 서 대

名王白馬江東去　명왕의 백마가 강동으로 가니
명 왕 백 마 강 동 거

故國降幡海上來　고국의 투항 깃발 해상으로 오네
고 국 항 번 해 상 래

秦望雲空陽鳥散　진망산 구름은 쓸쓸하고 기러기 흩어지고
진 망 운 공 양 조 산

冶山天遠朔風回　야산진 하늘은 멀어지고 삭풍은 회전하네
야 산 천 원 삭 풍 회

樓船見說軍容盛　전선은 군대 위용의 성대함을 알리니
누 선 견 설 군 용 성

左次猶虛授鉞才　요새의 주둔군은 마치 권한 없는 병권을 받은 장수 같네
좌 차 유 허 수 월 재

•滿地: 천지와 같다. •關河: 산하와 같다. •一望: 일망무은(一望無垠)의 준말. 끝없이 멀고 넓다. •胥臺: 고소산(姑蘇山) 위의 고소대(姑蘇臺). •名王: 소수부족 중에서 명망 있는 왕. •降幡: 투항 깃발. •秦望: 진망산. •陽鳥: 기러기 종류. 학. •樓船: 전선. •見說: 알리다. 설명하다. •軍容: 군대의 위용. •左次: 요새에 군대가 주둔하다. 교차하다. •授鉞: 장군이 출정할 때 제왕으로부터 받는 도끼. 병권을 상징한다. •才: 비방의 뜻으로 쓰였다.

灰운. 대장의 분석은 다음과 같다.

名王/白/馬(명왕의 백마, 명사형 형용사/형용사, 색깔/명사)에는 故國/降/幡(고국의 투항 깃발, 명사형 형용사/형용사/명사)으로 대장했다. 白馬/降幡은 동일한 품사만의 대장이다. 白에 색깔을 나타내는 운자로 대장하면 더욱 알맞다.

江/東/去(강동으로 가다, 명사/방향/동사)에는 海/上/來(바다 위로 오르다, 명사/방향/동사)로 대장했다. 江東去는 去江東으로 써야 더욱 알맞지만 海上來의 來가 압운자이므로 어쩔 수 없다.

秦望(진망산, 지명)에는 冶山(야산진, 지명)으로 대장했다.

雲/空(구름은 쓸쓸하다, 자연/형용동사)에는 天/遠(하늘은 멀어지다, 자연/형용동사)으로 대장했다.

陽鳥/散(기러기는 흩어지다, 명사/동사)에는 朔風/回(삭풍은 회전하다, 명사/동사)로 대장했다.

海上 3
해상 3

南營乍浦北南沙　남쪽 진영 사포진은 남북으로 걸친 모래밭
남영사포북남사

終古提封屬漢家　오래도록 강토는 한나라에 속했네
종고제봉속한가

萬里風煙通日本　만 리에 걸친 전란은 일본까지 통하고
만리풍연통일본

一軍旗鼓向天涯　한 군대의 기치는 변방까지 향하네
일군기고향천애

樓船已奉征蠻敕　전선은 이미 정복당한 오랑캐족의 칙령을 받드니
누선이봉정만칙

博望空乘泛海槎　박망 언덕에서 쓸쓸히 넘실거리는 바다의 뗏목에 오르네
박망공승범해사

愁絕王師看不到　근심은 아군이 이르지 못하는 것을 보고서야 끊어지니
수절왕사간부도

寒濤東起日西斜　찬 파도 동쪽에서 일어나고 해는 서산에 기우네
한도동기일서사

•終古: 영구히. 오래도록.　•提封: 판도. 강토.　•王師: 군대를 가리킨다.

麻운. 대장의 분석은 다음과 같다.

萬/里(만 리, 숫자, 명사)에는 一/軍(한 군대, 숫자, 명사)으로 대장했다.

風煙(구름과 안개, 전란, 자연, 명사)에는 旗鼓(깃발과 북, 전쟁, 인공, 명사)로
대장했다.

通/日本(일본까지 통하다, 동사/명사)에는 向/天涯(천애를 향하다, 동사/명사)
로 대장했다. 日本은 지명이므로 지명으로 대장하는 것이 일반적이지만, 동일
한 품사만의 대장만으로도 충분하다.

樓船(전선, 명사)은 博望(언덕, 명사)으로 대장했다. 동일한 품사의 대장이다.

已/奉/征蠻敕(이미 오랑캐족의 칙령을 받들다, 부사/동사/목적어)에는 空/乘/
泛海槎(넘실거리는 바다의 뗏목에 오르다, 부사/동사/목적어)로 대장했다.

海上 4
해상 4

顧炎武

長看白日下蕪城　오랫동안 보아온 태양 아래 광릉성
장간백일하무성

又見孤雲海上生　또다시 외로운 구름이 바다 위에 생기는 것을 보네
우견고운해상생

感慨河山追失計　탄식의 산하에서 실책을 되돌아보고
감개하산추실계

艱難戎馬發深情　어려움 겪은 군마에게 깊은 정을 드러내네
간난융마발심정

埋輪拗鏃周千畝　묻힌 수레바퀴와 비틀어진 화살촉은 주나라 천무 지방과 같고
매륜요족주천무

蔓草枯楊漢二京　넝쿨 잡초와 시든 버드나무는 한대 2경의 황폐함과 같네
만초고양한이경

今日大梁非舊國　오늘날 대량 지방은 옛 도읍만이 아니어서
금일대량비구국

夷門愁殺老侯嬴　대량 잃은 근심은 노신 후영을 자살하게 한 것과 같네
이문수살노후영

• 蕪城: 광릉성(廣陵城)의 별칭. • 埋輪: 바퀴가 묻히다. 달이 지다. • 輪: 달을 상징하기도 한다. 머물다. • 蔓草: 만초한연(蔓草寒煙)의 준말. 덩굴풀이 멋대로 퍼지고 쓸쓸히 연기가 오른다는 뜻으로, 옛 도읍의 황폐한 모습을 나타낸다. • 漢二京: 한대의 낙양(洛陽)과 장안(長安). • 大梁: 지명으로 개봉(開封), 중원을 상징한다. • 夷門: 성문. 大梁의 별칭. • 侯嬴: 후영(?~BC 257). 전국시대 위(魏)나라 사람. 노년에야 비로소 大梁의 성문을 감시하는 관리가 되었다. 신릉군(信陵君)의 명성을 듣고 찾아가니, 직접 수레를 몰아 그를 모셨다. 후일 秦나라가 조(趙)나라를 공격하자, 조나라에서는 급히 위나라에 구원병을 요청했다. 위왕의 명령을 받은 진비(晉鄙)가 머뭇거리자, 병부(兵符)를 훔쳐 대신 지휘함으로써 진나라 군대를 물리쳤다. 이러한 행동은 위나라 군주에 대한 불충이므로 스스로 목을 베고 죽었다.

庚운. 대장의 분석은 다음과 같다.

感慨/河山(탄식의 산하, 형용사/명사)에는 艱難/戎馬(간난의 융마, 형용사/명사)로 대장했다. 河山은 山河가 더욱 자연스럽다.

追/失計(실책을 돌아보다, 동사/목적어)에는 發/深情(깊은 정을 드러내다, 동사/목적어)으로 대장했다.

埋/輪/拗/鏃(묻힌 수레바퀴와 비틀어진 화살촉의 상황, 형용사/명사/형용사/명사)에는 蔓/草/枯/楊(넝쿨풀과 시든 백양나무, 형용사/명사/형용사/명사)으로 대장했다.

周/千畝(주나라 천무 지방, 지명/숫자, 지명)에는 漢/二京(한나라 2경, 지명/숫자, 지명)으로 대장했다.

度大庾嶺
대유령을 지나며

朱彝尊

雄關直上嶺雲孤　웅관 바로 위쪽 고개 구름은 외롭고
웅관직상령운고

驛路梅花歲月徂　역로의 매화 (지듯이) 세월은 가네
역로매화세월조

丞相祠堂虛寂寞　승상의 사당은 부질없이 공허하고
승상사당허적막

越王城闕總荒蕪　월왕의 궁궐은 언제나 황폐하네
월왕성궐총황무

自來北至無鴻雁　본래부터 북쪽에서 날아온 기러기 없고
자래북지무홍안

從此南飛有鷓鴣　이로부터 남쪽으로 날아가는 자고새 있네
종차남비유자고

鄕國不堪重佇望　고향은 더 이상 오랫동안 서서 바라볼 수 없으니
향국불감중저망

亂山落日滿長途　첩첩 산과 지는 해 장도에 가득하네
난산낙일만장도

• 주이준(1629~1709): 청대 학자. •大庾嶺: 광동 웅성의 북쪽. 고개에 매화가 많이 심겨 있어서 매령이라고도 한다. •徂: 사라지다. 이르다. 나아가다. •雄關: 매관이라고도 한다. 대유령에 있다. •直上: 바로 위. •驛路: 공문서를 전달하는 길. 고대의 대로. 역참이 설치되어 있어 관원들의 휴식처로 이용되었다. •梅花: 대유령 위의 매화를 가리킨다. •歲月徂: 세월이 가다. 徂는 막다. 가다. 이르다. 세월 따라 매화가 떨어진다는 뜻이다. 徂는 어색하지만 대체할 압운자가 마땅하지 않다. •丞相祠堂: 대유령 위의 장구령(張九齡) 사당을 가리킨다. 丞相은 唐代 재상 장구령을 가리킨다. •越王城闕: 지금의 광주성 서쪽에 있다. 越王은 남월왕 조타(趙佗)를 가리킨다. •自來: 원래와 같다. •北至無鴻雁: 북쪽 기러기는 남쪽으로 날아 湖南의 형양(衡陽)에 이르렀다가 더 이상 남쪽 대유령을 넘지 않는다고 한다. 이 구에서는 고향 소식을 뜻한다. •從此: 이로부터. •南飛有鷓鴣: 자고새는 추위를 싫어하여 남방에 살기 적합하다. 고향을 그리는 마음을 나타낸다. •鄕國: 고향. •重(chóng): 거듭. •佇望: 오랫동안 서서 멀리 바라보다.

虞운. 제3구와 8구의 첫 부분 고평은 허용된다. 重은 평성으로 쓰였다. 대장의 분석은 다음과 같다.

丞相/祠堂(승상 사당, 관직명/건축물)에는 越王/城闕(월왕의 궁전, 관직명/건 축물)로 대장했다.

虛/寂寞(부질없이 적막하다, 부사/동사)에는 總/荒蕪(언제나 황량하다, 부사/ 형용동사)로 대장했다.

自來(본래, 부사)에는 從此(이로부터, 부사)로 대장했다.

北/至無/鴻雁(북쪽에서 이곳에 이르는 기러기가 없다, 방향/동사/동물)에는 南/ 飛有/鷓鴣(남쪽으로 나는 자고새가 있다, 방향/동사/동물)로 대장했다. 無/有는 선명한 대장이다. 이 구는 평/측 안배와 대장을 맞추기 위해 도치구문으로 표현 되었기 때문에 자의 순서로 번역되지 않는다.

• 亂山: 첩첩으로 계속되는 산을 가리킨다.

豫章城下送春有懷故園兄弟

예장성 아래서 봄을 보내며 고향의 형제를 그리워하다

城下煙波暮可哀　성 아래 저녁 안개 사람을 슬프게 하고
성 하 연 파 모 가 애

扁舟日夕更瀠回　조각배는 황혼에 더욱 소용돌이치네
편 주 일 석 갱 형 회

一春又向他鄕盡　봄 내내 또 타향에서 보내는데
일 춘 우 향 타 향 진

千里曾無尺素來　천 리 먼 (고향에서는) 아무런 소식이 없네
천 리 증 무 척 소 래

野鶩孤飛煙里沒　들판 오리는 외롭게 날아 안개 속에 묻히고
야 목 고 비 연 리 몰

江帆相背雨中開　강물의 돛은 서로 등지며 빗속에 펼쳐지네
강 범 상 배 우 중 개

故園風景今何似　고향의 풍경은 지금쯤 무엇과 같을까?
고 원 풍 경 금 하 사

池草春花夢幾回　연못 풀과 봄꽃의 꿈은 그 얼마나 꾸었던가!
지 초 춘 화 몽 기 회

•팽손휼(1631~1700): 청대 시인. •豫章城: 남창고성(南昌古城). •煙波: 안개 따위가
자욱한 수면. •可哀: 슬프게 하다. •瀠回: 瀠洄와 같다. 물이 소용돌이치다. •扁舟:
조각배. •日夕: 황혼. •尺素: 척독(尺牘)과 같다. 편지. 서신. •野鶩: 들판의 오리.

灰운. 대장의 분석은 다음과 같다.

一/春(봄 내내, 숫자/명사)에는 千里(천 리, 숫자)로 대장했다. 정확하게 대장되지 않는다.

又(또한, 부사)에는 曾(일찍이, 부사)으로 대장했다.

向/他鄕/盡(타향에서 다하다, 동사/명사/동사)에는 無/尺素/來(소식이 없다, 동사/명사/동사)로 대장했다. 向/無는 방향/유무의 대장이지만, 잘 나타나지 않는다.

野/鶩(들판의 오리, 명사형 형용사/명사)에는 江/帆(강물 위의 돛, 명사형 형용사/명사)으로 대장했다. 鶩/帆에 중점이 있다. 동일한 품사의 대장이다.

孤/飛(외롭게 날다, 부사/동사)는 相/背(서로 등지다, 부사/동사)로 대장했다.

煙/里/沒(안개 속에 묻히다, 명사/위치/동사)에는 雨/中/開(빗속에 펼쳐지다, 명사/위치/동사)로 대장했다.

요구와 구요 방법은 다음과 같다.

제3구 一春又向他鄕盡 측/평/측/측/평/평/측(고평)

제4구 千里曾無尺素來 평/측/평/평/측/측/평(고측 안배로 구요)

崖門謁三忠祠

애문에 있는 삼충사를 배알하고

陳恭尹

山木蕭蕭風又吹　산속의 나무에 쓸쓸한 바람 또다시 불어오니
산목소소풍우취

兩崖波浪至今悲　양쪽 언덕 파도는 지금까지 슬프네
양애파랑지금비

一聲望帝啼荒殿　한 울음 두견새 황량한 전당에서 울고
일성망제제황전

十載愁人來古祠　십 년을 근심한 사람은 옛 사당에 왔네
십재수인래고사

海水有門分上下　해수는 관문에서 상하 갈래로 나누어지지만
해수유문분상하

江山無地限華夷　강산은 영토를 나누는 경계가 없다네
강산무지한화이

停舟我亦艱難日　배를 정박시킨 나 역시 간난의 세월
정주아역간난일

畏向蒼苔讀舊碑　경외의 마음으로 이끼 낀 비문을 읽네
외향창태독구비

• 진공윤(1631~1700): 청대 시인. • 이 작품은 순치(順治) 11년(1654), 시인이 崖門을 지나면서 감개무량해 지었다고 전해진다. • 崖門: 애문산. 광동 신회현 남쪽 바다에 있다. 남송 말기 원나라에 항거한 최후 거점이다. • 三忠祠: 민족영웅인 문천상(文天祥), 육수부(陸秀夫), 장세걸(張世傑)을 모신 사당. • 蕭蕭: 쏴쏴. 휙휙. 바람이 부는 소리. 이 구에서는 요동치는 모습. • 望帝: 이름은 두우(杜宇). 주나라 왕조 말기 촉나라 군주. 나라가 망하고 죽은 후 두견새가 되었다는 전설이 전한다. • 十載愁人: 시인 자신. 이 당시 명나라가 멸망한 지 이미 10년이 넘었기 때문에 이렇게 표현했다. • 제5/6구는 바닷물이 수문이 있는 곳에서 그 흐름이 나누어지지만 점령당한 영토는 경계가 없다는 뜻이다. • 華夷: 한족과 소수민족. 중국과 외국. 송, 원대의 영토. • 蒼苔: 청태(靑苔)와 같다. 푸른 이끼. • 舊碑: 세 충신을 표장한 비문을 가리킨다.

支운. 대장의 분석은 다음과 같다.

一/聲(일성, 숫자/명사)에는 十/載(십 년 세월, 숫자/명사)로 대장했다.

望帝(망제, 명사)에는 愁人(근심하는 사람, 명사)으로 대장했다.

啼/荒殿(황량한 궁전에서 울다, 동사/목적어)에는 來/古祠(옛 사당에 오다, 동사/목적어)로 대장했다.

海水(해수, 명사)에는 江山(강산, 명사)으로 대장했다. 상용의 대장이다.

有門分上下(관문이 있는 곳에서 상하로 나누어지다)에는 無地限華夷(영토에는 경계가 없다)로 대장했다. 우리말로는 어색하지만 올바른 대장이다. 有/無는 뚜렷하게 대장된다. 上下/華夷는 보기 드문 대장이다. 구분을 짓는다는 점에서 대장을 이룬다.

三閭祠
굴원의 사당

査愼行

平遠江山極目回　저 멀리 평원의 강산을 돌아보니
평원강산극목회

古祠漠漠背城開　적막한 옛 사당은 성을 뒤로하고 펼쳐져 있네
고사막막배성개

莫嫌舉世無知己　(회왕은) 세상에서 지기가 없다고 의심하지 말았어야 하니
막혐거세무지기

未有庸人不忌才　보통 사람이 그 재능을 시기하지 않을 수는 없었다네
미유용인불기재

放逐肯消亡國恨　추방된 후에는 틀림없이 망국의 한을 잊으려 했으나
방축긍소망국한

歲時猶動楚人哀　세시풍속은 도리어 초나라 사람들의 슬픔을 움직이네
세시유동초인애

湘蘭沅芷年年綠　상강 난초 원풍 지초 해마다 푸르지만
상란원지년년록

想見吟魂自往來　신음했던 혼을 헤아릴 수 있어서 절로 마음이 통하네
상견음혼자왕래

•사신행(1650~1727): 청대 시인. •三閭祠: 전국시대 초나라 애국 시인 굴원의 사당.
•三閭: 지명. 굴원이 폄적되기 전에 이곳에서 대부를 지냈다. 후에는 굴원을 지칭하는
말로 쓰인다. •平遠: 평원현. •極目: 눈 닿는 데까지. 멀리. •漠漠: 적막하다. 막막하다.
광활하다. 구름이 짙게 뭉쳐 있는 모습. •開: 성이 위치한 모습을 가리킨다. 이 구에
어색한 압운자다. •舉世: 온 세상. •庸人: 보통 사람. 어리석은 사람. •放逐: 추방과
같다. 평/측 안배 때문에 바뀌었다. 추방보다는 어색하다. •歲時: 세시풍속의 준말.
•湘蘭沅芷: 원지예란(沅芷澧蘭)과 같다. 원래 지방 강가에 자라는 방초. 고결한 인물을
비유한다. •想見: 미루어 짐작해 알다. 서로 알아보다. •吟魂: 영혼과 같다. •往來:
감정이 서로 통한다는 뜻으로 쓰였다.

灰운. 제2구의 고평은 제1구의 고측에 대응한 것이며, 제3구의 첫 부분도 고평이지만, 매 구의 첫 부분 고평은 허용된다. 대장의 분석은 다음과 같다.

莫嫌/擧世無知己(동사/목적어구)에는   未有/庸人不忌才(동사/목적어구)로 대장했다. 莫嫌/未有, 擧世/庸人, 無知己/不忌才는 좋은 대장을 이룬다.

放逐(추방, 명사)에는 歲時(세시풍속, 명사)로 대장했다.

肯/消(사라지게 하려 하다, 부사/동사)에는 猶/動(오히려 요동치다, 부사/동사)으로 대장했다.

亡國/恨(망국의 한, 명사형 형용사/명사)에는 楚人/哀(초나라 사람들의 슬픔, 명사형 형용사/명사)로 대장했다.

曉過靈石

새벽에 영석을 지나며

趙執信

曉色熹微嶺上橫　새벽 경치 희미한 고개를 지나며
효색희미령상횡

望中雲物轉凄清　구름을 바라보니 처량하게 맴도네
망중운물전처청

林收宿霧初通日　숲은 안개를 거두어 비로소 해를 통하게 하고
임수숙무초통일

山挾回風盡入城　산은 바람을 품어 모두 성으로 들어가게 하네
산협회풍진입성

客路遠隨殘月沒　객의 길은 요원하여 그믐달 따라 묻히고
객로원수잔월몰

鄕心半向早寒生　고향 그리는 마음의 절반은 아침 추위를 따라 생겨나네
향심반향조한생

驚鴉滿眼蒼煙里　놀란 까마귀 운무 속에 가득하니
경아만안창연리

愁絕戍樓橫吹聲　근심은 망루의 피리 소리를 단절시키네
수절수루횡취성

• 조집신(1662~1744): 시론가. 서법가.　•靈石: 지명.　•曉色: 새벽빛. 새벽녘의 경색.
•雲物: 구름 빛.　•凄清: 쓸쓸하다. 처량하다.　•宿霧: 머물러 있는 안개.　•殘月: 그믐달.
새벽달.　•滿眼: 눈에 가득 차다. 시야에 가득하다.　•蒼煙: 망망한 운무. 창망한 운무.
•戍樓: 국경에 설치된 망루. 국경 감시 초소.　•橫吹: 군대의 악곡 명. 피리 소리.

庚운. 吹는 평/측 모두 쓸 수 있다. 대부분 평성으로 쓴다. 측성일 때에는 去聲 寘(치)운에 속한다. 이 구에서는 측성으로 쓰였다. 대장의 분석은 다음과 같다.

林/收/宿霧(숲이 안개를 거두다, 주어/동사/목적어)에는 山/挾/回風(산은 바람을 끼다, 주어/동사/목적어)으로 대장했다.

初/通/日(비로소 햇빛을 통하게 하다, 부사/동사/목적어)에는 盡/入/城(모두 성으로 들어가다, 부사/동사/목적어)으로 대장했다.

제3/4구는 '숲속 안개 걷히자 비로소 햇빛이 들고, 산바람은 돌아서 모두 성을 향해 부네'로 번역되지만, 이처럼 대장 표현 때문에 마음대로 구성할 수 없다.

客/路(객의 노정, 명사형 형용사/명사)에는 鄕/心(고향 그리는 마음, 형용사형 명사/명사)으로 대장했다.

遠(요원하다, 형용사)에는 半(반쯤, 형용사)으로 대장했다. 우리말로는 어색하지만 정확한 대장이다. 遠/半은 숫자 개념으로 대장되었다.

隨/殘月/沒(그믐달 따라 묻히다, 동사/명사/동사)에는 向/早寒/生(아침 추위 따라 생겨나다, 동사/목적어/동사)으로 대장했다.

秋暮吟望
가을 저녁에 탄식하며 바라보다

趙執信

小閣高棲老一枝　높은 곳의 작은 집에서 만년을 보내며
소각고서로일지

閑吟了不爲秋悲　한적하게 시 읊어도 가을 슬픔을 위로할 수 없네
한음료불위추비

寒山常帶斜陽色　쓸쓸한 산은 언제나 석양빛을 띠고
한산상대사양색

新月偏明落葉時　초승달은 의외로 낙엽 떨어진 때에 밝네
신월편명낙엽시

煙水極天鴻有影　물안개가 하늘에 이르자 기러기는 그림자를 독차지하고
연수극천홍유영

霜風卷地菊無姿　찬바람이 대지를 휩쓸자 국화는 자취를 감추었네
상풍권지국무자

二更短燭三升酒　이경 동안 짧아진 초에 세 되의 술
이경단촉삼승주

北斗低橫未擬窺　북두칠성 자루 낮아져도 살펴보지 않네
북두저횡미의규

•吟望: 탄식하다. •一枝: 산속에서 늙어가다. 《장자(莊子)》〈소요유(逍遙遊)〉의 "鷦鷯巢於
深林, 不過一枝"에 근거한다. •斜陽: 석양. •新月: 초승달. •煙水: 물안개가 자욱한
수면. •極天: 하늘에 이르다. •鴻: 큰 기러기. •霜風: 찬바람. •二更(gēng): 밤 9시에서
11시 사이. •北斗低橫: 가을밤 북두칠성은 밤이 깊어갈수록 자루 부분이 아래로 향하므로
쓴 표현이다. 새벽이 가까워진다는 뜻으로 쓰였다. •懶得: …할 마음이 내키지 않다.
…할 기분이 나지 않다.

支운. 대장의 분석은 다음과 같다.

寒山/常/帶(쓸쓸한 산은 항상 띠다, 주어/부사/동사)에는 新月/偏/明(초승달은 의외로 밝다, 주어/부사/동사)으로 대장했다.

斜陽/色(석양의 빛깔, 명사형 형용사/명사)에는 落葉/時(낙엽이 진 때, 명사형 형용사/명사)로 대장했다. 色에는 색깔의 대장이 상용이다. 色/時의 대장은 동일한 품사의 대장이다.

煙水/極/天(물안개는 하늘에 이르다, 주어/동사/목적어)에는 霜風/卷/地(찬바람은 대지를 말아 올리다, 주어/동사/목적어)로 대장했다.

鴻/有影(기러기가 그림자를 독차지하다, 명사/동사/목적어)에는 菊/無/姿(국화는 자취를 감추다, 명사/동사/목적어)로 대장했다.

秋柳
가을 버들

王士禎

娟娟涼露欲爲霜　영롱하게 찬 이슬은 서리로 변하려 하며
연연양로욕위상

萬縷千條拂玉塘　천 갈래 만 갈래 옥 연못에 떨치네
만루천조불옥당

浦里靑荷中婦鏡　물속의 푸른 연은 아내의 거울(을 대신하고)
포리청하중부경

江幹黃竹女兒箱　강변의 누런 대는 딸아이의 상자(에 쓰이네)
강간황죽여아상

空憐板渚隋堤水　판저 나루의 수나라 때 만든 운하는 부질없이 가련하고
공련판저수제수

不見琅琊大道王　낭야 지방의 대로는 볼 수 없네
불견낭야대도왕

若過洛陽風景地　만약 낙양의 풍경지구를 들른다면
약과낙양풍경지

含情重問永豐坊　정 품고 거듭 늘어진 버드나무 있는 곳을 물어보리라!
함정중문영풍방

• 왕사정(1634~1711): 청대 시인. • 娟娟: 아름답고 환하다. 영롱하다. • 萬縷千條: 千條萬
縷와 같다. 평/측 안배 때문에 도치되었다. 버들가지가 실처럼 늘어진 모습을 형용한다.
• 拂: 떨치다. • 玉: 옥. 깨끗하다. 순백하다. • 中婦: 후비. 처자. 아내. • 幹: 물가. • 女兒箱:
《악부시집(樂府詩集)》〈황죽자가(黃竹子歌)〉의 "강변의 황죽, 딸아이의 상자를 만들 수
있네(江邊黃竹子, 堪作女兒箱)"에 보인다. • 堪: 能과 같다. • 제5/6구는 수양제(隋煬帝)가
명령해 만든 제방인 낭야에 심은 양류(楊柳)는 아직도 그대로이나, 지난날의 번화한
모습은 이미 사라졌다는 뜻이다. 고악부(古樂府) 〈琅琊王歌〉에서는 다음과 같이 말했다.
"낭야는 가도 가도 낭야, 낭야의 대로. 2, 3월의 봄날, 홑적삼에 화려한 조끼(琅琊復琅琊,
琅琊大道王, 陽春二三月, 單衫繡補襠)." • 大道王: 대로와 같다. • 單衫: 홑적삼. • 繡: 수를
놓아 화려하다. • 補襠: 조끼. • 板渚隋堤: 板渚는 판저진(板渚津), 隋堤는 수제류(隋堤柳).
수나라 때 만든 제방의 버드나무. 매혹적인 경치를 이른다. • 過: 지나는 길에 들르다.
• 永豐坊: 당대의 수도 낙양을 가리킨다. 백거이가 〈양류지사(楊柳枝詞)〉에서 서남쪽

陽운. 대장의 분석은 다음과 같다.

浦/里(물속, 명사/위치)에는 江/幹(강변, 명사/위치)으로 대장했다. 幹 대신 邊을 써도 무방하다. 幹을 쓴 까닭은 강의 중심 부분을 강조하기 위한 것으로 보인다.

靑/荷(푸른 연, 색깔/명사)에는 黃/竹(황죽, 색깔/명사)으로 대장했다.

中婦(처, 명사)에는 女兒(딸아이, 명사)로 대장했다.

靑荷中婦/黃竹女兒는 反對 수법으로 선명한 대장을 이룬다. 反對는 正對보다 뛰어나다.

鏡(거울, 명사)에는 箱(상자, 명사)으로 대장했다.

空/憐/板渚隋堤水(부사/동사/ 도치, 주어 구)에는 不見/琅琊大道王(동사/도치, 주어 구)으로 대장했다. 空憐/不見은 완전히 일치되는 대장은 아니지만 가끔 쓰인다. 대장의 느슨함은 때로 허용된다. 板渚隋堤水와 琅琊大道王은 지명과 지명의 대장으로 까다롭다. 평/측을 다른 표현으로 대신할 수 없기 때문이다.

각원(角園)의 늘어진 버들을 찬양해 붙은 이름이다. 이 구에서는 영봉방원(永豊坊園) 중의 늘어진 버드나무를 가리킨다.

夜月渡江
달밤에 강을 건너다

沈德潛

萬里金波照眼明   만 리에 걸친 금물결 눈부시게 밝고
만리금파조안명

布帆十幅破空行   십 폭의 돛은 허공을 가르며 가네
포범십폭파공행

微茫欲沒三山影   (달빛은) 어슴푸레 삼산의 그림자를 묻으려 하고
미망욕몰삼산영

浩蕩還流六代聲   (물결은) 호탕하게 육조의 (흥망성쇠) 소리로 돌아 흐르네
호탕환류육대성

水底魚龍驚靜夜   물속의 어룡은 고요한 밤을 놀라게 하고
수저어룡경정야

天邊牛斗轉深更   하늘가의 두우성은 깊은 밤에 맴도네
천변우두전심경

長風瞬息過京口   장풍이 순식간에 경구를 지나게 하니
장풍순식과경구

楚尾吳頭無限情   예장 일대의 무한한 정이여!
초미오두무한정

• 심덕잠(1673~1769): 청대 시인. 격조설 주창자. •金波: 달빛에 비치어 반짝이는 물결.
•照眼: 눈부시다. •布帆: 무명으로 만든 돛. 작은 배. •微茫: 어슴푸레하다. •三山:
강소 진강 부근의 금산(金山), 초산(焦山), 북고산(北固山). •六代聲: 육대는 육조와
같다. 진강은 남경과 멀지 않으며, 육조시대의 중요한 진(鎭)이었다. 진강에서 육조시대
의 흥망성쇠를 돌아보는 것은 자연스러운 감정이다. •魚龍: 물고기와 용. 수중동물을
통틀어 일컫는 말. •牛斗: 28수(宿) 가운데 두성(斗星)과 우성(牛星). 높은 곳. •深更:
심야와 같다. •長風: 먼 곳에서 불어오는 힘이 강한 바람. 폭풍. 대풍. •京口: 진강의
옛 명칭. 초미오두(楚尾吳頭)는 고대에 예장 일대는 초나라 하류와 오나라 상류에 해당해
머리와 꼬리 부분이 서로 접해 있는 형세였기 때문에 붙은 이름이다.

庚운. 過가 경과의 의미로 쓰일 때는 평성으로도 쓰인다. 대장의 분석은 다음과 같다.

微茫(어슴푸레하다, 형용사)에는 浩蕩(호탕하다, 형용사)으로 대장했다.

欲沒/三山影(삼산의 그림자를 묻으려 하다, 동사/목적어)에는 還流/六代聲(육조의 소리를 묻으려 하다, 동사/목적어)으로 대장했다. 제3/4구는 참고할 만하다. 影/聲은 형상과 소리의 대장으로 조화를 이룬다.

水/底(물속, 명사/위치)에는 天/邊(하늘가, 명사/위치)으로 대장했다. 底/邊의 대장은 참고할 만하다.

魚龍(어룡, 동물)에는 牛斗(우두성, 별자리, 자연현상)로 대장했다.

驚/靜夜(고요한 밤을 놀라게 하다, 동사/목적어)에는 轉/深更(깊은 밤을 맴돌다, 동사/목적어)으로 대장했다.

過眞州
진주를 지나며

沈德潛

揚州西去眞州路 양주의 서쪽으로 가면 진주에 이르는 길
양 주 서 거 진 주 로

萬樹垂楊繞岸栽 수많은 나무와 늘어진 버들은 언덕을 감싸며 심겨 있네
만 수 수 양 요 안 재

野店酒香帆盡落 들판 술집의 술 향기에 배는 모두 모여들고
야 점 주 향 범 진 락

寒塘漁散鷺初回 찬 연못의 어부 분산에 백로도 비로소 돌아가네
한 당 어 산 로 초 회

曉風殘月屯田墓 새벽바람과 그믐달 아래 둔전의 묘지
효 풍 잔 월 둔 전 묘

零露浮雲魏帝臺 맺힌 이슬 뜬 구름 사이 위제의 누대
영 로 부 운 위 제 대

此夕臨江動離思 이날 저녁 강가에서 이별의 그리움으로 요동치는데
차 석 임 강 동 리 사

白沙亭畔笛聲哀 (더욱이) 백사정 변의 피리 소리 구슬프네
백 사 정 반 적 성 애

• 帆盡落: 돛이 모두 떨어지다. 돛을 접은 상태이므로 落이 '모여들다'는 뜻으로 쓰였다.
• 曉風殘月: 殘月은 그믐달. 새벽달. 새벽녘까지 남아 있어 빛이 희미해진 달. 서풍잔월(西風殘月)과 통한다. 매우 적적하고 처량함을 이르는 말이다. • 屯田: 한대 이후 역대 중국 왕조가 실시한 토지제도. 이 구에서는 경지 또는 땅을 뜻한다. • 零露: 동그랗게 맺힌 이슬의 모습.

灰운. 思가 측성으로 쓰일 때는 去聲 眞(치)운에 속한다. 평성으로만 쓰는 것이 좋다. 대장의 분석은 다음과 같다.

野/店(들판의 주점, 명사형 형용사)에는 寒/塘(찬 연못, 형용사/명사)으로 대장했다. 정확하게 대장되지 않는다.

酒/香(술 향기, 명사형 형용사/명사)에는 漁/散(어부가 흩어지다, 명사/동사)으로 대장했다. 정확하게 대장되지 않는다.

帆/盡/落(배는 모두 모여들다, 명사/부사/동사)에는 鷺/初/回(백로는 비로소 돌아가다, 명사/부사/동사)로 대장했다. 落은 내리다, 떨어지다는 뜻이다. 적절한 운자인지는 의문이다.

曉風/殘月/屯田/墓(새벽바람, 새벽달, 둔전의 묘지, 명사/명사/명사형 형용사/명사)에는 零露/浮雲/魏帝/臺(맺힌 이슬, 뜬구름, 위제의 누대, 명사/명사/명사형 형용사/명사)로 대장했다. 동사의 쓰임 없이 명사의 나열로 풍경을 묘사했다. 독특한 대장이다.

요구와 구요 방법은 다음과 같다.

제7구 此夕臨江動離思 측/측/평/평/측/평/측(고평)
제8구 白沙亭畔笛聲哀 측/평/평/측/측/평/평(離/聲, 평/평)

⇕

제7구 此夕臨江動離思 측/측/평/평/평/측/측(動/離 측/평 교환, 구요)
제8구 白沙亭畔笛聲哀 측/평/평/측/측/평/평(위아래 2/4/6 부동)

江村
강촌

苦霧寒煙一望昏　처량하고 쓸쓸한 안개가 한눈에 바라보이는 황혼
고무한연일망혼

秋風秋雨滿江村　추풍과 가을비는 강촌에 가득 미치네
추풍추우만강촌

波浮衰草遙知岸　물결은 시든 풀을 띄웠으니 저 멀리 기슭을 알 수 있고
파부쇠초요지안

船過疏林竟入門　배는 성긴 숲을 지나 마침내 (친구가 있는)문으로 들어가네
선과소림경입문

儉歲四鄰無好語　흉년에 이웃은 좋은 이야기 없고
검세사린무호어

愁人獨夜有驚魂　시인의 고독한 밤은 혼을 놀라게 하네
수인독야유경혼

子桑臥病經旬久　자상이 병으로 누워 열흘 지난 이야기는 오래되었으니
자상와병경순구

裹飯誰令古道存　우정은 누가 옛날처럼 존재할 수 있게 하는가!
과반수령고도존

• 苦霧寒煙: 苦寒煙霧와 같다. 평/측 안배 때문에 도치되었다. •제7/8구는 《莊子》에 근거한다. "자여와 자상은 절친한 친구였다. 10일간 비가 계속해서 내리자 자여가 말했다. '자상이 병으로 위태롭겠구나!' 음식을 가지고 가서 그를 먹였다(子輿與子桑友, 而霖雨十日, 子輿曰, '子桑殆病矣!' 裹飯而往食之)." 우정을 칭송하는 전고로 쓰인다. 음식을 싸 가지고 먼 길을 간다는 뜻으로도 쓰인다. •儉歲: 흉년. •愁人: 근심하는 사람. 시인의 뜻으로도 쓰인다. •古道: 옛날의 가르침. 옛날 방식. 고풍. 인정이 두텁다.

元운. 令(ling)은 4성으로, 주로 측성으로 쓰이지만, '시키다'의 뜻일 때에는 평성 庚운에 속한다. 子/桑/臥는 고평이지만, 첫 부분의 고평은 허용된다. 대구에서 평/측/평으로 안배해주는 게 좋다. 대장의 분석은 다음과 같다.

波/浮/衰草(물결은 시든 풀을 띄우다, 주어/동사/목적어)에는 船/過/疏林(배는 성긴 숲을 지나다, 주어/동사/목적어)으로 대장했다. 참고할 만한 대장 표현 방법이다.

遙/知/岸(저 멀리 기슭을 알 수 있다, 부사/동사/명사)에는 竟/入/門(마침내 친구가 있는 문으로 들어가다, 부사/동사/명사)으로 대장했다.

儉/歲(흉년이 든 해, 형용사/명사)에는 愁/人(근심하는 사람, 형용사/명사)으로 대장했다.

四/鄰(이웃, 숫자/명사)에는 獨/夜(고독한 밤, 숫자/명사)로 대장했다. 獨은 숫자로 표현하려 한 것은 아니지만 숫자 개념으로 쓰였다. 묘미 있는 표현이다.

無好/語(좋은 이야기가 없다, 동사/명사)에는 有驚/魂(혼을 놀라게 하다, 동사/명사)으로 대장했다. 우리말로는 어색하지만 올바른 대장이다.

甘露寺
감로사

沈德潛

高閣眞疑坐九霄　높은 누각 진실로 하늘에 앉았는지 의심스럽고
고각진의좌구소

鍾聲遠送海門潮　종소리는 저 멀리 해문의 물결로 보내네
종성원송해문조

峰巖片石留三國　산꼭대기 돌조각은 삼국시대에 남겨졌고
봉전편석류삼국

檻外長江咽六朝　난간 밖 장강은 육조시대를 삼켰네
함외장강연육조

何處雲煙辨吳越　어느 곳의 운무가 오나라와 월나라를 변별하는가?
하처운연변오월

此間蒼翠壓金焦　이곳의 푸름은 금산과 초산을 압도하네
차간창취압금초

老僧猶說孫恩亂　노승은 여전히 손은의 반란을 이야기 하니
노승유설손은란

白骨青磷尚未消　백골의 푸른 인은 아직 사라지지 않았다네
백골청린상미소

•甘露寺: 강서성 북고산(北固山)에 위치한다. 영웅호걸의 기개가 충만한 곳으로 알려져 있다. 그러나 실제 北固山 높이는 60여 미터가 되지 못한다. 아득한 들판에 우뚝 솟았기 때문이기도 하고 정신적으로 숭상할 곳이어서 높은 산이라고 여기는 듯하다. •九霄: 하늘 제일 높은 곳. 높은 하늘. •峰巖: 산꼭대기. •片石: 돌조각(파편). •咽: 삼키다. 육조시대의 흥망성쇠가 장강에서 이루어졌다는 뜻이다. •蒼翠: 청록색. 검푸르다. •金焦: 金山과 焦山. 강소성 진강시에 있다. •孫恩亂: 동진 말년에 발생한 민란 사건. 손은의 집안은 대대로 오두미도(五斗米道, 도교의 일파)를 신봉했다. 손은의 숙부인 손태(孫泰)는 도사 두자공(杜子恭)을 선생으로 모시고 비술을 배웠으며, 평민과 사족 인사들을 끌어들였다. 융안(隆安) 2년(398), 왕공(王恭)이 반란을 일으키자, 손태는 동진이 곧 망할 것으로 여겨 백성을 선동해 많은 호응을 얻었지만, 결국 실패로 돌아가 죽임을 당했다.

蕭운. 대장의 분석은 다음과 같다.

峰巓(산꼭대기, 명사)에는 檻/外(난간 외, 명사/위치)로 대장했다. 峰과 巓은
명사로 檻外와는 대장되지 않는 것처럼 보이지만, 巓은 위치에도 해당한다.
교묘한 대장이다.

片/石(부서진 암석, 형용사/명사)에는 長/江(장강, 형용사/명사)으로 대장했다.

留/三國(삼국에서 남기다, 동사/목적어)에는 咽/六朝(육조를 삼키다, 동사/목
적어)로 대장했다. 제3/4구의 대장은 참고할 만하다.

何/處(어느 곳, 의문사/위치)는 此/間(이 사이, 대명사/위치)으로 대장했다.

雲/煙(운무, 명사)에는 蒼/翠(푸름, 명사)로 대장했다. 雲과 煙/蒼과 翠는 모
두 비중이 같다.

辨/吳越(오나라와 월나라를 구분하다, 동사/목적어)에는 壓/金焦(금산과 초산
을 압도하다, 동사/목적어)로 대장했다. 제5/6구의 대장은 참고할 만하다.

요구와 구요 방법은 다음과 같다.

제5구 何處雲煙辨吳越 평/측/평/평/측/평/측(고평)
제6구 此間蒼翠壓金焦 측/평/평/측/측/평/평(吳/金 평/평)

⇕

제5구 何處雲煙辨吳越 평/측/평/평/평/측/측(辨/吳 측/평 교환, 구요)
제6구 此間蒼翠壓金焦 측/평/평/측/측/평/평(위아래 2/4/6 부동)

同京口餘文圻登蒜山憩清寧道院時春盡日 1
경구의 여문기와 함께 산산에 올라 청영도원에서 쉴 때는 봄이 진 날이었다 1

相攜筇竹上晴空 서로 대지팡이를 짚고 맑은 하늘을 오르니
상휴 공죽 상 청 공

木末遙遙磴道通 나무 끝 저 멀리는 돌계단과 통하네
목 말 요 요 등 도 통

鐵甕帆檣雙屐下 철옹성 같은 돛대는 두 사람의 나막신 아래에 있고
철 옹 범 장 쌍 극 하

佛狸城郭亂煙中 불리의 성곽은 어지러운 안개 속에 있네
불 리 성 곽 란 연 중

運籌羽扇懷王佐 책략을 운용하는 부채로 군왕의 보좌를 그리워했고
운 주 우 선 회 왕 좌

破敵長刀數霸功 적을 부수는 긴 칼로 패업의 공적을 헤아렸네
파 적 장 도 수 패 공

事業銷沈山色在 사업은 사라져도 산색은 그대로이니
사 업 소 침 산 색 재

底須吾輩別雌雄 구태여 우리가 우열을 구별할 필요가 있겠는가!
저 수 오 배 별 자 웅

• 京口: 강소 진강의 옛 이름. •餘文圻: 잘 알려져 있지 않다. •蒜山: 지혜의 산이라고 불린다. 삼국시대 조조가 백만 대군을 이끌고 남하했을 때, 손권과 유비의 연합군은 5만이 되지 않아 형세는 지극히 위급했다. 이때 산 정상의 정자에서는 두 사람이 대책을 세우고 있었다. 두 사람이 각자가 품은 생각을 손바닥에 한 글자로 써서 동시에 펼치니, 火 자였다. 화소적벽(火燒赤壁), 즉 적벽대전(赤壁大戰) 계책의 시작이었다. 두 사람이 바로 제갈량(諸葛亮)과 주유(周瑜)다. 이로부터 이 작은 산은 산산(算山)이라고 불렸으며, 이 정자는 산정(算亭)으로 불리었다. 택산(澤蒜, 마늘의 일종, 달래와 비슷함)이 많이 났기 때문에 산산으로 불리게 된 것이다. •筇竹: 키가 크지 않은 대나무 종류. 지팡이를 만드는 데 사용된다. •晴空: 맑게 갠 하늘. •磴道通: 磴道는 (산의) 돌계단 길. 通磴道로 써야 자연스러우나 通이 압운자이므로 磴道通으로 안배되었다. 율시 구성에서 문법을 어기는 가장 큰 단점이다. •鐵甕: 견고한 옹성(甕城). 큰 성문을 지키기

東운. 대장의 분석은 다음과 같다.

鐵甕(철옹성, 명사, 건축물)에는 佛狸(불리, 명사, 인명)로 대장했다.
帆檣(돛대, 명사)에는 城郭(성곽, 명사)으로 대장했다.
雙/屐/下(쌍쌍의 나막신 아래, 형용사/명사/위치)에는 亂/煙/中(어지러운 안개
속, 형용사/명사/위치)으로 대장했다. 雙은 이 구에서 가지런하다는 뜻을 나타낸
다. 雙/亂은 묘미 있게 대장되었다. 제3/4구의 대장은 참고할 만하다.
運/籌/羽/扇(계책을 운용하는 깃털 부채, 동사/목적어/형용사/명사)에는 破/敵
/長/刀(적을 부수는 긴 칼, 동사/목적어/형용사/명사)로 대장했다.
懷/王佐(왕의 보좌를 그리워하다, 동사/목적어)에는 數/霸功(제패의 공을 헤아
리다, 동사/목적어)으로 대장했다. 제5/6구의 대장은 참고할 만하다.

위해 성문 밖에 쌓은 작은 성. •帆檣: 돛대. •佛狸: 북위 탁발도(拓跋燾). 태무제(太武帝)
의 어릴 때 이름. 이 말을 가차해 江蘇 六合縣을 나타내기도 한다. 육합현 성의 동남쪽에
瓜步山이 있으며, 산 위에 불리의 사당이 있기 때문에 붙은 이름이다. 이 이름을 빌려
북방 소수민족의 침입을 가리키기도 한다. •破敵長刀: 적을 격파하는 긴 칼. 이 구에서는
주유를 가리킨다. •運籌羽扇: 運籌는 운주유악(運籌帷幄)의 준말. 籌는 책략. 유악은
군대의 장막. 지휘, 책략의 뜻으로 쓰인다. 羽扇은 깃털로 만든 부채. 이 구에서는 제갈량의
책략을 가리킨다. •王佐: 제왕의 재능. 군주의 보좌. •霸功: 패업의 공적. •銷沈: 녹고
가라앉다. 사라지다. •底須: 구태여 …할 필요가 있겠는가? 어찌 …할 필요가 있겠는가!
•吾輩: 우리들. •雌雄: 우열.

同京口餘文圻登蒜山憩清寧道院時春盡日 2

경구의 여문기와 함께 산산에 올라 청영도원에서 쉴 때는
봄이 진 날이었다 2

沈德潛

峰巓突兀睇無垠　산 정상에 우뚝 서서 바라보는 (전망은) 끝이 없지만
봉전돌올제무은

吳楚蒼茫幾點塵　오나라와 초나라의 창망함은 몇 점의 먼지로 사라졌네
오초창망기점진

天地本來成逆旅　천지는 본래 역려를 이루고
천지본래성역려

江山從古屬閑身　강산은 예로부터 한가한 몸이었다네
강산종고속한신

松門瘦石樵家路　송문협곡 가파른 돌계단은 나무꾼 집으로 통하는 길을 이루었고
송문수석초가로

瑤草金光道院春　신선초의 금빛 색깔은 도원의 봄을 알리네
요초금광도원춘

慚愧玉皇香案吏　부끄럽게도 옥황상제의 향안리는
참괴옥황향안리

階前暫作掃花人　계단 앞에서 잠시 꽃을 청소하는 사람이 되었다네
계전잠작소화인

・峰巓: 산꼭대기. ・突兀: 돌올하다. 우뚝하다. 갑작스럽다. ・睇: 남방의 방언. 看과
같다. 보다. ・蒼茫: 넓고 멀어서 아득하다. 창망하다. ・逆旅: 손님을 맞이하다. 여관.
객사. ・閑身: 관직이 없는 신세. 한가한 처지. ・松門: 소나무로 된 문. 소나무를 심어
놓은 집의 대문. 송문산. 송문협곡. ・瘦石: 가파른 돌계단. ・樵家: 나무꾼의 집. ・瑤草:
전설 속 신선초. 기화요초(琪花瑤草)의 준말. 진귀하고 아름다운 약초. 눈에 덮인 풀.
・慚愧: 부끄럽다. 송구스럽다. ・香案吏: 궁정에서 제왕을 시중드는 관원. ・掃花: 꽃을
쓸다. 운치 있는 말이지만 이 구에서는 실의의 뜻으로 쓰였다.

眞운. 대장의 분석은 다음과 같다.

제3구 天地(천지, 명사)에는 江山(강산, 명사)으로 대장했다. 天과 地, 江과 山은 선명하게 대비되는 개념으로 상용하는 대장이다.

本來/成/逆旅(본래부터 역려를 이루다, 부사/동사/목적어)에는 從古/屬/閑身 (예로부터 한가한 몸에 속하다, 부사/동사/목적어)으로 대장했다. 제2/4구의 대 장은 참고할 만하다.

松門/瘦石(송문의 가파른 돌계단, 명사형 형용사/명사)에는 瑤草/金光(신선초 의 금빛, 명사형 형용사/명사)으로 대장했다.

樵家/路(나무꾼의 집으로 통하는 길, 명사형 형용사/명사)에는 道院/春(도원의 봄, 명사형 형용사/명사)으로 대장했다.

抑堂送春

답답한 집에서 봄을 보내다

沈德潛

故交落莫返江濱	오랜 친구 영락하여 강변으로 돌아오니
고교낙막반강빈	
送客何堪又送春	객을 보내고 어찌 또 가는 봄을 견딜 수 있겠는가!
송객하감우송춘	
天下有情俱惜別	천하의 유정은 석별을 동반하니
천하유정구석별	
坐間無語不傷神	앉은 사이 말 없어도 상심하지 말기를!
좌간무어불상신	
賣花聲歇閑深巷	꽃 파는 소리 그치자 깊은 골목 한적해지고
매화성헐한심항	
拾翠人稀駐畫輪	물총새 깃털 줍는 사람 드물어지자 화려한 수레 멈추네
습취인희주화륜	
此日風懷且中酒	이러한 날의 지향은 역시 술 속에 있으니
차일풍부차중주	
朝來惟見綠陰新	아침부터 단지 보이는 녹음만 새롭네
조래유견녹음신	

•故交: 오래 사귄 친구. 고우. •落莫: 落寞과 같다. 적막하다. 쓸쓸하다. 전락하다.
•江濱: 강변과 같다. •何堪: 어찌 …(감당)할 수 있겠는가! •傷神: 상심과 같다. 지나치게
정신을 소모하다. 상심하다. •拾翠: 물총새 깃털을 줍다. 장식에 쓰인다. 여인의 봄놀이를
상징한다. •歇閑: 휴식하다. •畫輪: 화려하게 장식한 수레바퀴. 화려하게 장식한 수레.
•風懷: 포부. 풍정. 남녀의 정회.

眞운. 俱는 4성이지만 운서에는 평성 虞운으로 분류한다. 대장의 분석은 다음과 같다.

天/下(천하, 명사/위치)에는 坐/間(좌석 사이, 명사/위치)으로 대장했다. 우리말로는 어색하지만 올바른 대장이다.

有/情(정이 있다, 동사/명사)에는 無/語(말이 없다, 동사/명사)로 대장했다. 선명하게 대장된다.

俱/惜別(석별을 동반하다, 동사/목적어)에는 不/傷神(상심하지 말라!, 동사/목적어)으로 대장했다.

賣花聲/歇(꽃 파는 소리가 그치다, 주어/동사)에는 拾翠人/稀(봄놀이하는 여인이 드물다, 주어/동사)로 대장했다.

閑/深巷(깊은 골목을 한가하게 하다, 동사/목적어)에는 駐/畫輪(화려한 수레를 멈추게 하다, 동사/목적어)으로 대장했다.

요구와 구요 방법은 다음과 같다.

제7구 此日風懷且中酒 측/측/평/평/측/평/측(고평)
제8구 朝來惟見綠陰新 평/평/평/측/측/평/평(中/陰 평/평)
⇕
제7구 此日風懷且中酒 측/측/평/평/평/측/측(且/ 측/평 교환, 구요)
제8구 朝來惟見綠陰新 평/평/평/측/측/평/평(위아래 2/4/6 부동)

北固山懷古
북고산 회고

北固嵯峨枕碧流 북고산 위세는 푸른 물을 베개 삼고
북고차아침벽류

登臨霸跡憶孫劉 산에 올라 찾은 패권 흔적에서 손권과 유비를 추억하네
등림패적억손류

百年戎馬三分國 백 년간의 전쟁은 삼국으로 나누어졌고
백년융마삼분국

千古江山一倚樓 천고의 강산은 한 누각에 기대었네
천고강산일의루

鐵甕日沉殘角起 철옹성에 해가 지자 나팔 소리 일어나고
철옹일침잔각기

海門風靜暮潮收 해문에 바람 잠잠해지자 저녁 조수를 거두네
해문풍정모조수

故宮舊壘知何處 옛 궁전 보루는 어느 곳에 있는가?
고궁구루지하처

野荻寒蘆歲歲秋 들판 억새 찬 갈대만이 해마다 가을을 맞네
야적한로세세추

• 여경(1664~1739): 청대 초기 시인. • 嵯峨: 산세가 높고 험하다. • 登臨: 산을 오르고
강을 찾다. 명산대천의 명승지를 유람하다. 반드시 기쁜 뜻으로만 쓰이지는 않는다.
• 殘角: 저 멀리서 은은히 들려오는 나팔 소리. • 海門: 강소 남통(南通)시에 위치한다.
• 舊壘: 옛 보루. 옛 진영.

尤운. 대장의 분석은 다음과 같다.

百年/戎馬(백 년간의 전쟁, 숫자, 명사형 형용사/명사)에는 千古/江山(천고강산, 숫자, 명사형 형용사/명사)으로 대장했다.

三分/國(삼등분 나라, 숫자/명사)에는 一倚/樓(하나에 의지한 누각, 숫자/명사)로 대장했다. 分/三國과 倚/一樓로 대장되어야 하지만 평/측 안배 때문에 도치되었다.

鐵甕(철옹성, 명사, 성)에는 海門(해문, 명사, 지명)으로 대장했다.

日/沉(해가 지다, 명사/동사)에는 風/靜(바람이 잠잠해지다, 명사/동사)으로 대장했다.

殘/角/起(나팔 소리가 일어나다, 상태, 명사/동사)에는 暮/潮/收(저녁 조수가 거두어지다, 상태, 명사/동사)로 대장했다. 제5/6구의 대장은 참고할 만하다.

烏江項王廟
오강 항왕 묘

嚴遂成

雲旗廟貌拜行人 　 큰 깃발 세운 사당에 절하는 행인
운기묘모배행인

功罪千秋問鬼神 　 천년 세월의 공과 죄는 귀신에게 물어보네
공죄천추문귀신

劍舞鴻門能赦漢 　 칼춤 춘 홍문연회에서는 한나라 (유방을) 사면할 수 있었고
검무홍문능사한

船沉巨鹿竟亡秦 　 배 침몰시킨 거록 전투에서는 마침내 진나라를 멸망시켰네
선침거록경망진

範增一去無謀主 　 범증이 떠나자 책략을 도모하는 인물은 사라졌고
범증일거무모주

韓信原來是逐臣 　 한신은 원래 조정에서 추방된 관리였네
한신원래시축신

江上楚歌最哀怨 　 강위의 초나라 노래는 가장 슬프고 원망스러웠으니
강상초가최애원

招魂不獨爲靈均 　 초혼은 단지 굴원을 위한 것만은 아니라네
초혼불독위영균

•엄수성(1694~?): 청대 초기 시인. •雲旗: 운기(雲旂)와 같다. 곰과 호랑이 도안의 큰 깃발. •廟貌: 사당과 신상(神像). •劍舞鴻門: 홍문연(鴻門宴). 연회에서 항장(項莊)의 검무 목적은 유방을 살해하는 데 있었다. 《사기(史記)》〈항우본기(項羽本紀)〉에 근거한다. 파부침주(破釜沉舟) 고사가 탄생한 거록 전투에서 항우는 진나라 주력군을 대파했다. 船沉巨鹿은 바로 그 뜻을 나타낸다. 홍문연회에서 범증(範增)은 항우에게 여러 차례 유방을 죽이라는 뜻을 보냈다. 또 항장으로 하여금 검무를 추게 해 기회를 엿보아 유방을 죽이도록 했으나 결국 성공하지 못했다. 한(漢) 3년, 형양(滎陽)에서 곤란을 겪을 때, 진평(陳平)이 이간계를 써서 항우로부터 시기를 받은 범증은 관직을 사직하고 귀향하다가 도중에 병사했다. 範增一去는 바로 이러한 고사를 함축한다. •제8구에서 영균은 굴원의 자. 송옥(宋玉)은 굴원을 위해 〈초혼(招魂)〉을 지었다. 작자는 초혼을 빌려 항우에 대한 추모의 뜻을 나타냈다. •謀主: 책략을 도모하는 주요 인물. •不獨: …뿐만 아니라. •逐臣: 조정에서 추방된 관리.

眞운. 爲는 평/측 모두 가능하다. 대장의 분석은 다음과 같다.

劍/舞(칼을 가지고 춤을 추다, 명사/동사 도치)에는 船/沉(배를 침몰시키다, 명사/동사 도치)으로 대장했다.

能赦/漢(한나라를 사면할 수 있다, 동사/목적어, 국명)에는 竟/亡/秦(결국 진나라를 멸망시키다, 부사/동사/목적어, 국명)으로 대장했다. 能/竟은 완전하게 대장되지는 않지만 이러한 대장은 종종 나타난다.

範增(범증, 인명)에는 韓信(한신, 인명)으로 대장했다. 인명의 대장에는 격이 맞아야 한다. 반대의 경우도 마찬가지다.

一/去(떠나가다, 숫자/동사)에는 原/來(원래, 숫자/동사)로 대장했다. 原은 숫자의 개념으로 쓰였다.

無/謀主(책략을 도모할 인물이 없다, 동사/명사)에는 是/逐臣(쫓겨난 신하이다, 동사/명사)으로 대장했다.

요구와 구요 방법은 다음과 같다.

제7구 江上楚歌最哀怨 평/측/측/평/측/평/측(고평)
제8구 招魂不獨爲靈均 평/평/측/측/측/평/평(哀/靈 평/평)
⇕
제7구 江上楚歌最哀怨 평/측/측/평/평/측/측(最/哀 측/평 교환, 구요)
제8구 招魂不獨爲靈均 평/평/측/측/측/평/평(위아래 2/4/6 부동)

三垂岡
(이존욱이 부친의) 세 가지 유언을 받든 언덕

嚴遂成

英雄立馬起沙陀　영웅이 말에 올라 사타에서 기병하니
영웅입마기사타

奈此朱梁跋扈何　어찌 양나라 주량이 발호할 수 있었겠는가!
나차주량발호하

只手難扶唐社稷　혼자 힘만으로는 당나라의 사직을 부지하기 어려웠으나
지수난부당사직

連城猶擁晉山河　연속으로 (회복한) 성은 진나라의 산하까지 껴안았네
연성유옹진산하

風雲帳下奇兒在　풍운의 장막에는 (장래) 뛰어날 아이 있었지만
풍운장하기아재

鼓角燈前老淚多　고각의 등불 아래에는 노장의 눈물 많았네
고각등전노루다

蕭瑟三垂岡下路　소슬한 삼수강 아래의 길이지만
소슬삼수강하노

至今人唱百年歌　지금까지 사람들은 백년가를 노래한다네
지금인창백년가

·제1구의 영웅은 이존욱(李存勗)을 가리킨다. ·沙陀: 영웅의 출신지. ·鼓角: 옛날 군대에서 호령할 때 쓰던 북과 나팔. ·只手: 단신. 홀몸. ·三垂岡: 산서성(山西省) 장치(長治)시 교외에 있다. 중국 역사상 매우 명성이 나 있는 산. 이강산(二岡山)이라고도 불린다.

歌운. 擁(yōng)은 2성으로 평성에 속하지만, 고대에는 측성으로 上聲 종(腫)운에 속한다. 대장의 분석은 다음과 같다.

只/手(혼자만의 힘, 형용사/명사)에는 連/城(이어진 성, 형용사/명사)으로 대장했다. 只/連의 대장은 참고할 만하다.

難扶(부지하기 어렵다, 동사)에는 猶擁(껴안은 것 같다, 동사)으로 대장했다.

唐/社稷(당 조정 사직, 국명/명사)에는 晉/山河(진나라 산하, 국명/명사)로 대장했다. 참고할 만하다.

風雲(풍운, 명사, 자연)에는 鼓角(고각, 명사, 인위)으로 대장했다.

帳/下(장막 아래, 명사/위치)에는 燈/前(등불 앞, 명사/위치)으로 대장했다.

奇兒/在(훌륭한 아이가 있다, 명사/동사)에는 老淚/多(노장의 눈물이 많다, 명사/형용동사)로 대장했다.

구양수(歐陽修)가 찬(撰)한 《신오대사(新五代史)》〈당장종본기(唐莊宗本紀)〉의 내용은 다음과 같다.

이극용(李克用)은 형주(邢州)에서 맹방립(孟方立)을 쳐부수고, 상당(上黨)지방에 군사를 되돌려 삼수강(三垂岡)에 주연 자리를 마련한 뒤 〈백년가〉를 연주하게 했다. 이때 극용은 껄껄 웃으며 곁에 있던 다섯 살짜리 아들 이존욱(李存勖)을 가리키며 말했다. "나는 늙어 이처럼 운수가 사납지만, 20년 후에는 이 아이가 나의 전쟁을 대신할 것이다." 존욱은 어릴 때부터 부친을 따라 전쟁을 보고 배웠으며, 말 타기와 활쏘기에 능했다. 존욱이 23세 때, 극용은 임종 시에 세 가지를 부탁했다. 노주(潞州)의 포위를 뚫을 것, 양(梁)나라 태조 주온(朱溫)을 멸망시켜 원수를 갚을 것, 당(唐)의 종묘사직을 회복할 것이었다. 존욱은 부친의 뜻을 받들어 삼수강 대전에서 크게 승리한 후 중원을 제패했다는 제사를 거행했다. 삼수강은 이로써 역사에 기록되었다.

제8구의 百年歌는 서진시대 육기(陸機, 261~303)가 사람의 일생을 10년 단위로 나누어 쓴 악부시(樂府詩)다. 각 구마다 압운했으며, 육십 살 때까지는 후렴구를 달았다. 그런데 육기는 42세로 생애를 마쳤다.

열 살 때

顔如蕣華曄有暉　얼굴은 무궁화 같고 생기는 햇빛 같고
안 여 순 화 엽 유 휘

体如飄風行如飛　몸은 회오리바람 같고 행동은 나는 듯하네
체 여 표 풍 행 여 비

孌彼孺子相追随　아름다운 저 아이 서로를 뒤쫓으며
연 피 유 자 상 추 수

終朝出游薄暮歸　온종일 뛰어놀다 땅거미 질 무렵 돌아오네
종 조 출 유 박 모 귀

六情逸豫心無違　희로애락 오호를 즐기는 마음은 어긋나지 않으니
육 정 일 예 심 무 위

清酒將炙奈樂何　청주에 고기 안주 곁들여 즐기면 어떠한가!
청 주 장 적 나 락 하

清酒將炙奈樂何　청주에 고기 안주 곁들여 즐기면 어떠한가!
청 주 장 적 나 락 하

스무 살 때

膚体彩澤人理成　피부와 신체는 빛나고 사람의 도리는 갖추어지고
부 체 채 택 인 리 성

美目淑貌灼有榮　아름다운 눈과 용모 빛나는 영광 있네
미 목 숙 모 작 유 영

被服冠帯麗且清　의복과 관대는 화려하고도 깨끗하며
피 복 관 대 려 차 청

光車駿馬游都城　준마가 끄는 화려한 수레를 타고 도성을 유람하네
광 거 준 마 유 도 성

高談雅步何盈盈　고담준론의 아정한 걸음걸이 그 얼마나 사뿐한가!
고 담 아 보 하 영 영

清酒將炙奈樂何　청주에 고기 안주 곁들여 즐기면 어떠한가!
청 주 장 적 나 락 하

清酒將炙奈樂何　청주에 고기 안주 곁들여 즐기면 어떠한가!
청 주 장 적 나 락 하

서른 살 때

行成名立有令聞　명망과 지위 갖추어 명예롭고
행 성 명 립 유 령 문

力可扛鼎志干雲　힘은 솥을 들 수 있고 뜻은 구름 속으로 솟네
역 가 강 정 지 간 운

食如漏巵气如熏　음식은 술 마시는 것 같고 기운은 불길 같고
식 여 루 치 기 여 훈

辭家觀国綜典文　집을 떠나 나라를 살피며 율령조문을 통할하네
사 가 관 국 종 전 문

高冠素帶煥翩紛　높은 관과 비단 의대에 나부끼는 빛나는 술 장식
고 관 소 대 환 편 분

清酒將炙奈樂何　청주에 고기 안주 곁들여 즐기면 어떠한가!
청 주 장 적 나 락 하

清酒將炙奈樂何　청주에 고기 안주 곁들여 즐기면 어떠한가!
청 주 장 적 나 락 하

마흔 살 때

体力克壯志方剛　체력은 왕성하고 뜻 역시 굳세어
체 력 극 장 지 방 강

跨州越郡還帝鄉　주와 군을 뛰어넘어 제왕을 시중드네
과 주 월 군 환 제 향

出入承明拥大瑞　승명당을 출입하며 환관을 모으니
출 입 승 명 옹 대 당

清酒將炙奈樂何　청주에 고기 안주 곁들여 즐기면 어떠한가!
청 주 장 적 나 락 하

清酒將炙奈樂何　청주에 고기 안주 곁들여 즐기면 어떠한가!
청 주 장 적 나 락 하

쉰 살 때

荷旄仗节鎭邦家　황제가 준 기치와 부절로 타국을 진압하니
하모장절진방가

鼓鐘嘈囋趙女歌　시끌벅적한 음악과 조나라 미인의 노래여!
고종조찬조녀가

羅衣綷粲金翠華　비단옷에 찰랑거리는 황금과 비치 옥 장식
나의최찬금취화

言笑雅舞相經過　담소와 아악무로 서로 소통하며 왕래하니
언소아무상경과

淸酒將炙奈樂何　청주에 고기 안주 곁들여 즐기면 어떠한가!
청주장적나락하

淸酒將炙奈樂何　청주에 고기 안주 곁들여 즐기면 어떠한가!
청주장적나락하

예순 살 때

年亦耆艾業亦隆　나이 육십에 업적 또한 성대하여
연역기애업역륭

驂駕四牡入紫宮　네 마리 말이 이끄는 수레 타고 궁궐로 들어서니
참가사모입자궁

軒冕婀那翠雲中　고관대작 화려한 자태 푸른 구름 속에 있네
헌면아나취운중

子孫昌盛家道豊　자손은 창성하고 살림살이 풍족하니
자손창성가도풍

淸酒將炙奈樂何　청주에 고기 안주 곁들여 즐기면 어떠한가!
청주장적나락하

淸酒將炙奈樂何　청주에 고기 안주 곁들여 즐기면 어떠한가!
청주장적나락하

일흔 살 때

精爽頗損膂力懘　정신은 자못 손상되고 체력은 약해지니
정상파손려역건

淸水明鏡不欲觀　명경지수를 욕심 없이 바라보네
청수명경불욕관

231

臨樂對酒轉無歡　음악과 술로 전전해도 즐거움 없으니
임악대주전무환

攬形修髮獨長歎　모습 살피고 머리 손질하며 홀로 길게 탄식하네
남형수발독장탄

여든 살 때

明已損目聰去耳　눈귀의 밝음과 총명은 이미 손상되었으며
명이손목총거이

前言往行不復紀　전대 성현의 언행은 더 이상 벼리 되지 못하네
전언왕항불부기

辭官致祿歸桑梓　관직을 그만두고 고향으로 돌아가는데
사관치록귀상재

安車駟馬入舊里　네 필의 말이 끄는 수레 타고 고향으로 들어서니
안거사마입구리

樂事告終憂事始　즐거운 일 끝나고 근심스러운 일 시작되네
악사고종우사시

아흔 살 때

日告耽瘁月告衰　하루하루 초췌해지고 한 달 한 달 쇠약해지니
일고탐체월고쇠

形体雖是志意非　형체 비록 있더라도 의지대로 되지 않네
형체수시지의비

言多謬誤心多悲　말에는 잘못 많고 마음은 슬프기 그지없고
언다류오심다비

子孫朝拜或問誰　자손이 아침마다 문안해도 때로 누구인지를 묻네
자손조배혹문수

指景玩日慮安危　얼마 남지 않은 세월에 안위를 걱정하며
지경완일려안위

感念平生淚交揮　그리운 지난 평생에 눈물 교차하며 흩뿌리네
감념평생루교휘

백 살 때

盈數已登肌內單　백 세 이미 넘자 단지 근육 안쪽뿐
영수이등기내단

四支百節還相患　백 마디 사지는 서로의 근심으로 되돌리네
사지백절환상환

目若濁鏡口垂涎　눈은 흐린 거울 같고 입으로는 침 흘리고
목약탁경구수연

呼吸嚬蹙反側難　호흡할 때는 찡그리고 허리 펴기 어려우니
호흡빈축반측난

茵褥滋味不復安　방석과 맛있는 음식도 더 이상 편안치 않네
인욕자미불부안

宿許天植見山樓

허천식의 견산루에서 묵다

嚴邃成

綠樹疏燈落爐遲 녹수 속의 어둑한 등불의 재는 느리게 떨어지고
녹수소등락신지

夢醒如中薄寒時 꿈은 이러한 가운데 약간의 추위 속에 깨네
몽성여중박한시

風通花氣全歸枕 바람은 꽃 기운을 통해 모두 베개로 돌아오고
풍통화기전귀침

月轉樓陰倒入池 달은 누각 그림자를 돌며 거꾸로 연못에 들어가네
월전루음도입지

如此夜深猶有笛 이처럼 밤 깊어가는데 여전히 피리 소리 있으니
여차야심유유적

可因春盡竟無詩 가히 이에 따라 봄 지는데 끝내 시가 없겠는가!
가인춘진경무시

開門便赴尋山約 문 열고 곧바로 산을 찾아 달려간다고 약속한
개문변부심산약

酒熟茶香短簿祠 술 익고 차 향기 나는 단부사라네
주숙다향단부사

• 許天植: 시인의 친구. • 見山樓: 누각의 명칭. • 短簿祠: 동산묘(東山廟)라고도 한다. 진나라 서예가 왕순(王珣)을 모신 사당. 왕순은 왕희지의 조카다. • 可: 豈와 같다. 어찌.

支운. 대장의 분석은 다음과 같다.

風/通/花氣(바람은 꽃기운을 통하다, 자연/동사/목적어)에는 月/轉/樓陰(달은 누각 그림자를 돌다, 자연/동사/목적어)으로 대장했다.

全/歸/枕(완전히 베개 속으로 돌아오다, 부사/동사/명사)에는 倒/入/池(거꾸로 연못 속으로 들어가다, 부사/동사/명사)로 대장했다.

如此(이와 같다, 동사)에는 可因(가히 이에 따라, 동사)으로 대장했다.

夜/深(밤이 깊어가다, 명사/동사)에는 春/盡(봄이 다 가다, 명사/동사)으로 대장했다.

猶/有/笛(여전히 피리 소리가 들리다, 부사/동사/명사)에는 竟/無/詩(끝내 시가 없다, 부사/동사/명사)로 대장했다.

梅花
매화

嚴遂成

誰教春信破寒來 누가 봄소식으로 하여금 추위 흩트리며 오라했나!
수교춘신파한래

江北江南幾樹梅 강북 강남의 몇 그루 매화
강북강남기수매

此品亦宜員外置 이 품종 역시 원외랑에 어울리게 심어놓자
차품역의원외치

無花敢向雪前開 없던 꽃은 감연히 눈 오기 전에 피네
무화감향설전개

平湖煙散閑移棹 평호 지방 안개 흩어지자 한가롭게 노를 젓고
평호연산한이도

小閣風徐數擧杯 작은 누각에 바람 느려지자 자주 술잔을 드네
소각풍서삭거배

佳趣個中殊好在 좋은 흥취 가운데서도 특별히 좋으니
가취개중수호재

始知凡艶是輿臺 비로소 여염집 여인의 비천함을 알 수 있네
시지범염시여대

•員外: 원외랑(員外郞). 정원 이외의 관직. 한직. •個中: 그 가운데. •凡艶: 일반 여자.
여염집 여인. •輿臺: 지위가 낮은 사람. 천역에 종사하는 사람.

灰운. 대장의 분석은 다음과 같다.

此/品(이 품종, 지시대명사/명사)에는 無/花(없는 꽃, 부정사/명사)로 대장했
다. 지시대명사와 부정사의 대장은 매우 드물다.

亦(또한, 부사)에는 敢(감히, 부사)으로 대장했다.

宜/員外/置(원외랑에 어울리게 심다, 동사/명사/동사)에는 向/雪前/開(눈앞에
나아가서 피다, 동사/명사/동사)로 대장했다. 員外/雪前은 동일한 품사만의 대
장이지만, 그러면서도 外/前의 대장은 묘미가 있다.

平/湖(평호 지방, 상태/명사)는 小/閣(작은 누각, 상태/명사)으로 대장했다.

煙/散(안개가 흩어지다, 주어/동사)에는 風/徐(바람이 느려지다, 주어/동사)로
대장했다.

閑/移/棹(한가하게 노를 젓다, 부사/동사/목적어)에는 數/擧/杯(자주 술잔을
들다, 부사/동사/목적어)로 대장했다.

桃花
복숭아꽃

嚴遂成

研光熨帽絳羅襦　다린 모자 같은 광택은 주홍빛 그물 비단
아 광 위 모 강 라 유

爛漫東風態絕殊　눈부신 동풍에 모습은 유다르네
난 만 동 풍 태 절 수

息國不言偏結子·　(초문왕은) 도화부인 무언에도 기어코 아들을 얻었고
식 국 불 언 편 결 자

文君中酒乍當壚　(술꾼은) 탁문군의 미모에 삽시간에 술집을 점거하네
문 군 중 주 사 당 로

怪他去後花如許　아마도 정인이 돌아간 후의 꽃은 이처럼 (의미 없을 것이며)
괴 타 거 후 화 여 허

記得來時路也無　어부가 도원에서 돌아올 때 길도 기억할 필요가 없었을 것이네
기 득 래 시 로 야 무

若到潙山應悟道　만약 규산에 이르면 영우선사처럼 응당 도를 깨달을 것이니
약 도 규 산 응 오 도

紅霞紅雨總迷途　복숭아꽃과 꽃비에 언제나 길을 잃을 것이라네
홍 하 홍 우 총 미 도

•전고를 인용해 복숭아꽃을 묘사했으나, 지나친 함축 탓에 그 뜻을 잘 알기 어렵다.
•硏光帽: 아견모(硏絹帽). 견직물로 만든 무희의 모자. •硏光: 제지, 직물 따위의 광택을
낸다. •熨: 다리다. 다림질하다. •襦: 짧은 저고리. 어린아이의 턱받이. 얇은 비단.
•爛漫: 선명하고 아름답다. 눈부시다. •絕殊: 기이하다. 유다르다. •息國: 춘추시대
식국 부인. 절세미인으로 도화부인으로 불린다. •不言: 말하지 않다. 말에 의하지 않다.
식부인은 초나라로 시집온 후 상심에 잠겨 3년 동안 말이 없었다고 한다. •偏: 쏠리다.
편향되다. 무리를 이루다. •結子: 잡자화(卡子花), 결자화(結子花)라고도 한다. 가구의
도안 장식. 이 구에서는 기어코 결혼하다는 뜻으로 쓰였다. 초문왕(楚文王)은 식부인을
얻기 위해 식국을 멸망시켰다. 식부인은 두 아들을 낳았다. •文君當壚: 當壚는 술을
판다. 《사기(史記)》〈사마상여열전(司馬相如列傳)〉에 근거한다. 사마상여의 아내 탁문군
(卓文君)이 임공(臨邛)에서 술장사를 할 때, 상여는 잔일을 거들었다. 이후 당로문군(當壚
文君), 당로탁녀(當壚卓女), 문군고주(文君沽酒), 임공치(臨邛卮) 등으로 불렸다. 미녀가

虞운. 제5구의 怪/他/去는 고평이지만, 각 구의 첫 부분 고평은 허용된다. 대장의 분석은 다음과 같다.

息國不言偏結子/文君中酒乍當壚 전고의 대장으로 이루어졌다.
怪他去後花如許/記得來時路也無 전고의 대장으로 이루어졌다.

술을 팔다. 음주 또는 애정을 나타내는 전고로 쓰인다. •壚: 술집. 주점. •中酒: 얼큰히 취한 상태라는 뜻이지만 이 구에서는 탁문군의 미모가 도화 같다는 뜻으로 쓰였다. •當: 점거하다. •제5구는 유의경(劉義慶)의 《유명록(幽明錄)》 고사에 근거한다. 동한시대 유신(劉晨)과 완조(阮肇)는 천태산(天臺山)에 약초를 캐러 갔다가 우연히 두 선녀를 만나 바로 부부의 예를 치렀다. 그런데 반년 후에 잠시 집으로 돌아와 보니, 자손은 이미 7대에 이르렀다는 것을 알았다. 이러한 전고를 빌려 정인(情人)이 오랫동안 머물지 못하는 탄식을 나타냈다. •如許: 이와 같다. •제6구는 도연명의 〈도화원기(桃花源記)〉에 근거한다. 진나라 어부가 우연히 무릉도원에 들어가 융숭한 대접을 받고 돌아왔다. 돌아오면서 다시 찾아갈 수 있도록 표시를 해두었으나 결국 다시 찾을 수 없었다. 떨어지는 복숭아꽃을 보면서 다시 돌아올 수 없는 청춘을 아쉬워하는 뜻을 담고 있다. •潙山: 영우선사(靈祐禪師, 771~853)를 가리킨다. 당대 고승. 潙山은 영향(寧鄕), 도강(桃江), 안화(安化)의 세 현 경계에 위치한다. 영산으로 이름나 있다. •紅霞紅雨: 紅霞는 붉은 노을이지만 이 구에서는 복숭아꽃을 비유한다. •紅雨: 복숭아꽃에 내리는 비.

謝太傅祠
사태부 사당

袁枚

一笑翩然載酒行　한바탕 웃음과 경쾌하게 술로써 행락하니
일소편연재주행

東山女妓亦蒼生　동산의 가희 역시 (행락 중의) 백성이라네
동산여기역창생

能支江左偏安局　능히 강동의 편안한 국면을 지탱할 (능력) 있었으나
능지강좌편안국

難遣中年以後情　어찌 중년 이후의 (한가한) 정을 버릴 수 있었겠는가!
나견중년이후정

花下殘棋兒破敵　꽃 아래 끝나지 않은 바둑 시간에 젊은이는 적을 격파했으나
화하잔기아파적

燈前老淚客彈箏　(뜻 못다 한) 등불 앞의 늙은이 눈물에 객은 쟁을 연주하네
등전노루객탄쟁

荒祠隔葉黃鸝語　황량한 사당을 가린 잎 속의 꾀꼬리 울음
황사격엽황리어

猶似當年絲竹聲　여전히 지난날 음악 소리와 닮았네
유사당년사죽성

• 원매(1716~1798): 청대 시인. 성령설 주창자. •이 시는 건륭(乾隆) 원년(1736)에 지어졌다. 광서에 사는 숙부 원홍(袁鴻)을 찾아뵈러 가는 길에 사태부(謝太傅) 사당을 지나며 느낀 감회를 서술했다. •謝太傅: 동진의 명신 사안(謝安, 320~385). 사당은 지금 강소 양주시에 있다. •載: 싣다. 진설하다. 차리다. •翩然: 경쾌한 모습. •東山: 산 이름. 사안은 이곳에 은거했다. •載: 싣다. 가득 채우다. 진설하다. •難遣: 포기하기가 쉽지 않다. •殘棋: 끝나지 않은 바둑. 짧은 시간을 뜻한다. •兒: 젊은이. •老淚: 노인의 눈물. •江左: 강동 또는 장강 하류의 남쪽 지역인 동진, 송, 제, 양 진(陳)나라가 통치한 전 지역. 이 구에서는 동진을 가리킨다. 고대에는 동쪽을 左로 여겼다. •偏安: 중원을 잃고 일부 지방에 안거함을 만족해하다. •제5/6구에서 殘棋兒는 80만 군대를 이긴 젊은 시절의 사안을, 燈前老淚는 은거해 뜻을 펼치지 못한 노년의 사안을 가리킨다. 비수(淝水)의 전쟁은 383년에 발생했다. 당시 동진은 16국 중의 하나인 북방의 전진(前秦). 전진이 동진을 정벌하기 위해 비수에서 교전을 벌였으나, 뜻밖에도 8만의 동진군은

庚운. 대장의 분석은 다음과 같다.

能/支/江左(능히 강동을 지탱하다, 부사/동사/명사, 지명)에는 難/遣/中年(어렵사리 중년을 보내다, 부사/동사/명사, 세월)으로 대장했다.

偏安/局(치우친 국면, 형용사/명사)에는 以後/情(이후의 정, 형용사/명사)으로 대장했다.

花/下/殘棋(꽃 아래 끝나지 않은 바둑 시간, 명사/위치/명사)에는 燈/前/老淚(등불 앞 노인의 눈물, 명사/위치/명사)로 대장했다.

兒/破/敵(젊은이가 적을 격파하다, 명사, 사람/동사/목적어)에는 客/彈/箏(객이 쟁을 연주하다, 명사, 사람/동사/목적어)으로 대장했다.

80여 만의 전진군을 물리쳤다. 사안은 이 당시 총사령관이었다. 이로써 동진은 10년간 안정과 평화를 얻었다. 그러나 사안의 공을 시기한 효무제(孝武帝) 탓에 광릉(廣陵)으로 은거해 화를 피했다. 385년에 병으로 죽었다. 죽은 후 太傅로 추증되었다.

荊卿里
형가의 마을

袁枚

水邊歌罷酒千行 물가에서 노래 끝나자 술 천 잔의 행렬
수 변 가 파 주 천 행

生戴我頭入虎狼 살아서는 자신의 목숨을 걸고 간악한 인간을 공략했네
생 대 아 두 입 호 랑

力盡自堪酬太子 힘이 다할 때까지 홀로 견디며 태자에게 보답했으나
역 진 자 감 수 태 자

魂歸何忍見田光 혼이 돌아와도 어찌 차마 전광을 보겠는가!
혼 귀 하 인 견 전 광

英雄祖餞當年淚 영웅의 전별은 당년의 눈물
영 웅 조 전 당 년 루

過客衣冠此日霜 과객의 의관은 이날의 추상같은 절개
과 객 의 관 차 일 상

匕首無靈公莫笑 비수가 효험 없었다고 그대 비웃지 말지어니!
비 수 무 령 공 막 소

亂山終古刺咸陽 어지러운 산들은 영원히 함양을 찌를 것이네
난 산 종 고 자 함 양

•《사기(史記)》〈형가전(荊軻傳)〉을 바탕으로 형가의 의협심을 찬양하는 내용이지만, 지나친 함축이어서, 자의만으로는 그 뜻을 짐작하기 어렵다. 형가(荊軻, ?~BC 227)는 전국시대 자객. •我頭: 자신의 머리. 이 구에서는 자신의 목숨을 뜻한다. •戴: 들다. 받들다. 이 구에서는 목숨을 건다는 뜻이다. •入: 공략하다. •虎狼: 범과 이리. 잔악무도한 사람. •제4구는 진왕을 죽이지 못했으니, 돌아와서도 자신을 추천한 전광에게 면목이 없을 것이라는 뜻이다. 전광(?~BC 227)은 전국 시대 연나라 사람. 의협심이 뛰어났다. 연나라 태자 丹(단)을 도와 형가로 하여금 진왕(秦王)을 죽일 계획을 세웠다. 형가가 출발하기 전에 기밀 누설을 걱정하는 태자의 말을 듣고 그 자리에서 자결했다. •祖餞: 조도(祖道)와 같다. 길을 떠나기 전에 신에게 안녕을 빌며 거행하는 성대한 의식. 전별하다. •祖: 여정의 안전을 지켜주는 신. •終古: 영구히.

庚운. 過는 평성으로 안배되었다. 측성으로만 안배하는 게 좋다. 대장의 분석은 다음과 같다.

力/盡(힘이 다하다, 주어/동사)에는 魂/歸(혼이 돌아오다, 주어/동사)로써 대장했다.

自/堪(홀로 감내하다, 부사/동사)은 何忍(얼마나 참다, 부사/동사)으로 대장했다. 自堪/何忍과 같은 형태의 대장은 우리말로는 명확하지 않지만 상용이다.

酬/太子(태자에게 보답하다, 동사/목적어)에는 見/田光(전광을 보다, 동사/목적어)으로 대장했다. 인명과 인명의 대장은 상용이며, 까다로운 대장이다. 평/측을 대체할 수 없기 때문이다.

英雄(영웅, 명사)에는 過客(과객, 명사)으로 대장했다.

祖餞(송별의 성대한 의식, 명사)에는 衣冠(의관, 명사)으로 대장했다.

當年/淚(당년의 눈물, 형용사/명사)는 此日/霜(이날의 추상같은 절개, 명사)으로 대장했다. 當年과 此日은 重意의 뜻이 강하다. 종종 나타나는 표현이다.

요구와 구요 방법은 다음과 같다.

제1구 水邊歌罷酒千行 측/평/평/측/측/평/평
제2구 生戴我頭入虎狼 평/측/측/평/측/측/평(고평)

고평의 양쪽에 측/측으로 안배했다. 고평에는 고측으로 안배해 구요하는 것이 일반적이지만 이와 같은 안배도 가끔 나타난다. 바람직한 안배는 아니다.

제5구 英雄祖餞當年淚 평/평/측/측/측/평/측(고평)
제6구 過客衣冠此日霜 평/측/평/평/측/측/평(고측 안배로 구요)

詠錢

돈을 노래하다

袁枚

人生薪水尋常事　돈이란 인생에서 땔감과 물처럼 항상 필요한 것이지만
인 생 신 수 심 상 사

動輒煩君我亦愁　걸핏하면 번거로운 그대 때문에 나 역시 근심스럽네
동 첩 번 군 아 역 수

解用何嘗非俊物　통달하여 사용하면 언제 준수한 물건 아닌 적이 있었느냐!
해 용 하 상 비 준 물

不談未必定清流　입에 올리지 않는다고 해서 반드시 고결한 선비는 아니라네
불 담 미 필 정 청 류

空勞姹女千回數　헛수고하는 미녀는 천 번이나 헤아리고
공 로 차 녀 천 회 수

屢見銅山一夕休　누차 보았던 동산도 하루 저녁 만에 끝장났다네
누 견 동 산 일 석 휴

擬把婆心向天奏　노파심에 천자에게 상주하여
의 파 파 심 향 천 주

九州添設富民侯　구주에 백성을 부강하게 하는 관리를 증설하고 싶다네
구 주 첨 설 부 민 후

• 건륭(乾隆) 22년(1757)에 지은 시다. 사대부의 전통관념 중, 돈을 종종 멸시함으로써 자신의 고상함을 높인 표현이 종종 나타난다. 원매의 돈에 대한 독특한 관념을 알 수 있다. •薪水: 일상생활에서 소요되는 돈. 오늘날의 급료와는 다르다. •尋常事: 일상사와 같다. •動輒: 걸핏하면. •何嘗: 何曾과 같다. 언제 …한 적이 있었느냐! •清流: 맑게 흐르는 물. 고결한 선비. •未必: 반드시 …한 것은 아니다. 꼭 그렇다고 할 수 없다. •空勞: 헛수고를 하다. •姹女: 미녀. 소녀. 동한 영제(靈帝)의 모친인 영락태후(永樂太後)에 대한 전고. 그녀는 일찍이 오직 하간(河間)이란 여공을 고용해 돈을 세게 했다. 당시 경성(京城)에는 다음과 같은 동요가 떠돌았다. "수레는 분명히, 하간을 들이네. 하간의 미녀는 능숙하게 돈을 세네(車班班, 入河間, 河間姹女工數錢)." 여공이 아무리 돈을 세어도 자신의 돈은 아니라는 뜻도 포함되어 있다. 한무제는 일찍이 총애하는 신하 등통(鄧通)에게 동산(銅山)을 선물하여, 스스로 동전을 주조해 사용하게 했다. 경제(景帝) 때에 이르자 총애를 잃은 등통은 결국 굶어 죽었다. 제6구의 銅山구는 그러한

尤운. 대장의 분석은 다음과 같다.

解用(통달해 사용하다, 동사)에는 不談(말하지 않다, 동사)으로 대장했다.

何嘗非俊物에는 未必定清流로 대장했다. 부분으로 나누기에는 어색하지만, 何嘗/未必, 非/定, 俊物/清流는 올바른 대장이다.

空/勞(헛되이 노력하다, 부사/동사)에는 屢/見(누차 보다, 부사/동사)으로 대장했다.

姹女(미녀, 명사)에는 銅山(동산, 명사)으로 대장했다.

千回/數(천 번이나 세다, 주어/동사)에는 一夕/休(하루 저녁에 끝장나다, 주어/동사)로 대장했다. 千/一은 상용으로 선명한 대장이다.

뜻을 나타낸다. •擬: 기초하다. …하려 하다. …할 예정이다. 마지막 구까지 포함한다. •婆心: 老婆心. 남을 일을 지나치게 걱정하는 마음. •九州: 중국. •添設: 증설하다. •富民侯: 천하를 크게 안정시키고, 백성을 부강하게 하는 고관. 한무제는 말년에 강충(江充)의 모함으로 위태자(衛太子) 유거(劉據, BC 128~BC 91)를 죽인 일과 여러 해 동안의 정벌에 나선 일을 후회했다. 이때 거년추(車千秋)가 상소를 올려 위태자의 억울한 죽음을 호소하자, 대홍려(大鴻臚)에 임명했다가, 또다시 승상에 임명했으며, 부민후(富民侯)로 봉했다.

淮上中秋對月
중추절에 회수가에서 달을 대하고

袁枚

長淮波冷碧雲殘 장회파랭벽운잔	긴 회수의 물결은 차고 푸른 하늘 구름은 거의 없어
皎皎當空白玉盤 교교당공백옥반	하늘 속의 밝은 모습은 백옥의 쟁반이네
四海共傳斯夕好 사해공전사석호	세상 사람이 함께 보내는 이 저녁이 좋으나
八年不在故鄕看 팔년부재고향간	팔 년 동안이나 고향 아닌 곳에서 보네
銀河有影秋心老 은하유영추심로	은하수에 그림자 많은 가운데 가을 근심 오래되었고
仙露無聲雁背寒 선로무성안배한	흰 이슬 소리 없는 가운데 기러기 등은 차가우리라!
建業風情京國夢 건업풍정경국몽	(지난날) 건업의 풍치와 경성에서의 꿈같은 생활
一時和酒上眉端 일시화주상미단	순식간에 술과 더불어 미간에 떠오르네

• 碧雲: 靑雲과 같다. 푸른 하늘 속의 구름. 하늘가. • 殘: 불완전하다. 남은. 거의 끝나가는.
• 皎皎: 밝고 새하얗다. • 四海: 세상. • 共傳: 公認과 같다. 공동으로 인식하다. 모두
함께 보내다는 뜻이다. • 秋心: 가을날의 심사. 가을날의 근심. • 仙露: 감로와 같다.
• 建業: 삼국시대 오나라 수도. 건업과 京國은 重意에 가깝다. • 眉: 미간과 같다.

寒운. 看은 평/측 모두 쓸 수 있다. 대장의 분석은 다음과 같다.

四/海(세상, 숫자/명사)에는 八/年(팔 년, 숫자/명사)으로 대장했다.

共傳/斯夕/好(이 저녁을 알아서 좋다, 동사/목적어/형용동사)에는 不在/故鄕/看(고향이 아닌 곳에서 보다, 동사/목적어/형용동사)으로 대장했다. 共과 不의 대장은 참고할 만하다.

銀河(은하, 명사)에는 仙露(흰 이슬, 명사)로 대장했다. 銀과 仙은 색깔의 형태로 대장되었다.

有影(그림자가 많다, 형용사)에는 無聲(소리가 없다, 형용사)으로 대장했다. 有와 無, 影과 聲의 대장은 참고할 만하다.

秋心/老(가을 근심이 오래되다, 주어/동사)에는 雁背/寒(기러기 등이 차갑다, 주어/동사)으로 대장했다.

澶淵
단연

路出澶河水最清
노출단하수최청

단하를 지나는 물은 너무나도 맑은데

當年照影見親征
당년조영견친정

과거를 비추는 그림자에서 천자의 친정을 보네

滿朝白面三遷議
만조백면삼천의

조정을 메운 백면서생의 세 번에 걸친 천도 건의

一角黃旗萬歲聲
일각황기만세성

일각에서는 황기 앞세운 만세소리

金幣無多民己困
금폐무다민이곤

금과 비단의 많음과 관계없이 백성은 이미 곤궁해졌고

燕雲不取禍終生
연운불취화종생

연주와 운주의 미 수복에 화는 결국 발생했네

行人立馬秋風里
행인입마추풍리

행인은 추풍 속에 말을 세우고

懊惱孱王早罷兵
오뇌잔왕조파병

잔약한 군왕이 선불리 화의 맺은 일을 한탄하네

•澶淵: 지금의 하남성 복양(濮陽)현 남서쪽에 있던 호수 이름. •當年: 지난날의 어느 한 해. •路出: 路過와 같다. 일정한 곳을 경유하다. 거치다. 가다. 천자가 친히 군대를 끌고 정벌에 나서다. 혼자 어떤 일을 처리하다. •白面: 백면서생(白面書生)의 준말. 글만 읽고 세상일에 경험이 없는 사람. •黃旗: 군중의 황색 깃발. •懊惱: 오뇌하다. 뉘우쳐 한탄하고 번뇌하다. •孱王: 잔약(孱弱)한 군왕. •罷兵: 파병구화(罷兵媾和)의 준말. 휴전협정을 맺다. 휴전하다.

庚운. 대장의 분석은 다음과 같다.

滿/朝(조정을 가득 메우다, 숫자/ 명사)에는 一/角(모퉁이에서 한결같다, 숫자/명사)으로 대장했다. 滿/一의 대장은 묘미 있다.

白/面(백면서생, 색깔/명사)에는 黃/旗(황색 깃발, 색깔/명사)로 대장했다. 白은 색깔과 관계없지만 黃과의 대장은 묘미 있다.

三遷/議(여러 번의 의론, 형용사/명사)에는 萬歲/聲(만대의 명성, 형용사/명사)으로 대장했다. 제3/4구의 대장은 참고할 만하다.

金幣(황금과 비단, 명사)에는 燕雲(연주와 운주, 명사)으로 대장했다. 金/幣/燕/雲 모두 비중이 같다. 만약 金銀 또는 金銅과 燕雲으로 대장되었다면 표현의 가치는 매우 떨어진다.

無多(많음에 관계가 없다, 동사)에는 不取(취하지 못하다, 동사)로 대장했다. 民/已/困(백성은 이미 곤궁해지다, 명사/부사/동사)에는 禍/終/生(화는 결국 발생하다, 명사/부사/동사)으로 대장했다.

이 시는 영사시로 송대의 한 사건을 설명하고 있다. 송조의 개국 황제는 조광윤(趙匡胤)이다. 이어 동생인 태동인 조광의(趙光義)가 이어받아 잘 다스렸으나, 제3대 진종(眞宗)인 조항(趙恒)이 다스리기 시작하면서부터 내리막길을 걷기 시작했다. 〈澶淵〉에서는 바로 조항의 나약한 행동을 한탄했다. 송대 초기 태조가 통치한 15년간에 전국은 거의 통일되었으나, 북한(北漢, 951~979)은 오대십국시기의 마지막 정권으로 남아 있었다. 태조는 군사를 일으켜 토벌에 나섰으나, 패배한 다음 더 이상 군사를 일으키지 않았는데, 북한은 바로 송과 요나라의 절충지에 위치했다. 이러한 절충의 균형은 태종 4년에 군사를 일으켜 북한을 수복함으로써 깨진다. 태종은 내친김에 유연(幽燕) 지방까지 수복하려 했으나 오히려 고량하(高粱河)에서 요나라 군사에게 패하고 말았다. 요는 뒷날

국호를 거란(契丹)으로 정하고 빈번히 송나라를 공격했다.

진종 7년, 거란은 더욱 강성해져 소태후(蕭太後)와 요성종(遼聖宗) 모자는 20만의 병사를 거느리고 남하해 보주(寶州), 정주(定州) 등을 점령했다. 송 조정에서는 한편으로 저항하면서, 한편으로는 사자 조리용(曹利用)을 파견해 화친을 도모했다. 10개월 사이에 거란이 단주까지 진군해 북송의 도성을 위협하자 조정은 큰 혼란에 빠졌다.

이때 재상 구준(寇准)과 필사안(畢士安)은 진종이 어가친정(禦駕親征)하여, 군사들의 사기를 고무하고 민심을 안정시켜야 한다고 권했다. 그러나 진종은 머뭇거리기만 하면서 군신들을 소집해 대책만 물을 뿐이었다. 반면 추밀원의 진요수(陳堯叟)는 진종이 어가를 몰아 성도로 옮길 것을 권했다. 또한 참정지사 왕흠약(王欽若)은 진종이 금릉으로 옮길 것을 권했다. 그런데 진종이 또 머뭇거리면서 구준에게 상의하자, 구준은 분연히 말했다. "누가 폐하에게 이러한 건의를 한다면, 그 죄를 물어 당장 목을 베시길 바랍니다. 폐하의 무용으로 장군, 관리들과 협조해 어가를 타고 친정하신다면, 인심은 진작되어 적은 반드시 물러갈 것입니다. 그러지 않으면, 굳게 저항하면서 기병(奇兵)으로 적의 퇴로를 기습해야 합니다. 우리는 민첩하고 적은 피로하니, 안정과 조급한 면에서 승산이 있습니다. 일단 종묘를 포기하면 인심은 곧바로 무너지며, 천하는 수습할 길이 없을 것입니다." 감동을 받은 진종이 단주로 행차해 군사를 독려함으로써 적을 방어했다.

황제가 친히 적 앞에 나타나자 군사들의 사기는 크게 진작되었으나, 어떤 대신은 여전히 전방에 위험이 도사리고 있다고 아뢰며 진종에게 되돌아갈 것을 권했다. 구준이 말했다. "폐하의 선택은 오직 진척의 속도만 있을 뿐, 퇴각은 불가합니다. 만약 폐하께서 몇 걸음만 물러나시면 백성들은 흩어질 것입니다." 전전도지휘사(殿前都指揮使) 고경(高瓊)도 구준의 주장에 적극 동조했다.

단주강 남북에 각각의 성이 있는데, 진종은 먼저 남성으로 나아갔다. 이때 거란의 군사는 북성으로 진격하는 중이었다. 구준과 고경의 강경한 요청에 진종은 다시 북성으로 나아갔다. 북성의 장군과 병사들은 제왕의 행차를 보자 일시에 사기가 올랐으며, 그 환호성은 몇십 리를 진동시켰다. 이때 수천의 거란 기병이 성 아래까지 진격해왔으나, 진종이 군사를 지휘해 나아가니 사기가 오른 군사들은 거란군을 대파했다. 대장 소달람(蕭撻覽) 역시 포로로 잡혀 진종의 어가 앞에서 배진사(排陣使) 이계융(李繼隆)이 철퇴로 죽이니, 거란군의 사기는 크게 저하되었다.

소태후는 더 이상 진격하지 않고 화친을 제의하면서 관남 지방을 요구했다. 이 당시 송나라는 완전히 승기를 잡고, 단번에 유연 지방을 회복할 수 있었다. 그러나 진종은 또다시 겁을 먹고 화친 제의를 받아들였다. 구준이 간언했다. "이번 기회에 거란을 압박해 신하의 칭호를 쓰게 해야 합니다. 또한 유연 지방을 돌려받아야 합니다. 이렇게 하면 향후 100년간은 무사할 수 있지만, 그러지 않으면 10년 후에 적은 반드시 다시 침입할 것입니다." 그러나 진종은 구준의 말을 듣지 않고 오히려 다음과 같이 말했다. "수십 년 후에 나의 뜻을 꺾는 자가 있을 지라도, 나는 백성이 도탄에 빠지는 것은 참을 수 없으니, 당연히 재빨리 화의할 것이다."

이리하여 조리용으로 하여금 화의하고 세폐(歲幣)를 의논하게 했다. 화의를 하러 가는 날, 그는 화의가 성립되지 않을 것을 두려워해 조리용에게 당부했다. "화의가 성립되지 않으면, 설령 백만 세폐도 가능하다."

이 소식을 들은 구준이 은밀하게 경고했다. "비록 황제의 명이라 할지라도, 삼십만 세폐가 넘으면, 그대의 목을 베겠다." 본래 상대방은 침략자이고, 송나라는 눈앞의 승리를 취했으므로, 상대방에게 유리한 조건을 제시할 수 있었다. 그러나 이 유약한 군왕은 그저 굴복만 생각하고 있었던 것이다. 교섭의 결과는 다음과 같았다. 첫째 송나라는 매년 거란에게 은 10만 량과 비단 20만 필을 보낸다. 둘째 송나라와 요나라는 형제의 나라가 되어, 요나라 군주는 송나라 군주를 형으로 모시며, 송나라 군주는 소태후를 숙모로 존중한다.

이 화의가 바로 중국 역사상 유명한 '단연의 맹세'다. 송나라의 굴욕 외교에 해당한다. 맹약이 성립된 뒤 요나라는 철병했으며, 송나라는 거란에게 매년 납폐했다. 이러한 상황은 약 120여 년간 지속되었다.

원매는 단연을 지날 때, 단하의 맑은 물을 보면서 지난날 이곳에서 있었던 전쟁을 회고하고 이 영사시를 썼다. 함련은 단견의 백면서생 왕흠약, 진요수 같은 부류가 비겁하게 도망치려는 상황과 구준과 같은 견정한 마음을 가진 신하와 선명하게 대장했다. 경련에서는 승리를 목전에 두어, 연주와 운주 등 16주를 수복할 수 있는데도, 오히려 굴욕의 화친을 맺어 해마다 은과 비단을 바쳐, 백성을 피폐하게 하는 상황을 표현했다. 미련의 오뇌(懊惱)와 잔왕(孱王)은 진종에 대한 멸시와 분개를 드러내는 통렬한 표현이다.

春日郊行
봄날에 교외로 나가다

袁枚

二月郊行最有情 이월의 교외 행이 가장 정 있으니
이 월 교 행 최 유 정

青山帶雨畫清明 청산이 비를 띤 그림은 맑고도 깨끗하네
청 산 대 우 화 청 명

雜花香自空中至 온갖 꽃향기는 절로 공중으로 퍼지고
잡 화 향 자 공 중 지

野草根從舊處生 들판의 풀뿌리는 옛 부분에서 생겨나네
야 초 근 종 구 처 생

小鳥啼咽催布穀 뻐꾸기의 목멘 울음 뻐꾹 소리(로 봄갈이를 재촉하고)
소 조 제 열 최 포 곡

老牛牽犢學春耕 어미 소가 이끄는 송아지는 봄갈이를 배우네
노 우 견 독 학 춘 경

勞勞官走江城北 분주한 관리는 강변 성의 북쪽으로 나아가니
노 로 관 주 강 성 북

爭怪長條日送迎 어찌 늘어진 버들가지의 매일 배웅과 영접을 괴이하게 여기겠는가!
쟁 괴 장 조 일 송 영

•悲哽: 슬퍼서 목이 메다. •小鳥: 뻐꾸기를 가리킨다. •布穀: 이 구에서 우는 소리의
형용이다. 포곡은 '뻐꾹뻐꾹'과 같다. 농부에게 봄갈이를 서두르라는 소리로 들린다.
•勞勞: 양양로로(攘攘勞勞)의 준말. 분주하게 고생하다. •爭怪: 爭은 즘(怎)과 같다.
•長條: 늘어진 버들가지. •送迎: 배웅하고 영접하다. 이 구에서는 迎에 중점이 있다.

庚운. 대장의 분석은 다음과 같다.

雜/花香(온갖 꽃향기, 형용사/명사)에는 野/草根(들판의 풀뿌리, 명사형 형용사/명사)으로 대장했다.

自/空中/至(자연히 공중에 이르다, 부사/명사/동사)에는 從/舊處/生(옛 장소에서 생겨나다, 부사/명사/동사)으로 대장했다. 우리말로는 어색하지만 올바른 대장이다. 中/處는 위치의 대장이다.

小鳥(뻐꾸기, 명사)에는 老牛(어미 소, 명사)로 대장했다. 선명한 대장이다.

啼/咽(목으로 울다, 동사/명사)에는 牽/犢(송아지를 이끌다, 동사/명사)으로 대장했다.

催/布穀(뻐꾹뻐꾹하며 봄갈이를 재촉하다, 동사/목적어)에는 學/春耕(봄갈이를 배우다, 동사/목적어)으로써 대장했다. 布穀과 春耕은 묘한 표현으로 대장되었다.

臨安懷古
임안 회고

曾把江潮當敵功　일찍이 전당강 조류를 적의 공격에서 지켰으니
증파강조당적공

三千強弩水聲中　삼천 명의 궁노가 (쏜 시위 소리는) 물소리 가운데 있네
삼천강노수성중

霸才越國追勾踐　패업의 재능으로 오월 국을 세운 일은 구천을 추구했고
삼천강노수성중

家法河西仿竇融　가법의 엄격함으로 하서에 정착한 일은 두융을 모방했네
가법하서방두융

宰樹重重封錦繡　무덤 주위 나무들은 겹겹이 화려한 사당을 둘러싸고
재수중중봉금수

宮花緩緩送春風　사당의 꽃은 유유히 춘풍을 전송하네
궁화완완송춘풍

誰知苦創東周局　누가 힘들게 창업한 동주의 국면을 예상했겠는가!
수지고창동주국

留與平王避犬戎　(송나라가) 평왕처럼 다스렸다면 오랑캐의 침입을 피했을 텐데!
유여평왕피견융

• 역사상 임안은 오대10국(五代十國)시기 왕전류(王錢鏐, 852~932)가 창건한 오월국(吳越國)과 남송의 수도였다. 역사의 변천과 이로부터 남겨진 유감을 표현했다. • 王: 존숭의 의미로 습관적으로 붙인 말이다. • 東周(BC 770~BC 256): 周나라 平王이 洛邑으로 천도해 지속된 나라. 秦나라에 의해 멸망했다. 이 구에서는 오랜 기간 나라를 유지한 일을 긍정적으로 여기고 있다. • 宰樹: 분묘 주변의 나무. • 錦繡: 화려한 사당의 모습. • 封: 이 구에서 둘러싸다는 뜻이다. • 宮花: 본의는 皇宮 정원의 나무. 이 구에서는 사당의 꽃과 나무를 가리킨다. 당시 오월왕의 왕비는 매년 한식이 되면 임안의 친정으로 돌아가 직접 성묘했다. 봄꽃이 흐드러지게 핀 어느 해, 왕비가 돌아오지 않자 왕은 다음과 같이 편지를 썼다. "언덕에 꽃이 피니, 늦게 돌아오겠구나(陌上花開, 可緩緩歸矣)." 이 두 구는 아름다운 봄 경치와 천년 사당을 강렬하게 대비함으로써 상전벽해의 역사와 시인의 슬픔을 부각시켰다. • 平王: 동주의 개국 군주. 부친인 유왕(幽王)이 견융(犬戎)에게 피살당하자, 강적을 피해 낙양으로 천도하고 동주를 세웠다. • 留: 이 구에서 '다스리다'

東운. 제3구의 霸/才/越, 제7구의 誰/知/苦는 고평이지만, 각 구의 첫 부분 고평은 허용된다. 대장의 분석은 다음과 같다.

霸才(패업의 재능, 명사)에는 家法(가법, 명사)으로 대장했다.

越國(월국, 국명)에는 河西(하서, 지명)로 대장했다.

追/勾踐(구천을 따르다, 동사/목적어, 인명)에는 仿/竇融(두융을 모방하다, 동사/목적어)으로 대장했다. 제3/4구의 대장은 참고할 만하다.

宰樹(분묘 주위의 나무, 명사)에는 宮花(사당 주위의 꽃, 명사)로 대장했다.

重重(겹겹이, 첩어)에는 緩緩(느릿느릿, 첩어)으로 대장했다.

封/錦繡(사당을 둘러싸다, 동사/목적어)에는 送/春風(춘풍을 전송하다, 동사/목적어)으로 대장했다.

1구와 2구의 내용은 다음과 같다. 오월왕이 일찍이 전당강의 방파제를 수축할 때, 조류가 거세어 진도가 나가지 않았다. 이에 부하들이 신의 방해로 생각하자 오월왕은 전당강 앞에 일만 명의 궁노를 배치해 물결이 밀려올 때 쏘게 했다. 일설에는 삼천 명이라고도 한다. 조수의 현상은 자연법칙이지만 미신 심리를 불식하기 위해 물결을 향해 쏘게 하니 물결은 점차 밀려나갔다. 이로부터 전왕사조(錢王射潮)라는 성어가 생겨났다. 또한 강물이 밀려왔다 밀려가는 모습이 '之' 자를 닮았다고 해서 이 지방을 '之江'이라고도 부른다.

3구와 4구의 구체적인 내용은 다음과 같다. 전류가 오월국을 창건할 때의

의 뜻으로 쓰였다. •犬戎: 고대의 한 민족. 서융이라고도 칭한다. 이 구에서는 붓끝을 돌려, 전류가 힘들게 기반을 닦아 북송에 귀순했는데, 북송 말기의 조정은 북방의 金나라 침입에 제대로 저항하지 못하고 臨安으로 천도해 남송이 세워진 과정을 표현했다. 남송의 군신은 우매하고 나약하여, 결국 망국의 액운을 피하지 못한 채, 몽고군에 의해 멸망했다. 시인은 낙양으로 천도한 동주에 임안으로 천도한 만송의 상황을 은유적으로 나타냈다. 그러나 시 내용만으로는 이러한 사실을 제대로 알기 어렵다.

영웅적 기개와 책략은 越나라 군주 구천을 앞질렀으며 자손이 가업을 계승해 송나라에 귀순했다. 이러한 과정이 두융(竇融)과 닮았다고 표현했다. 전류는 오월국의 통치에 고심했으며, 난세에도 보경안민(保境安民, 국토를 수호하고 백성을 안정시킴)의 정책을 실시했다. 동남 지역의 우월한 자연조건을 이용해 농공업과 상업을 장려하니, 전당강 일대는 오대십국의 난세 속에서도 안정되었다. 송 태종 홍국(興國) 3년에, 오월왕 전홍숙(錢弘俶)은 송나라에 귀순함으로써 절강 지방 백성을 전쟁의 고통에서 벗어나게 했다. 전홍숙은 송 조정에서 중책을 맡았으며, 자손들은 우대받았다.

구천은 춘추시대 월나라 군주. 오나라에 패배하자 와신상담(臥薪嘗膽)해 결국 오나라를 멸망시켰다. 河西는 동한 명신 두융을 가리킨다. 두융의 자는 周公. 선조는 대대로 하서 지방에서 벼슬했다. 서한 말기의 혼란한 때에 하서 지방을 할거해 스스로 지켜냈으며, 동한 시기 광무제 유수(劉秀)가 즉위하자 하서 5군을 중앙 조정에 바쳤다. 공훈이 지대하였음에도 불구하고 스스로 겸손하고 훌륭하게 처신했으며, 자손들은 10대에 걸쳐 봉작을 받았다.

7구와 8구는 '누가 알았겠는가! 오랜 고생 끝에 번화한 국면을 맞을 줄이야!'라는 뜻이다.

除夕泊淮上
선달그믐날 회하에 정박하다

袁枚

誰家爆竹向霜篷　누구의 집 폭죽이 서리 맞은 배의 덮개를 향하는가!
수가폭죽향상봉

似爲行人報歲終　마치 행인을 위해 한 해의 끝을 알리는 것 같네
사위행인보세종

萬種春歸燈影外　온갖 종류를 소생시킨 봄은 등불 그림자 밖으로 돌아가고
만충춘귀등영외

一年事盡水聲中　일 년 동안의 모든 일은 물소리 속으로 사라지네
일년사진수성중

分開新舊鷄先唱　신년과 구년을 나누는 닭 울음소리의 선창
분개신구계선창

獨對關山燭不紅　관산을 독대하는 촛불조차 붉지 않네
독대관산촉불홍

此夕光陰倍珍重　이 저녁 빛과 그림자 곱절로 소중하여
차석광음배진중

長堤親數漏丁冬　긴 제방에서 직접 물시계의 딩동 소리를 헤아리네
장제친수루정동

• 乾隆 8년(1743), 袁枚가 술양현령(沭陽縣令)을 할 때, 여행 도중 섣달 그믐이 되자 감회에 젖어 지은 시다. •淮: 회하(淮河). •霜篷: 서리를 맞은 배의 덮개. •燈影: 등불에 비친 그림자. 등불에 비친 그림자 이외에는 봄 대지의 형상이 모두 소멸되었다는 뜻으로 쓰였다. •關山: 고향을 가리킨다. •漏: 물시계의 약칭. •丁冬: 叮咚과 같다. 고대의 물시계 소리.

東운. 대장의 분석은 다음과 같다.

萬種/春(온갖 종류를 소생시킨 봄, 숫자, 명사형 형용사/명사)에는 一年/事(일년 동안의 온갖 일, 숫자, 명사형 형용사/명사)로 대장했다.

歸/燈影/外(등불 그림자 밖으로 돌아가다, 동사/명사/위치)는 盡/水聲/中(물소리 속으로 지다, 동사/명사/위치)으로 대장했다. 影/聲은 참고할 만하다.

分開/新舊(신구를 나누다, 동사/목적어)에는 獨對/關山(관산을 독대하다, 동사/목적어)으로 대장했다.

雞/先唱(닭이 선창하다, 명사/동사)에는 燭/不紅(촛불은 붉지 않다, 명사/동사)으로 대장했다. 先/不은 참고할 만하다.

요구와 구요 방법은 다음과 같다.

제7구 此夕光陰倍珍重 측/측/평/평/측/평/측(고평)
제8구 長堤親數漏丁冬 평/평/평/측/측/평/평(珍/丁 평/평)
⇕
제7구 此夕光陰倍珍重 측/측/평/평/평/측/측(倍/珍 측/평 교환, 구요)
제8구 長堤親數漏丁冬 평/평/평/측/측/평/평(위아래 2/4/6 부동)

送三妹於歸如皋

셋째 누이가 여고로 출가하는 것을 전송하며

袁枚

好扶花影上雕輪　아름다운 너를 화려한 수레 위에 오르도록 잘 부축하니
호부화영상조륜

珍重高堂最愛身　소중한 부모님은 너를 가장 사랑했네
진중고당최애신

一日尊前分手足　어느 날 부모님 앞에서 가족과 이별한 후
일일존전분수족

十年門內失詩人　십 년 동안 가족은 나와 떨어져 있었네
십년문내실시인

同騎竹馬憐卿小　함께 죽마를 탈 때의 어여쁜 너는 어렸고
동기죽마련경소

略贈荊釵笑我貧　조잡하게 싸리비녀를 만들어 선물하면서 웃는 나는 가난했네
약증형채소아빈

惆悵官羈難遠送　슬프게도 관리라는 굴레 때문에 멀리까지 전송할 수 없지만
추창관기난원송

大雷書寄莫嫌頻　서신 자주 보내더라도 귀찮게 여기지 말지어니!
대뢰서기막혐빈

• 건륭(乾隆) 9년(1744), 셋째 누이동생 원기(袁機)의 출가를 전송하고 쓴 시다. •於歸: 《시경(詩經)》〈주남(周南)·도요(桃夭)〉의 "之子於歸"에 근거한다. 시집가다. 출가. •如皋: 지명. •花影: 셋째 누이의 아름다운 모습. •雕輪: 화려하게 장식한 수레. •高堂: 부모. •珍重: 소중히 하다. •尊前: 부모 앞. •分手足: 가족과 이별하다. •詩人: 원매 자신. 원매는 과거에 응시하기 위해 10년간 집을 떠나 있었다. •門內: 집. 고향. •憐: 어여쁘다. •卿: 셋째 누이 원기(袁機). •荊釵: 싸리가지로 만든 비녀. 고대에 가난한 집의 여인이 상용했다. 싸리 나뭇가지로 누이동생에게 비녀를 만들어준 일을 상기하며 오누이 사이의 돈독한 정을 나타냈다. •羈: 굴레. 자신은 관리가 되어 멀리 전송할 수 없음을 나타낸다. •大雷書寄: 남조 송나라 포조(鮑照)가 변문(騈文)으로 써서 자신의 누이동생 포령휘(鮑令暉)에게 부친 편지. 원매는 이 전고를 차용해 자신도 누이동생에게 편지를 보내겠다고 표현한 것이다. •嫌頻: 거듭되어 귀찮다. 자신의 겸손을 드러낸 말. 자주 편지를 하더라도 귀찮게 여기지 말라는 뜻으로 쓰였다.

眞운. 대장의 분석은 다음과 같다.

一/日(어느 날, 숫자/명사)에는 十/年(십 년, 숫자/명사)으로 대장했다.

尊/前(부모님 앞, 명사/위치)에는 門/內(집안, 명사/위치)로 대장했다.

分/手足(수족과 헤어지다, 동사/목적어)에는 失/詩人(시인과 헤어지다, 동사/목적어)으로 대장했다.

同/騎/竹馬(함께 죽마를 타다, 부사/동사/목적어)에는 略/贈/荊釵(조잡하게 만든 싸리비녀를 선물하다, 부사/동사/목적어)로 대장했다.

憐/卿/小(어여쁜 너는 어리다, 형용동사/명사/형용동사)에는 笑/我/貧(웃는 나는 가난하다, 동사/명사/형용동사)으로 대장했다.

途中清明

길가는 도중의 청명

芳草萋萋動客情　방초 무성하여 객의 정을 동요시키고
방초처처동객정

傷春傷別過淸明　슬픈 봄의 슬픈 이별은 청명을 지나네
상춘상별과청명

幾村綠樹初遮屋　몇몇 촌의 푸른 나무 비로소 집을 가리고
기촌녹수초차옥

一路靑山半繞城　한 길 나 있는 청산은 절반이 성을 에둘렀네
일로청산반요성

麥隴祭殘鴉競立　밀밭에 제삿밥 남아 있자 까마귀는 다투어 서고
맥롱제잔아경립

野塘風過水爭鳴　들판 연못에 바람 지나자 물은 다투어 우네
야당풍과수쟁명

潘郞再得河陽郡　반악이 재차 하양군(의 선정관 명성을 얻자)
반랑재득하양군

只種桃花不送迎　이제 도화현에서는 관리를 배웅하고 영접할 필요가 없네
지충도화불송영

・건륭(乾隆) 17년(1752), 원매가 북경을 향해 섬서(陝西)로 발령 난 문서를 받으러 가는 도중, 청명을 맞아 쓴 시다. ・萋萋: 풀이 무성하다. 우거지다. ・傷春: 춘광에 대한 감상적 느낌. ・麥隴: 밀, 보리밭이랑. ・祭殘: 청명절에는 성묘 풍습이 있다. 이 구에서는 고수레한 음식을 가리킨다. ・潘郞: 반악(潘嶽). 서진시대 시인. 미남의 대명사로 일컬어진다. 일찍이 하양현령으로 있을 때, 현 내 도처에 복숭아꽃이 피어 있었다. 당시 사람들은 '河陽一縣花'로 불렀다. 아름다운 지방, 지방관의 선정을 비유한다. 이 구에서는 자신을 반악에 비유하고 있다. ・送迎: 가는 사람을 배웅하고 오는 사람을 맞이하다. 손님 접대에 바쁘다. 관리의 응대. ・只: 只今과 같다.

262

庚운. 대장의 분석은 다음과 같다.

幾/村(몇몇 촌, 숫자/명사)에는 一/路(한 길 숫자/명사)로 대장했다.

綠/樹(녹수, 색깔/명사)에는 靑/山(청산, 색깔/명사)으로 대장했다.

初/遮/屋(비로소 집을 가리다, 부사/동사/목적어)에는 半/繞/城(반쯤 성을 에
두르다, 부사/동사/목적어)으로 대장했다. 제3/4구의 대장은 참고할 만하다.

麥隴(밀밭, 명사)에는 野塘(들판의 연못, 명사)으로 대장했다.

祭/殘(제삿밥이 남아 있다, 명사/동사)에는 風/過(바람이 지나가다, 명사/동사)
로 대장했다.

鴉/競/立(까마귀는 다투어 서다, 명사/동사/동사)에는 水/爭/鳴(물은 다투어
울다, 명사/동사/동사)으로 대장했다. 제5/6구의 대장은 참고할 만하다. 競/爭
처럼 동일한 뜻의 동사를 나누어 대장하는 방법은 종종 나타난다.

答曾南村論詩
증남촌과 작시 방법을 토론한 것에 답하다

袁枚

提筆先須問性情 시를 지을 때는 가장 먼저 성정을 알려야 하며
제필선수문성정

風裁體劃宋元明 풍격과 격식의 체제는 송, 원, 명으로 나눈다네
풍재체화송원명

八音分別宮商韻 팔음의 분별은 궁상 등의 운으로 하고
팔음분별궁상운

一代都存雅正聲 한 대는 존속해야 아정한 소리라네
일대도존아정성

秋月氣淸千處好 가을 달의 맑은 기운 때문에 온갖 곳이 좋고
추월기청천처호

化工才大百花生 조화옹의 위대한 재능 덕분에 백화가 탄생하네
화공재대백화생

憐予官退詩偏進 가련하게도 나의 관직 낮아지고 시도 편중되어 나아가니
연여관퇴시편진

雖不能軍好論兵 아무리 해도 군대는 못 다스리고 병법 논하기만 좋아하는 꼴이네
수불능군호논병

• 曾南村: 이름은 상증(尙增), 자는 南村. 원매의 친구. 건륭(乾隆) 7년, 두 사람은 동시에 외방(外放)으로 나아갔다. 외방은 중앙의 관료가 지방관으로 나아가는 것을 말한다. • 問性情: 성정을 묻다. 원매의 성령설(性靈說)은 성정 표현을 중시한다. 위의 시에서 알 수 있듯이 성정을 잘 표현할 수 있다면 격률(格律)은 가벼이 여겨도 상관없다는 뜻을 품고 있다고 생각된다. 원매의 시에서는 두보의 시와 달리 자연스러운 리듬이 흐트러진 표현이 자주 나타난다. • 論詩: 시를 짓는 방법을 토론하다. • 提筆: 붓을 들어 시를 짓다. • 問: 묻다. 알리다. • 風裁: 풍격과 체재. • 都存: 자리 잡다. 都는 存과 비슷하다. 있다. • 宋, 元, 明은 실제로는 唐, 宋, 明 또는 唐, 明, 淸으로 나누어야 더욱 타당하지만 평/측 안배 때문에 宋, 元, 明이 되었다. • 八音: 金, 石, 絲, 竹, 匏, 土, 革, 木 8음. • 宮商: 宮, 商, 角, 徵(치), 羽의 5음계. • 化工: 조화옹. 조물주. 대자연의 조화. 창조. • 제7/8구는 관직은 순조롭지 못하고 시의 재능은 편중되었으며, 공리공담만 늘어놓는다는 뜻. 겸양의 말로 쓰였다. • 論兵: 지상담병(紙上談兵)과 같다. 談(tán)이

庚운. 대장의 분석은 다음과 같다.

八/音/分別(팔음의 분별, 숫자/명사형 형용사/명사)에는 一/代/都存(일대의
존속, 숫자/명사형 형용사/명사)으로 대장했다.

宮商/韻(명사형 형용사/명사)에는 雅正/聲(아정한 소리, 명사형 형용사/명사)
으로 대장했다. 宮商은 부분, 雅正은 소리의 총합으로 부분/총합으로 대장되었
다. 韻/聲은 비슷한 뜻이지만 이처럼 나누어 대장할 수 있다.

秋月(가을 달, 명사, 자연)에는 化工(자연, 명사, 자연)으로 대장했다.

氣/淸(기운이 맑다, 명사/형용동사)에는 才/大(재능이 크다, 명사/형용동사)로
대장했다.

千/處/好(온갖 곳이 좋다, 숫자/명사/형용동사)에는 百/花/生(백화가 자라다,
숫자/명사/형용동사)으로 대장했다.

요구와 구요 방법은 다음과 같다.

제5구 秋月氣淸千處好 평/측/측/평/평/측/측
제6구 化工才大百花生 측/평/평/측/측/평/평(7구와 점대 원칙 어긋남)
제7구 憐予官退詩偏進 평/측/평/측/평/평/측(고평, 2/4/6 부동 어긋남)
제8구 雖不能軍好論兵 평/측/평/평/측/측/평(予/不 측/측 동일)

⇕

평성이므로 論을 썼다. 지면으로 전쟁을 논하다. 공리공담(空理空談)을 뜻한다. 《사기(史
記)》〈염파인상여열전(廉頗藺相如列傳)〉에 근거한다. 전국(戰國)시대 조(趙)나라 명장
조사(趙奢)의 아들인 조괄(趙括)은 어렸을 때부터 병법을 배워 부친도 그를 이길 수
없었다. 후일 그는 염파를 대신해 조나라 장군이 되었는데, 장평(長平) 전투에서 단지
병서에만 근거해 군사를 다스릴 뿐, 응용할 줄을 몰랐다. 결국 진(秦)나라 군대에 대패했
다. • 雖: 아무리 …해도.

제5구 秋月氣淸千處好 평/측/측/평/평/측/측

제6구 化工才大百花生 측/평/평/측/측/평/평(7구와 점대 원칙 어긋남)

제7구 憐予官退詩偏進 평/평/측/측/평/평/측(予/官 측/평 교환, 구요)

제8구 雖不能軍好論兵 평/측/평/평/측/측/평(위아래 2/4/6 부동)

 잘 나타나지 않는 요구와 구요 방법이다. 제6구의 두 번째 운자가 평성이므로 제7구의 두 번째 운자는 반드시 평성이어야 하지만 予는 측성이다. 평성이 안배되어야 평/평으로 점대 원칙에 알맞게 된다. 점대 원칙은 율시 작법에서 엄격하게 지켜지는 법칙이다. 予/官의 측/평을 교환함으로써 모두 구요된다. 평/측을 자유자재로 안배하는 능력을 엿볼 수 있다.

春日初大散衙甚早喜而作詩

봄날 처음으로 관아의 사무가 너무 일찍 끝나
기뻐서 시를 짓다

袁枚

槐花春暖滿衙青　따뜻한 봄 회화 꽃이 관아의 동쪽에 만발하여
괴화춘난만아청

不著烏靴上訟庭　오화를 신지 않고 재판정에 오르네
불착오화상송정

牒少卷無三寸厚　공문은 얇은 두루마리로 3촌 두께가 되지 않고
첩소권무삼촌후

心虛判許萬人聽　마음은 공정한 판단으로 만인이 듣도록 허락하네
심허판허만인청

紛紛雀角風將息　분분한 소송의 바람 장차 그칠 것이며
분분작각풍장식

漸漸蒲鞭響亦停　점차 관대한 형벌의 명성 역시 멈출 것이네
점점포편향역정

笑問功曹諸事畢　웃으며 관리의 제반사가 끝날 때를 알리며
소문공조제사필

手籠詩草下西庭　대바구니 속의 시 초고를 들고 서쪽 정원으로 내려가네
수롱시초하서정

•이 시는 강녕지현(江寧知縣)에서 벼슬할 때 썼다. 원매의 네 번째 현 부임지로 이때부터 은거 결심을 점차 굳혔다고 알려져 있다. 미련에는 그러한 심정이 나타나 있다. •初大: 처음으로. •大: 太와 같다. 처음. 최초. •散衙: 退堂과 같다. 관청에서 사무가 끝나다. 사무를 다 보다. •槐花: 홰나무 꽃. •靑: 동쪽. •烏靴: 관화(官靴). 목이 긴 의식용 신발. 검은 색깔이므로 오화라고 부른다. •牒: 공문. 이 궁서는 소송 공문을 가리킨다. 三寸은 약 10센티미터. •虛: 비우다. 이 구에서는 공정하다는 뜻으로 쓰였다. •雀角: 송사. 언쟁. 소송. •蒲鞭: 부들 회초리. 관대한 처벌. •心虛: 조심하고 근신하다. •問: 알리다. •功曹: 현의 관리. •詩草: 시의 초고.

靑운. 대장의 분석은 다음과 같다.

牒(공문, 명사)에는 心(마음, 명사)으로 대장했다.

少/卷(적은 두루마리, 숫자/명사)은 虛/判(공정한 판단)으로 대장했다. 少/虛는 수량과 관계없지만, 少처럼 수량에 관계되는 운자가 안배되면 수량의 운자로 대장하는 것은 묘미 있다.

無/三寸/厚(삼촌이 안 되는 두께이다, 동사/숫자/동사)에는 許/萬人/聽(만인이 듣도록 허락하다, 동사/숫자/동사)으로 대장했다.

紛紛(분분하다, 첩어)에는 漸漸(점차, 첩어)으로 대장했다.

雀/角(소송, 동물/명사)에는 蒲/鞭(관대한 형벌, 동물/명사)으로 대장했다. 雀/蒲의 대장은 묘미 있다.

風/將/息(바람은 장차 멈추려 하다, 명사/부사/동사)에는 響/亦/停(명성 또한 그치다, 명사/부사/동사)으로 대장했다. 제5/6구의 대장은 참고할 만하다.

感懷
감회

三春何處不煙沙　　봄에는 어느 곳이 연무 없는 백사장이겠는가!
삼춘하처불연사

兩眼能看幾片花　　두 눈으로 볼 수 있는 꽃 그 얼마인가!
양안능간기편화

愁對青雲生白髮　　근심은 청운을 대하며 백발을 생기게 하니
수대청운생백발

且將紅粉當丹砂　　잠시나마 가인을 데리고 선약을 대하리라!
차장홍분당단사

一官奔走空皮骨　　말단관직은 분주하여 심신을 지치게 하고
일관분주공피골

萬事艱難閱歲華　　만사는 힘든 채 세월만 가네
만사간난열세화

惆悵輸他貴公子　　슬픔은 다른 귀공자에게 보내고 (싶으니)
추창수타귀공자

五更沉醉阿儂家　　오경에도 내 집에서 만취하네
오경침취아농가

• 건륭(乾隆) 12년(1747) 봄, 세월은 자꾸 흘러가는데 관직은 순조롭지 못한 상황에서, 풍광에 대한 감회를 쓴 시다. •三春: 음력으로 봄의 3개월. 맹춘(孟春), 중춘(仲春), 계춘(季春). 음력의 삼월. 세 번의 봄. 3년의 비유. •煙沙: 안개 자욱한 모래사장. •青雲: 공중. 고공. 높은 직위. 덕망 높은 사람. •將: 거느리다. •紅粉: 연지와 분. 가인. •丹砂: 광물의 일종. 도교에서 선단의 원료로 쓰인다. 이 구에서는 술을 뜻한다. •且: 잠시나마. •一官: 일관반직(一官半職)의 준말. 대수롭지 않은 관직. 말단 벼슬아치. •空: 곤궁하게 하다. 지치다. •皮骨: 심신의 뜻으로 쓰였다. •歲華: 세월. •閱: 지내다. 모으다. 공로(空老, 아무 일도 해놓은 것 없이 헛되이 늙어가다). •제7구는 반어법으로 쓰였다. 다른 귀공자처럼 지낼 수 없는 자신의 처지를 뜻한다. •惆悵: 실망하는 모양. 슬퍼하는 모양. •沉醉: 대취, 만취와 같다. •阿儂: 나. 나 자신.

麻운. 대장의 분석은 다음과 같다.

愁/對/靑雲(근심은 청운을 대하다, 명사/동사/목적어)에는 且/將/紅粉(잠시나마 가인과 함께하다, 부사/동사/목적어)으로 대장했다. 愁/且는 대장되지 않는다. 표현에 중점을 두었다. 靑은 색깔을 나타내려 한 것은 아니지만 靑을 쓴 이상 紅의 대장은 묘미 있다. 참고할 만하다.

生/白髮(백발을 생기게 하다, 동사/목적어)에는 當/丹砂(선양을 대하다, 동사/목적어)로 대장했다. 白에 丹의 대장은 참고할 만하다. 단순히 품사만의 대장이 아니기 때문이다.

一/官(말단관직, 숫자/명사)에는 萬/事(만사, 숫자/명사)로 대장했다.

奔走(분주하다, 동사)에는 艱難(곤란하다, 동사)으로 대장했다.

空/皮骨(심신을 지치게 하다, 동사/목적어)에는 閼/歲華(헛되이 세월을 보내다, 동사/목적어)로 대장했다.

요구와 구요 방법은 다음과 같다.

제3구 愁對靑雲生白髮 평/측/평/평/평/측/측(상삼평으로 구요)
제4구 且將紅粉當丹砂 측/평/평/측/평/평/평(하삼평)

제7구 惆悵輸他貴公子 평/측/평/평/측/평/측(고평)
제8구 五更沈醉阿儂家 측/평/평/측/측/평/평(公/儂 평/평)
⇕
제7구 惆悵輸他貴公子 평/측/평/평/평/측/측(貴/公 측/평 교환 구요)
제8구 五更沈醉阿儂家 측/평/평/측/측/평/평

掛冠
관직을 그만두다

柳折青條花折枝　버드나무는 푸른 가지를 늘어뜨리고 꽃은 가지를 늘어뜨리니
유절청조화절지

掛冠偏於少年期　관직을 버리고 소년 시절로 돌아가려 하네
괘관편우소년기

香風太早春應惜　향기로운 바람은 너무 빨라 봄은 응당 애석하나
향풍태조춘응석

好日猶長起未遲　좋은 날은 가히 길어 (관직 버리고) 돌아가기도 아직 늦지 않으리라!
호일유장기미지

出處敢雲追往哲　벼슬 물러나는 일은 감히 선철을 따른다고 말할 수 있으며
출처감운추왕철

耕桑也是報明時　뽕나무 경작도 성세에 보답하는 길이라네
경상야시보명시

歸心濃後官箴少　은거의 마음 농후하고 관리의 잠언은 적어지니
귀심농후관잠소

除卻林泉總不思　숲속 샘물을 제외하고는 전혀 생각할 수 없다네
제각임천총불사

• 이 시는 건륭(乾隆) 13년에 썼다. 시인은 강녕지현(江寧知縣)에서 사직한 후, 건륭 17년 다시 섬서(陝西)에 부임했으나, 1년의 임기도 채우지 못한 채 사직하고 여생을 모두 은거 생활로 마쳤다. •掛冠: 관직을 걸다. 관직을 그만두다. 사직(辭職)하다. 괘면(掛冕)과 같다. •折: 꺾다. 늘어뜨리다. •偏: 치우치다. 이 구에서는 돌아간다는 뜻이다. •香風: 향기로운 바람. 사치와 음란의 기풍. •猶: 가히. 여전히. •未遲: 양을 잃고 우리를 고쳐도 아직 늦지 않다. •起: 시작하다. 떨치어 일어나다. 이 구에서는 관직을 과감하게 버리고, 옛날로 돌아간다는 뜻이다. •出處: 벼슬자리에서 물러나다. •雲: 말하다. •耕桑: 전원을 일구고 뽕나무를 심다. 은거 생활을 가리킨다. •明時: 성세와 같다. 태평성대에는 자신이 나서지 않아도 잘될 것이라는 겸양의 표현이다. •官箴: 거관격언(居官格言). 관리로서 지켜야 할 몸가짐. 격언. 이 구에서는 관직 생활에 마음이 떠났다는 뜻으로 쓰였다. •除卻: 사물이나 현상을 제거하다. 경쟁자를 축출하다. •林泉: 은거의 장소. 이미 은거의 마음을 굳게 굳혔다는 의지의 표현이다.

支운. 대장의 분석은 다음과 같다.

香/風(춘풍, 형용사/명사)에는 好/日(좋은 날, 형용사/명사)로 대장했다.

太/早(지나치게 빨리 지나가다, 부사/동사)에는 猶/長(여전히 길다, 부사/동사)으로 대장했다.

春/應惜(봄은 응당 애석하다, 명사/동사)에는 起/未遲(시작해도 늦지 않다, 동사/동사)로 대장했다. 春/起는 어색한 대장이다.

出/處(벼슬을 버리다, 동사/명사)에는 耕/桑(뽕나무밭을 경작하다, 동사/명사)으로 대장했다.

敢(감히, 부사)에는 也(…도, 부사)로 대장했다.

雲/追/往哲(선철을 따른다고 말하다, 동사/동사/명사)에는 是/報/明時(성세에 보답하다, 동사/동사/명사)로 대장했다.

偶成

우연히 이루어지다

袁枚

自得隨園戶懶開
자득수원호라개
내가 수원에 은거한 뒤 문 여는 데 게을러

三年車馬長莓苔
삼년거마장매태
삼 년 동안 마차 흔적에는 이끼만 자랐네

謝安尙有東山夢
사안상유동산몽
(명신) 사안이 도리어 동산 은거의 꿈을 가지자

江左空懷管子才
강좌공회관자재
강남에서는 부질없이 관자의 재능을 그리워했네

秋氣漸催雙鬢改
추기점최쌍빈개
가을 기운은 점차 양쪽 귀밑머리를 재촉하여 바꾸고

夕陽親送六朝來
석양친송육조래
석양은 친히 육조시대를 떠올리게 하네

征鴻心事無人識
정홍심사무인식
먼 길 떠나는 기러기의 심사는 아는 사람 없듯이

飛去長安首不回
비거장안수불회
장안을 떠나가면 머리 돌리지 않을 것이라네

•隨園: 원매가 은거한 장소. 원매의 호. •車馬: 빈번한 교류의 흔적을 뜻한다. •莓苔: 녹태(綠苔)와 같다. 이끼. •謝安: 東晉 명신. •東山: 사안이 만년에 은거한 동산. •江左: 강남. •尙: 오히려. •管子: 관중(管仲, BC 약 723~BC 645). 춘추시대 법가의 대표 인물. 군사가. •催雙鬢: 귀밑머리를 재촉하다. 그러나 이때 원매의 나이는 37세에 불과했다. 지나친 애상이다. •送: 보내오다. 이 구에서는 떠올리게 한다는 뜻이다. •征鴻: 먼 길 날아가는 기러기. 이 구에서는 시인 자신을 가리킨다. •長安: 제왕의 도시를 나타낸다.

灰운. 長(zhǎng)이 '어른'이나 '자라다'의 뜻일 때에는 측성이다. 대장의 분석은 다음과 같다.

謝安(사안, 인명)에는 江左(강남, 지명)로 대장했다. 인명에 지명은 상용하는 대장이다.

尙(오히려, 부사)에는 空(부질없이, 부사)으로 대장했다. 부사를 사용하면 표현이 자연스러워진다.

有/東山夢(동산 은거의 꿈을 가지다, 부사/목적어)에는 懷/管子才(관자의 재능을 그리워하다, 동사/목적어)로 대장했다. 제3/4구는 품사의 대장도 잘되었지만, 원인과 결과를 나타내는 표현으로서의 대장도 잘 이루어졌다.

秋氣(가을 기운, 명사)에는 夕陽(석양, 명사)으로 대장했다. 명사이지만 氣/陽에 중점이 있다.

漸(점차, 부사)에는 親(친히, 부사)으로 대장했다.

催/雙鬢/改(귀밑머리 희어짐을 재촉하다, 동사/목적어/동사)에는 送/六朝/來(육조시대를 떠올리게 하다, 동사/목적어/동사)로 대장했다. 雙/六의 대장은 참고할 만하다.

送李晴江還通州

이청강이 통주로 돌아가는 것을 전송하다

小倉山下水潺潺 소창산 아래의 물 잔잔하고
소 창 산 하 수 잔 잔

一個陶潛日閉關 도연명과 같은 이는 종일 두문불출이라네
일 개 도 잠 일 폐 관

無事與雲相對座 일 없으면 구름과 서로 대좌하고
무 사 여 운 상 대 좌

有心懸榻竟誰攀 뜻 있어 현사 맞이하려 해도 누가 찾아오겠는가!
유 심 현 탑 경 수 반

鴻飛影隔江山外 기러기의 나는 그림자는 강산 밖으로 멀어지고
홍 비 영 격 강 산 외

琴斷音流松石間 거문고의 끊어진 소리는 소나무와 돌 사이에 흐르네
금 단 음 류 송 석 간

莫忘借園親種樹 정원 빌려 나무 심는 일을 잊지 마시라!
막 망 차 원 친 종 수

年年花發待君還 해마다 꽃필 때면 그대 돌아오길 기다릴지니!
연 년 화 발 대 군 환

•이 시는 건륭(乾隆) 19년(1754)에 지었다. •李晴江: 원매의 친구인 이방응(李方膺)을
가리킨다. 그는 남경에서 5년째 그림을 팔고, 지금 고향으로 돌아가는 참이었다. 이때
方膺은 59세로 많이 노쇠했다고 한다. 이해 가을 원매는 시를 지어 그에게 보냈다.
원매는 관직을 그만둔 뒤 隨園에 은거했다. 수원은 남경 오대산의 산줄기인 小倉山
일대를 가리킨다. •陶潛: 도연명. 자신도 도연명처럼 은사의 신분이라는 것을 뜻한다.
•日: 하루 종일. •閉關: 두문불출(杜門不出)과 같다. 바깥으로 나오지 않는다는 뜻이다.
•懸榻: 예를 갖추어 현사를 맞이하다. •榻: 평상. 침대. •攀: 오르다. 의지하다. 이
구에서는 찾아온다는 뜻이다. •隔: 사이가 뜨다. 멀어지다. •제5/6구는 친구에 대한
그리움을 나타냈다. •琴斷: 백아절현(伯牙絶絃)의 고사를 간접 인용했다. 거문고의
명인 백아(伯牙)는 자신의 소리를 알아주는 친구 종자기(鍾子期)가 죽자 거문고 줄을
끊어버렸다. 지기(知己)를 자주 만날 수 없는 아쉬움을 나타냈다. 이방응(李方膺)은
54세 때 관직을 사직하고, 남경으로 온 후 친구의 전원을 빌려 살았다. 이 전원에는

刪운. 대장의 분석은 다음과 같다.

無事(무사, 명사)에는 有心(유심, 명사)으로 대장했다. 無/有는 상용하는 대장이다.

與/雲(구름과 함께하다, 동사/명사)에는 懸/榻(손님을 맞이하다, 동사/명사)으로 대장했다.

相/對/座(서로 대좌하다, 부사/동사/명사)에는 竟/誰/攀(결국 누가 오겠는가, 부사/의문사/동사)으로 대장했다. 對座/誰攀은 대장의 측면에서 보면 잘 이루어지지 않지만, 표현의 측면에서는 자연스럽다. 제5/6구는 부분 대장이지만, 억지스러운 대장보다는 이처럼 자연스러운 부분 대장도 가끔 나타난다.

鴻/飛/影(기러기의 나는 그림자, 동물/동사/명사, 그림자)에는 琴/斷/音(거문고의 끊어진 소리, 악기/동사/명사, 소리)으로 대장했다. 참고할 만하다.

隔/江山/外(강산 밖으로 멀어지다, 동사/명사/위치)에는 流/松石/間(소나무와 바위 사이로 흐르다, 동사/명사/위치)으로 대장했다. 江과 山, 松과 石은 서로 비중이 같다. 江山에 孤松이나 磐石 등의 대장은 어색하다. 편고(偏枯)에 해당한다.

본래 이름이 없었으나, 이방응이 가원(借園)이라 짓고 자칭 가원주인(借園主人)이라 했다. 제7구에서는 이방응이 가원을 가꾼 일을 회상하고 있다.

還武林出城
항주로 돌아와 성을 나서며

袁枚

屨問前溪路幾重　(배에서) 누차 앞 시내 길 몇 겹인지를 물으며
누문전계로기중

故鄕翻與異鄕同　(도착한) 고향은 뒤바뀌어 타향과 같네
고향번여이향동

行人肩出菜花上　행인의 어깨는 유채꽃 위로 드러나고
행인견출채화상

村女臂彎桑影中　마을 여인의 팔은 뽕나무 그림자 속에서 굽어지네
촌녀비만상영중

兩岸茶淸三月暮　양안의 찻잎 맑기는 삼월 말인데
양안다청삼월모

一絲髮白萬懷空　한 줄기 머리 희어짐에 온갖 회포의 공허함이여!
일사발백만회공

傷心怕說南唐寺　상심은 남당사 언급의 두려움에 있으니
상심파설남당사

他日僧歸塔可紅　지난날 승려가 돌아갔을 때는 탑 붉어질 만했지!
타일승귀탑가홍

• 이 시는 건륭(乾隆) 21년(1756), 시인이 항주의 옛집으로 돌아와 살펴본 내용을 표현하고 있다. 첫 구의 표현에서 나타난다. •武林: 항주(杭州)의 별칭. 무림산(武林山)이 있기 때문에 붙은 이름이다. •翻: 뒤집히다. 바뀌다. 관직 때문에 10년간 고향을 떠나 있었기 때문에 고향이 타향 같다는 심정을 나타냈다. •菜花: 回菜花. 꿀 풀과에 딸린 여러해살이풀. 약재로 쓴다. 유채꽃. 십자화과 채소. •塔可紅:《승보정속전(僧寶正續傳)》〈도민전(道旻傳)〉에 근거한다. 도제(道濟)선사가 말했다. "훗날 탑이 붉어지면, 바로 내가 돌아올 것이다. …… 이에 도민(道旻)선사가 저녁에 이르니, 탑이 붉게 변해 있었다. 원근에서 모두 놀라며, 도제선사의 혼이 되돌아온 것을 알았다. 제7구에서는 도제선사의 공력처럼 큰 공을 이루고 귀향해야 하는데 그렇지 못한 심정을 드러냈다.

東운. 대장의 분석은 다음과 같다.

行人/肩(행인의 어깨, 명사형 형용사/명사, 신체)에는 村女/臂(촌 여인의 팔, 명사형 형용사/명사, 신체)로 대장했다.

出/菜花/上(유채꽃 위로 드러나다, 동사/명사/위치)에는 彎/桑影/中(뽕나무 그림자 속에서 굽어지다, 동사/명사/위치)으로 대장했다.

兩/岸(양안, 숫자/명사)에는 一/絲(한 줄기, 숫자/명사)로 대장했다.

茶/淸(찻잎이 깨끗하다, 명사/색깔 상당, 형용동사)에는 髮/白(머리칼이 희다, 명사/색깔, 형용동사)으로 대장했다.

三/月/暮(삼월 말, 숫자, 명사/명사)에는 萬/懷/空(만 가지 회포의 공허함, 숫자, 명사/명사)으로 대장했다.

過葵巷舊宅
규항 고택을 지나며

袁枚

久將桑梓當龍荒 　오랫동안 (떠났던) 고향은 타향과 같은데
구 장 상 재 당 룡 황

舊宅重過感倍長 　옛집 다시 들르니 감회는 배가 되네
구 택 중 과 감 배 장

夢里煙波垂釣處 　꿈속의 안개는 낚싯대 드리우는 곳
몽 리 연 파 수 조 처

兒時燈火讀書堂 　어린 시절 등불은 독서당
아 시 등 화 독 서 당

難忘弟妹同嬉戲 　잊기 어려운 동생과 누이는 함께 놀았고
난 망 제 매 동 희 희

欲問鄰翁半死亡 　안부 묻고 싶은 이웃집 노인은 절반이 사망했네
욕 문 린 옹 반 사 망

三十三年多少事 　삼십삼 년 동안 그 얼마나 일 많았던가!
삼 십 삼 년 다 소 사

幾間茅屋自斜陽 　몇 칸의 초가집은 절로 태양에 비키네
기 간 모 옥 자 사 양

• 건륭(乾隆) 21년(1756), 시인이 고향으로 돌아온 뒤 자신의 집을 돌아보고 출생의
감개를 금할 수 없는 심정을 읊은 시다. •葵巷: 인명. 송대 무림성(武林城) 밖의 작은
마을에 규항(葵巷)이란 사람이 살고 있었다. 청대 건륭시기 공부도수사랑중(工部都水司
郎中) 왕계숙(汪啟淑, 1728~1799)이 마을에 해바라기 동산을 조성하자 葵園으로 이름이
바뀌었다. 원매는 어렸을 때 이곳에 살았다. •桑梓: 《시경(詩經)》〈소변(小弁)〉의 "維桑與
梓, 必恭敬止" 구에 근거한다. 고향의 뽕나무와 가래나무는 부모가 심은 것이므로, 경의를
표해야 한다는 뜻이다. 고향의 대칭으로 쓰인다. •龍荒: 막북(漠北). 몽골 지역. 龍은
흉노가 하늘에 제사지내던 용성(龍城). 荒은 황복(荒服). 이 구에서는 먼 타향을 가리킨다.
황복은 수도에서 2500리 이상 떨어진 곳을 가리킨다.

陽운. 過는 평성으로 쓰였다. 대장의 분석은 다음과 같다.

夢/里(꿈속, 명사/위치)에는 兒/時(어린 시절, 명사/위치)로 대장했다.
煙波(안개 물결, 명사)에는 燈火(등불, 명사)로 대장했다.
垂/釣/處(낚싯대를 드리운 곳, 동사/목적어/장소)에는 讀/書/堂(책을 읽는 당, 동사/목적어/장소)으로 대장했다.
難忘(잊기 어렵다, 동사)에는 欲問(문안하려 하다, 동사)으로 대장했다.
弟妹(동생과 누이, 명사)에는 鄰翁(이웃집 노인, 명사)으로 대장했다. 偏枯의 대장에 해당한다. 표현에 중점을 두었다.
同/嬉戲(함께 놀이하다, 부사/동사)에는 半/死亡(대부분 사망하다, 부사/동사)으로 대장했다.

요구와 구요 방법은 다음과 같다.

제3구 夢里煙波垂釣處 측/측/평/평/평/측/측
제4구 兒時燈火讀書堂 평/평/평/측/측/평/평
제5구 難忘弟妹同嬉戲 평/측/측/측/평/평/측(2/4 부동과 점대 원칙 어긋남)
제6구 欲問鄰翁半死亡 측/측/평/평/측/측/평
⇕
제3구 夢里煙波垂釣處 측/측/평/평/평/측/측
제4구 兒時燈火讀書堂 평/평/평/측/측/평/평
제5구 難忘弟妹同嬉戲 측/평/측/측/평/평/측(難/忘 평/측 교환, 구요)
제6구 欲問鄰翁半死亡 측/측/평/평/측/측/평

難/忘의 평/측을 바꾸면 점대 원칙과 2/4/6 부동 원칙에 알맞다. 잘 나타나지 않는 평/측 안배이지만, 평/측 안배에 능숙한 시인의 능력을 엿볼 수 있다.

花下
꽃 아래서

袁枚

花下壺觴月下歌　꽃 아래 술잔에 달 아래 노래
화하호상월하가

風中鶴氅雨中蓑　바람 속의 도포와 빗속의 도롱이
풍중학창우중사

律嚴自累詩成少　격률은 엄격하게 지켜 시 적게 이루어지는 일이 거듭되니
율엄자루시성소

園好翻嫌客到多　정원은 좋아도 도리어 객이 많이 오는 것이 싫어지네
원호번혐객도다

古石疊高雲漸起　이끼 낀 돌 중첩되었고 구름은 점차 일어나고
고석첩고운점기

新池開闊水微波　새로 판 연못은 광활하고 수면은 잔잔한 물결 이네
신지개활수미파

看儂如此山中住　그대 이처럼 산중에 사는 모습을 본다면
간농여차산중주

可肯簪纓換薜蘿　귀인도 틀림없이 은자의 삶과 바꾸려 할 것이네
가긍잠영환벽라

• 鶴氅: 氅은 새 깃털. 새 깃털로 만든 외투. 도포. 고대에는 은거 도사들이 입었다.
• 壺觴: 술항아리와 술잔. 술잔의 통칭. •蓑: 도롱이. •翻: 도리어. •累: 거듭되다.
• 古石: 이끼가 덮인 오래된 돌. 괴석. 첩첩으로 높다. •開闊: 광활하다. 탁 트이다.
• 儂: 나. 그대. •肯可: 동의하다. 동조하다. •簪纓: 귀인의 관에 꽂는 비녀와 갓끈.
귀인. •薜蘿: 벽려(薜荔, 담쟁이 일종)와 여라(女蘿, 소나무 겨우살이). 은자의 옷, 은자가
사는 집을 상징한다.

歌운. 대장의 분석은 다음과 같다.

律/嚴(율을 엄격하게 지키다, 명사/동사)에는 園/好(정원은 좋다, 명사/형용동사)로 대장했다.

自(자연히, 부사)에는 翻(도리어, 부사)으로 대장했다.

累/詩/成/少(시가 적게 이루어지는 일이 거듭되다, 동사/명사/동사/형용동사)에는 嫌/客/到/多(객이 많이 오는 것이 싫다, 동사/명사/동사/형용동사)로 대장했다. 율을 잘 지켜 시를 쓰는 까닭에 자연히 작품 수가 적어져, 이 좋은 동산에 손님 많이 찾아오는 일이 도리어 싫어진다고 번역해야 자연스럽다. 대장 표현을 맞추려다 보니, 우리말로는 어색하다.

古/石(이끼 낀 돌, 형용사/명사)에는 新/池(새로 판 연못, 형용사/명사)로 대장했다. 古/新은 선명하게 대장된다.

疊高(겹으로 쌓이다, 형용동사)에는 開闊(넓다, 형용동사)로 대장했다.

雲/漸/起(구름은 점차 일어나다, 명사/부사/동사)에는 水/微/波(수면은 잔잔하게 물결치다, 명사/부사/명사형 동사)로 대장했다. 起/波는 정확하게 대장되지 않는다.

요구와 구요 방법은 다음과 같다.

제3구 律嚴自累詩成少 측/평/측/측/평/평/측(첫 부분 고평)
제4구 園好翻嫌客到多 평/측/평/평/측/측/평(고측 안배로 구요)

각 구의 첫 부분 고평은 허용되므로, 고측으로 안배하지 않아도 무방하지만, 고측으로 안배해주는 편이 격률의 측면에서 더욱 자연스럽다.

晚菊和蔗泉觀察韻

〈늦가을 국화〉로 관찰사인 자천의 운에 화답하다

袁枚

天紅萬紫已飄流　천자만홍 풍경은 이미 지고
천홍만자이표류

開到寒花歲已周　국화 피운 세월도 이미 끝나가네
개도한화세이주

晚節不嫌知己少　국화는 지기를 싫어하여 적게 남은 것 아니니
만절불혐지기소

香心如爲故人留　향기는 마치 친구 위해 남은 것 같네
향심여위고인류

影搖落葉東籬短　그림자는 낙엽에 흔들리면서 동쪽 울타리 짧아지고
영요낙엽동리단

簾卷西風小室幽　주렴은 서풍에 말리면서 작은 방은 그윽하네
염권서풍소실유

白髮淵明誰作伴　백발의 도연명은 누구와 동반할 수 있을까?
백발연명수작반

一枝黃雪滿庭秋　한 가지 황국인데 (향기는) 가을 정원에 가득하네
일지황설만정추

• 蔗泉: 옹자천(熊蔗泉). 원매 친구. •觀察: 청대 관명의 존칭. 화운(和韻)시에 해당한다.
자천의 시는 尤운으로 압운했다는 사실을 알 수 있다. •天紅萬紫: 萬紫千紅과 같다.
온갖 꽃이 만발해 울긋불긋한 모양. 사물이 풍부하고 다채로운 모양. 경치가 매우
아름다운 모양. •歲已周: 세월이 이미 끝나다. •周: 完과 같다. •寒花: 이 구에서는
국화를 가리킨다. •晚節: 쌍관어(雙關語). 만년의 절조. 한 해의 마지막. 이 구에서는
국화를 가리킨다. •香心: 쌍관어. 국화의 향기. 친구와의 친밀한 우정. •黃雪: 황색
국화. 친구인 자천을 가리킨다. •東籬短: 동쪽 담장 아래 국화가 지면서 울타리가 성기어
가는 모습을 형용한다.

尤운. 대장의 분석은 다음과 같다.

晚/節(국화, 형용사/명사)에는 香/心(향기로운 마음, 형용사/명사)으로 대장했다.

不/嫌/知己/少(지기를 싫어해 적게 남은 것은 아니다, 동사/동사/명사/형용동사)에는 如/爲/故人/留(친구를 위해 남은 것 같다, 동사/동사/명사/형용동사)로 대장했다.

影/搖/落葉(그리자는 낙엽에 흔들리다, 명사/동사/명사)에는 簾/卷/西風(주렴은 서풍에 말리다, 명사/동사/명사)으로 대장했다.

東/籬/短(동쪽 울타리가 성기어지다, 방향/명사/동사)에는 小/室/幽(작은 방은 그윽해지다, 크기/명사/동사)로 대장했다. 東/小는 묘미 있다.

箴作詩者

시를 짓는 자들에게 권고하다

袁枚

倚馬休誇速藻佳 문장구사가 신속하게 표현되는 것이 훌륭하다고 여기지 말라!
의 마 휴 과 속 조 가

相如終究壓鄒枚 사마상여(의 느린 조탁이) 추양과 매승(의 민첩함을) 압도했네
상 여 종 구 압 추 매

物須見少方爲貴 사물은 모름지기 보기 드물어야 바야흐로 귀하듯이
물 수 견 소 방 위 귀

詩到能遲轉是才 시는 도리어 느린 구사가 더욱 재능을 펼칠 수 있네
시 도 능 지 전 시 재

淸角聲高非易奏 아정한 소리는 고아해서 (아무나) 쉽게 연주할 수 없고
청 각 성 고 비 이 주

優曇花好不輕開 우담바라가 좋은 까닭은 쉽게 피지 않기 때문이네
우 담 화 호 불 경 개

須知極樂神仙境 반드시 극락의 신선 경지를 알아야 하니
수 지 극 락 신 선 경

修煉多從苦處來 많은 수련과 고심 끝에 이루어진다네
수 련 다 종 고 처 래

• 이 시는 건륭(乾隆) 38년(1773)에 지었다. 이 당시 원매는 58세였다. • 箴: 권계.
권고. • 倚馬: 의마지재(倚馬之才)의 준말, 동진(東晉) 예주자사(豫州刺史) 사상(謝尙)은
원굉(袁宏, 약 328~약 376)의 문재가 뛰어나다는 사실을 알고, 곧바로 대사마(大司馬)
환온(桓溫)에게 추천했다. 환온은 모든 문서의 초안을 원굉에게 맡겼다. 환온이 북벌에
나섰을 때, 원굉으로 하여금 격문을 쓰도록 명령했다. 그는 말 등에 기대어 순식간에
일곱 장의 격문을 썼다. 이후 문사(文思)가 민첩한 사람을 '倚馬之才'라고 한다. • 速藻:
문장의 구상이 민첩하다. 藻는 문장 표현. • 相如: 司馬相如. 한(漢)대 저명한 문학가.
문장의 구상이 비교적 느렸다고 전해진다. • 休誇: 자랑하지 말라. 休는 不要와 같다.
…하지 마라. 요구하지 않다. 필요 없다. • 終究: 결국에는. • 鄒枚: 추양(鄒陽)과 매승(枚
乘). 둘 다 한대의 문학가. 문사(文思)가 민첩하고 붓놀림이 빨랐다고 전해진다. 사마상여
의 문사는 느린 대신 뛰어난 정밀한 조탁이 더해져, 문명(文名)이 추양과 매승보다
빛났다. 문장 구사의 민첩함이 반드시 좋은 문장으로 연결되지 않는다는 것을 뜻한다.

灰운. 제1구의 佳는 佳운에 속한다. 灰운과 佳운은 통운할 수 있지만 율시에서의 통운의 극히 드물다. 대장의 분석은 다음과 같다.

物(사물, 명사, 물질)에는 詩(시, 명사, 정신)로 대장했다.

須(모름지기, 부사)에는 到(도리어, 부사)로 대장했다.

見少(귀하다, 동사)에는 能遲(느리다, 동사)로 대장했다.

方(바야흐로, 부사)에는 轉(더욱, 부사)으로 대장했다.

爲貴(귀하다, 동사)에는 是才(재능 있다, 동사)로 대장했다. 우리말로는 어색하지만 공교롭게 대장되었다.

淸角聲(아정한 음악, 명사)에는 優曇花(우담바라, 명사)로 대장했다.

高(고아하다, 형용동사)에는 好(좋다, 형용동사)로 대장했다.

非/易/奏(쉽게 연주될 수 없다, 부정사/부사/동사)에는 不/輕/開(쉽게 피지 않는다, 부정사/부사/동사)로 대장했다. 우리말로는 어색하지만 공교롭게 대장되었다.

요구와 구요 방법은 다음과 같다.

제1구 倚馬休誇速藻佳 측/측/평/평/측/측/평(誇/究 평/평)

제2구 相如終究壓鄒枚 평/평/평/평/측/평/평(2/4/6 평성 동일)

⇕

・見少: 보기 드물다. ・到: 도리어. ・轉: 더욱. ・淸角: 고대의 악곡. ・聲高: 성조가 고아하다. 이 구에서는 아정한 음악을 가리킨다. ・優曇花: 우담발라(優曇鉢羅)의 음역. 불교 경전에 보이는 상상의 꽃. 삼천 년에 한 번씩 피어나는 꽃으로, 석가여래나 지혜의 왕 전륜성왕(轉輪聖王)과 함께 나타난다고 한다. 부처님을 의미하는 상상의 꽃이라 해 상서로운 징조로 받아들인다. 아주 드문 일의 비유. ・極樂神仙境: 시가 창작의 최고 경지를 가리킨다. ・苦處: 고심과 같다.

제1구 倚馬休誇速藻佳　측/측/평/평/측/측/평(위아래 2/4/6 부동)

제2구 相如終究壓鄒枚　평/평/평/측/평/평/평(究/壓 평/측 교환, 구요)

보기 드문 구요 방법이다. 구요하더라도 평/평/평/측/평/평/평의 안배는 격률 측면에서는 바람직하지 않다. 평/측 안배보다는 표현에 더욱 중점을 두었다.

覺哀
노쇠함을 느끼다

袁枚

甚矣吾衰百不如 심하구나! 노쇠하여 모든 것이 전과 같지 않으니
심 의 오 쇠 백 불 여

齒牙零落鬢毛疏 치아는 빠지고 귀밑머리는 성기어졌네
치 아 영 락 빈 모 소

花間愛曳隨身杖 꽃 사이에서의 즐거움도 몸을 의지하는 지팡이를 끌어야 하고
화 간 애 예 수 신 장

燈下愁看小字書 등불 아래 근심은 글자가 작은 책을 보는 것이라네
등 하 수 간 소 자 서

偏把事忘應記處 공교롭게도 일을 파악하지만 응당 기억해야 할 것을 잊고
편 파 사 망 응 기 처

慣教氣損劇談餘 습관적으로 기력을 다하지만 심지어는 이야기할 여력조차 없네
관 교 기 손 극 담 여

須知逝者如斯耳 모름지기 흘러간 것은 이와 같을 뿐이니
수 지 서 자 여 사 이

老說聰強總是虛 늙어서 총명하고 강건함을 말하는 것은 모두가 헛되다네
노 설 총 강 총 시 허

・이 시는 건륭(乾隆) 42년(1777), 62세 때 지었다. ・百: 온갖. 百不如를 자의대로 번역하면 어색하다. ・曳: 끌다. 질질 끌다. 고달프다. 피로하다. ・劇: 심하다. ・敎: 效와 같다. 모방하다. 다하다. ・損: 손상되다. ・逝者如斯: 《논어(論語)》〈자한(子罕)〉 구의 인용이다. "지나가는 것은 흐르는 물과 같다. 밤낮을 구분 없이 멈추지 않는구나(逝者如斯夫, 不舍晝夜)." ・耳: 뿐.

漁운. 대장의 분석은 다음과 같다.

花/間(꽃 사이, 명사/위치)에는 燈/下(등불 아래, 명사/위치)로 대장했다.
愛(즐거움, 명사)에는 愁(근심, 명사)로 대장했다.
曳/隨/身/杖(몸을 의지하는 지팡이를 끌다, 동사/동사/명사/명사)에는 看/小/
字/書(작은 글씨를 보다, 동사/형용사/명사/명사)로 대장했다. 隨/小는 대장되지
않는다. 부분 대장이다. 억지 대장보다는 이처럼 표현을 우선하는 편이 좋다.
偏/把/事(공교롭게도 일을 파악하다, 부사/동사/명사)에는 慣/教/氣(습관적으
로 기력을 다하다, 부사/동사/명사)로 대장했다.
忘/應/記處(응당 기억해야 할 것을 잊다, 동사/동사/명사)에는 損/劇/談餘(심
지어는 이야기할 여력조차 어렵다, 동사/동사/명사)로 대장했다.

요구와 구요 방법은 다음과 같다.

제5구 偏把事忘應記處 평/측/측/측/평/측/측(2/4/6 평/측 안배 어긋남)
제6구 慣教氣損劇談餘 측/평/측/측/측/평/평(忘/損 측/측)
⇕
제5구 偏把事忘應記處 평/측/측/평/측/측/측(忘/應 측/평 교환, 구요)
제6구 慣教氣損劇談餘 측/평/측/측/측/평/평(위아래 2/4/6 부동)

제5구의 忘/應 측/평을 교환하면 하삼측이 된다. 제6구의 氣/損/劇이 측/측/
측이므로 평/측 안배는 일단 어긋나지 않는다. 그러나 구요했더라도 제5구의
고평은 해결되지 않으므로 바람직한 평/측 안배는 아니다.

伍員墓
오원 묘

袁枚

一片巍峨土未平　평평한 곳에 웅장한 묘의 (주인은) 평안하지 않았는데
일편 외 아 토 미 평

鴟夷浮處有佳城　오원의 (혼이) 떠오른 곳에 (지금은) 훌륭한 성이 있네
치 이 부 처 유 가 성

遠山雲外學華表　먼 산의 구름 뜬 곳은 화표 기둥을 닮았고
원 산 운 외 학 화 표

潮水隴前多怒聲　밀물의 언덕에는 원성도 겹치네
조 수 롱 전 다 노 성

慷慨報仇衰世事　격앙되어 원수 갚은 말세의 일
강 개 보 구 쇠 세 사

淒涼托子暮年情　처량하게 자식 부탁했던 만년의 정
처 량 탁 자 모 년 정

只今廟貌丹青在　지금의 묘 모습은 단청하여 존재해도
지 금 묘 모 단 청 재

兩眼猶如盼越兵　두 눈은 여전히 월나라 병사 (반기듯) 바라보네
양 안 유 여 반 월 병

• 이 시는 건륭(乾隆) 44년(1799)에 지었다. •伍員: 오자서(伍子胥, ?~BC 484). 춘추시대 말기 오나라 대부. 이름은 員. 초(楚)나라 대부 오사(伍奢)의 아들. BC 522년, 오사가 피살되자, 그는 송(宋), 정(鄭)나라를 거쳐 오(吳)나라로 도망쳤다. 오(吳)왕 합려(闔閭)의 왕위 탈취를 도왔다. 강력한 개혁정책을 실시하고 군대를 정비해 국세는 나날이 강성해졌다. 초나라 도읍을 공격하는 데 공을 세워 신(申)에 봉해졌기 때문에 신서(申胥)로도 칭한다. 오왕 부차(夫差)가 월(越)왕 구천(勾踐)을 패퇴시킨 후 월나라의 화친을 강력하게 거절하고 월나라를 멸망시켜야 한다고 주장했으나 부차는 듣지 않았다. 점점 부차와 소원해진 그는 명을 받아 자살했다. 자살 전에 찾아온 문객에게 자신의 눈알을 빼서 동문 위에 놓아두어 오나라의 멸망을 보게 해달라고 부탁했다. 이 말을 들은 부차는 분노해 가죽 포대에 시체를 담아 강 속에 던져 넣은 후 돌로 눌러 시체가 떠오르지 못하게 했다. 9년 후에 오나라는 월나라의 기습을 받아 멸망했다. 오원의 묘는 강소(江蘇) 오현(吳縣) 서구진(胥口鎭) 서쪽 오상국사(伍相國祠)에 있다. 원매는

庚운. 제7구의 첫 부분인 只/今/廟는 고평이지만 각 구의 첫 부분 고평은 허용된다. 대장의 분석은 다음과 같다.

遠/山(먼 산, 형용사/명사)에는 潮/水(밀물, 형용동사/명사)로 대장했다.

雲/外(구름 밖, 명사/위치)에는 隴/前(언덕 앞, 명사/위치)으로 대장했다.

學/華表(화표를 닮다, 동사/목적어)에는 多/怒聲(원성을 동반하다, 동사/목적어)으로 대장했다.

慷慨(강개하다, 형용사)에는 凄涼(처량하다, 형용사)으로 대장했다.

報/仇(복수하다, 동사/목적어)에는 托/子(자식을 부탁하다, 동사/목적어)로 대장했다.

衰世(말세, 명사)에는 暮年(만년, 명사)으로 대장했다.

事(일, 명사)는 情(정, 명사)으로 대장했다. 제5/6구의 대장은 참고할 만하다.

소주를 유람할 때 오원의 묘를 참배하고 이 시를 지었다. ・一片: 평평하다. ・巍峨: 산이나 건축물의 웅대한 모습. 그러나 실제 오원의 묘는 웅대하다고 표현할 정도는 아니다. ・土: 오원의 묘. ・未平: 정서, 국면 등이 아직 평정되지 않다. 오원의 분노가 아직 가라앉지 않았을 것이라는 뜻으로 쓰였다. ・鴟夷: 말이나 소가죽으로 만든 자루. 오원을 대신하는 말로 쓰인다. ・華表: 華表柱라고도 한다. 고대 궁전이나 분묘 앞에 세운 장식용 돌기둥. 용이나 봉황 등의 도안을 새긴다. ・學: 모방하다. 닮다. ・隴: 이 구에서는 분묘를 가리킨다. ・多: 많다. 늘어나다. ・제5/6구의 내용은 다음과 같다. 오자서는 일찍이 초나라 태자의 소부(少傅)인 비무기(費無忌)의 모함을 받아 아버지와 형 모두 초나라 평왕(平王)에게 살해당했다. 후일 오나라의 군사(軍事)를 장악한 오자서는 군사를 이끌고 초나라 도성을 함락한 뒤, 굴묘편시(掘墓鞭屍, 묘를 파헤쳐 시체에 매질한다는 뜻)로 통쾌하게 복수했다. 그러나 만년에는 오나라 부차와의 사이가 소원해지자 닥칠 화를 걱정해 자식을 제나라의 친구에게 부탁했다. ・丹靑: 고대 회화에 사용하는 붉은색과 푸른색 염료. 이 구에서는 오원의 소상(塑像)을 가리킨다.

周瑜墓 1
주유의 묘 1

袁枚

天生一將定三分 하늘이 낸 으뜸가는 장군은 삼국정립을 결정했고
천생일장정삼분

才貌遭逢總出群 재능과 용모는 시운을 맞아 모두 걸출했네
재모조봉총출군

大母早能知國士 큰어머니는 일찍이 국사를 알아보았고
대모조능지국사

小喬何幸嫁夫君 소교는 그 얼마나 다행으로 부군에게 시집갔던가!
소교하행가부군

能抛戎馬聽歌曲 전쟁 중에는 음악 감상을 포기할 수 있었으나
능포융마청가곡

未許蛟龍得雨雲 교룡(유비)이 비구름 얻는 것은 허락할 수 없었네
미허교룡득우운

千載墓門松柏冷 천년 세월 묘문에 송백은 쓸쓸해도
천재묘문송백랭

東風猶自識將軍 동풍은 절로 장군을 알아보는 것 같네
동풍유자식장군

•이 시는 건륭(乾隆) 46년(1781)에 지었다. •周瑜: 주유(175~210)는 삼국시대 오(吳)나라 장수. 건안(建安) 13년(208), 적벽대전(赤壁大戰)에서 조조(曹操) 군사를 대파하는데 큰 공을 세웠다. 건안 15년(210), 군사를 이끌고 서쪽을 정벌하던 중, 장기적인 정벌로 인한 피로 누적과 화살에 맞은 상처가 재발해 36세로 요절했다. 주유의 묘는 여강현(廬江縣) 성 동문 밖에 있다. •出群: 출군발췌(出群拔萃), 출류발췌(出類拔萃)와 같다. 걸출하다. •遭逢: 제우(際遇)와 같다. 좋은 기회를 만나다. 시운. •大母: 손책(孫策), 손권(孫權) 두 형제의 모친. •國士: 한 나라에서 가장 뛰어난 인물. 주유와 손책은 절친이었다. 적벽대전은 손책의 모친이 지휘권을 주유에게 넘겨주라고 건의했으며, 그녀는 주유를 국사로 우대했다. •小喬: 주유의 처. •聽歌曲: 주유의 음악 감상에 대한 조예를 뜻한다. 당시 사람들은 다음과 같이 노래했다. "음률에 잘못이 있으면, 주유가 돌아본다네(曲有誤, 周郎顧)."《삼국지(三國志)》〈주유전(周瑜傳)〉에 전한다. •蛟龍: 유비(劉備)를 가리킨다. 주유는 유비가 오나라의 세력 확장에 방해가 될까 봐 크게 경계했다.

文운. 대장의 분석은 다음과 같다.

大/母(대모, 인명, 크기/명사)에는 小/喬(소교, 인명, 크기/명사)로 대장했다.
早/能知/國土(일찍이 국사를 알아보다, 부사/동사/명사)에는 何/幸/嫁/夫君
(부군에게 시집간 것이 얼마나 다행인가!, 부사/명사/동사/명사)으로 대장했다.
품사로 보면 뚜렷하게 대장되지 않지만, 이러한 대장은 간혹 나타난다. 대장의
느슨함이다. 억지스러운 대장보다는 이처럼 자연스러운 표현이 더 낫다.
能抛/戎馬/聽/歌曲(동사/명사/동사/명사)에는 未許/蛟龍/得/雨雲(동사/명
사/동사/명사)으로 대장했다. 구 전체로 대장되었다. 표현의 다양성 측면에서
참고할 만하다.

일찍이 손권에게 다음과 같이 말했다. "교룡이 비를 얻을까 두렵다(恐蛟龍得雲雨)."
·冷: 차다. 쓸쓸하다. 맑다. ·墓門: 묘 앞에 난 문.

周瑜墓 2
주유의 묘 2

袁枚

旌旗指日控巴襄　정기는 곧바로 파와 양양 지방을 통제했는데
정기지일공파양

底事泉臺遽束裝　어찌하여 저승길에 그리도 급히 여장을 꾸렸는가!
저사천대거속장

一戰已經燒漢賊　일전으로 이미 한나라 조정의 적을 불태웠으나
일전이경소한적

九原應去告孫郞　저승으로 응당 가야 한다고 손랑에게 알렸네
구원응거고손랑

管蕭事業江山在　관중과 소하의 사업은 강산에 남았으나
관소사업강산재

終賈年華玉樹傷　종군과 가의의 나이에 옥 나무는 손상되었네
종가년화옥수상

我有醇醪半尊酒　나에게 있는 미주로 잔과 술을 나누어
아유순료반존주

爲公惆悵奠夕陽　공을 향한 슬픔에 석양에 바치네
위공추창전석양

•指日: 未久, 不日과 같다. 머지않은 날. 기다릴 만하다. •控: 제압하다. 통제하다. •巴襄:
당시의 巴와 襄陽 지방. •底事: 무슨 일. 이 일. •泉臺: 분묘. 무덤. 저승. 황천. 춘추(春秋)시
대 노(魯)나라 장공(莊公)이 쌓았다는 대의 이름. •束裝: 여장을 꾸리다. 길 떠날 채비를
하다. •一戰: 적벽대전. •漢賊: 한나라 왕실의 적으로 조조를 가리킨다. 《삼국지》에서는
주유가 조조에게 강력히 대항할 것을 주장하면서 손권에게 다음과 같이 권했다. "조조는
비록 그 이름을 한나라 재상에 의탁하지만, 실제로는 한나라의 적입니다(操雖托名漢相,
其實漢賊也)." •九原: 원래 산 이름이지만 춘추시대 경대부(卿大夫)의 묘지가 있었던
곳으로 훗날 묘지를 나타내는 말로 쓰인다. •孫郞: 손책(孫策)의 별칭. 용모가 준수하고
겸손하며 친화력이 좋아 당시 사람들은 손랑으로 불렀다. •管蕭: 관중(管仲)과 소하(蕭
何). 관중은 춘추시대 제(齊)나라 명신. 환공(桓公)을 보좌해 패업을 이루었다. 소하는
한나라 개국공신. •終賈: 한대 종군(終軍, BC 133~BC 112)과 가의(賈誼, BC 200~BC
168). 두 사람 모두 어려서부터 재주가 뛰어났으나 요절했다. 주유의 재능과 요절에

陽운. 대장의 분석은 다음과 같다.

一/戰(일전, 숫자/명사)에는 九/原(숫자/명사)으로 대장했다.

已經(이미, 부사)에는 應/去(응당 가다, 부사/동사)로 대장했다. 已經은 已/經(이미 경과하다, 부사/동사)이므로 우리말로는 대장이 안 되는 것 같지만 절묘하게 대장되었다.

燒/漢賊(한나라 조정의 적을 불태우다, 동사/목적어)에는 告/孫郞(손랑에게 알리다, 동사/목적어)으로 대장했다. 漢賊/孫郞은 약간 어색하다. 엄밀하게 따지면 偏枯에 해당한다. 그렇더라도 억지 대장보다는 낫다.

管蕭(관중과 소하, 인명)에는 終賈(종군과 가의, 인명)로 대장했다. 인명 대 인명의 대장은 까다롭다. 평/측을 대체할 수 없기 때문이다. 또한 품격이 서로 맞거나 완전히 상반되어야 한다.

事業(사업, 명사)에는 年華(나이, 명사)로 대장했다.

江山/在(강산은 존재하다, 명사/동사)에는 玉樹/傷(옥 나무는 손상되다, 명사/동사)으로 대장했다. 江山/玉樹는 偏枯에 해당한다. 江山은 江과 山으로 두 운자의 비중이 같지만, 玉樹는 玉의 비중이 크기 때문이다.

요구와 구요 방법은 다음과 같다.

제5구 管蕭事業江山在 측/평/측/측/평/평/측(첫 부분 고평)
제6구 終賈年華玉樹傷 평/측/평/평/측/측/평(고측 안배로 구요)

각 구의 첫 부분 고평은 구요하지 않아도 무방하지만 이처럼 고측으로 안배해

비유했다. 전고(典故)를 즐겨 사용하는 것이 원매 시의 특징이다. 《수원시화(隨園詩話)》에서 전고의 사용은 적절하게 끊어 사용할 수 있어야 훌륭하다(能貼切便佳)고 주장했다.
•年華: 청춘의 나이. •醇醪: 진하고 순수한 술. 미주. •奠: 바치다. 제사지내다.

구요하는 것이 상용이다.

제7구 我有醇醪半尊酒 측/측/평/평/측/평/평(4/6 평/평)
제8구 爲公惆悵奠夕陽 측/평/평/측/측/측/평(4/6 측/측)
⇕
제7구 我有醇醪半尊酒 측/측/평/평/측/측/평(尊/夕 평/측 교환, 구요)
제8구 爲公惆悵奠夕陽 측/평/평/측/측/평/평(위아래 2/4/6 부동)

제8구의 夕陽은 陽이 압운자다. 夕陽의 표현을 살리기 위해 尊/夕의 평/측을 교환함으로써 평/측 안배에 알맞게 했다. 시인의 능력을 알 수 있는 절묘한 구요 방법이다.

新正二十日阿遲上學

음력 정월 20일에 사랑하는 아들 원지가 학당에 가다

袁枚

白髮生兒喜不支 백발에 얻은 아들, 기쁨 주체할 수 없으니
백 발 생 아 희 부 지

公然又見讀書時 공공연히 또다시 독서할 때 바라보네
공 연 우 견 독 서 시

傳家事業從今始 가문 이을 사업은 지금부터 시작이며
전 가 사 업 종 금 시

識字聰明上口知 글자 아는 총명함은 거침없는 낭송에서 알 수 있네
식 자 총 명 상 구 지

秋稻晚栽期望大 가을 벼는 늦게 심었지만 기대는 큰데
추 도 만 재 기 망 대

春鶯初囀發聲遲 봄 꾀꼬리 첫울음이어서 발성은 느리네
춘 앵 초 전 발 성 지

阿翁手授無他物 아버지 유산은 다른 것 없고
아 옹 수 수 무 타 물

畫日歸來筆一枝 제왕의 조서를 초안하다 돌아온 붓 한 자루라네
화 일 귀 래 필 일 지

• 건륭(乾隆) 49년(1784)에 자식 袁遲(원지, 1779~1828)가 학당에 갈 나이가 되자 기뻐하며 지은 시다. 원매는 1716년생이므로 아들이 학당에 갈 때 원매의 나이는 68세다. • 阿: 항렬이나 아명(兒名), 혹은 성 앞에 쓰여 친밀한 뜻을 나타낸다. • 傳家: 집안에 대대로 전해지다. • 上口: 시문 등이 입에 익어 거침없이 나오다. 시문 등이 매끄럽게 구성되어 낭송하기가 좋다. 입에 맞다. • 春鶯初囀: 아이가 학당에 갈 때가 되었다는 뜻이다. 囀은 구성진 새의 울음소리. • 阿翁: 자신의 아버지. • 手授: 직접 주다. 이 구에서는 남겨줄 유산을 뜻한다. • 畫日: 제왕의 조서를 초안하다. 《신당서(新唐書)》 〈백관지(百官志)〉에 보인다. 풍경을 묘사하다. 성령(性靈)을 펼치다. 이 구에서는 아들이 학문으로 대성하기를 바란다는 뜻이다.

支운. 대장의 분석은 다음과 같다.

傳/家(가문을 잇다, 동사/목적어)에는 識/字(글자를 익히다, 동사/목적어)로 대장했다.

事業(사업, 명사)에는 聰明(총명함, 명사)으로 대장했다.

從今/始(이제부터 시작이다, 부사/동사)에는 上口/知(입에 올리는 것으로 알다, 동사/동사)로 대장했다. 대장으로는 약간 어색하지만 두 구의 표현은 뛰어나다.

秋/稻(가을 벼, 계절/식물)에는 春/鶯(봄 꾀꼬리, 계절/동물)으로 대장했다 상용하는 대장이다.

晚/栽(늦게 심다, 부사/동사)는 初/囀(처음 울다, 부사/동사)으로 대장했다.

期望/大(기대는 크다, 명사/형용동사)에는 發聲/遲(발성은 늦다, 명사/형용동사)로 대장했다. 제5/6구의 대장은 참고할 만하다.

泊滕王閣感舊

등왕각에 머무르며 옛날을 그리워하다

袁枚

弱冠曾爲王子安 (나도) 약관에 이미 왕발과 같았으니
약관증위왕자안

滕王閣下倚闌杆 등왕각 아래의 난간에 기대보네
등왕각하의난간

淸風一席吹西粵 청풍은 한바탕 강서에 불고
청풍일석취서월

丹桂三秋折廣寒 계수나무 꽃은 가을에 광한궁을 향해 굽었네
단계삼추절광한

海內文章傳誦易 세간에 (알려진 나의) 문장은 전송하기 쉬우나
해내문장전송이

人生春夢再尋難 인생에서 (지난날) 봄 꿈은 다시 찾기 어렵네
인생춘몽재심난

誰知五十年前客 누가 오십 년 전의 객을 알겠는가!
수지오십년전객

依舊長江檻外看 의구한 장강은 난간 밖에 보이네
의구장강함외간

•이 시는 건륭(乾隆) 49년(1784)에 지었다. 원매는 강서의 명승지 등왕각(滕王閣)에 들러, 왕발(王勃)의 〈등왕각서(滕王閣序)〉를 회고하며 자신의 감정을 이입했다. •子安: 왕발(王勃, 약 650~약 676)의 자. 초당사걸 중 한 사람이다. 그가 지은 〈등왕각서〉는 율시의 격률 구성에 바탕이 된 변문(騈文)으로서 천고의 절창으로 전해진다. •滕王閣: 강서 남창(南昌)시에 있는 누각. 역대 수많은 문인들이 찾아와 시가를 음영한 누각으로 유명하다. •感舊: 옛날을 그리워하다. •弱冠: 남자 20세 안팎의 나이. •一席: 한 자리. 이 구에서는 한 줄기를 뜻한다. •丹桂: 붉은 꽃 피는 계수나무. •三秋: 강남(江南)의 농민들이 때에 맞추어 수확하고, 씨 뿌리고, 관리하는 세 가지 일을 가리킨다. 가을, 9월을 가리키기도 한다. •西粵: 강서(江西)의 별칭. •廣寒: 광한궁(廣寒宮). 신화에 등장하는 달의 궁전. •海內: 국내. 세상. 세간. •春夢: 지나간 날들의 아름다운 시간을 뜻한다. •折: 꺾다. 끊다. 굽히다. •傳誦: 사람의 입에서 입으로 전해 외우다. 전송하다.

寒운. 대장의 분석은 다음과 같다.

清風(청풍, 명사)에는 丹桂(계수나무, 명사)로 대장했다.

一/席(한 줄기, 숫자/명사)에는 三/秋(가을, 숫자/명사)로 대장했다.

吹/西粤(서월에 불다, 동사/목적어, 지명)에는 折/廣寒(광한궁에 구부러지다, 동사/목적어, 건물명)으로 대장했다.

海內(세간, 명사)는 人生(인생, 명사)으로 대장했다. 동일한 품사의 대장이다.

文章(문장, 명사)에는 春夢(춘몽, 명사)으로 대장했다.

傳誦/易(전송하기가 쉽다, 동사형 명사/ 형용동사)에는 再尋/難(다시 찾기가 어렵다, 동사형 명사/형용동사)으로 대장했다. 易/難은 선명하게 대장된다.

讀白太傅集
백거이의 《장경집》을 읽고

袁枚

人道儂詩半學公　사람들은 나의 시가 반쯤은 백거이 시를 닮았다고 말하는데
인 도 농 시 반 학 공

今看長慶集才終　지금 《장경집》을 보고는 비로소 명백해졌네
금 간 장 경 집 재 종

宦途少累神先定　벼슬길은 약간의 누적으로 정신 먼저 안정되고
환 도 소 루 신 선 정

天性多情句自工　천성은 다정하여 시구는 절로 공교로워지네
천 성 다 정 구 자 공

手把酒杯仍獨醒　(나는) 손에 술잔 들고 있어도 오히려 홀로 깨어 있지만
수 파 주 배 잉 독 성

口談佛法豈由衷　(백거이는) 입으로 불법을 논해도 어찌 진심이겠는가!
구 담 불 법 기 유 충

誰能學到形骸外　누가 겉모습을 제외하고 습득할 수 있겠는가!
수 능 학 도 형 해 외

頗不相同正是同　꽤 서로 다른 점이 그야말로 같다네
파 불 상 동 정 시 동

• 이 시는 건륭(乾隆) 49년(1784)에 지었다. • 白太傅: 당대 시인 백거이(白居易)로, 일찍이 태자의 빈객에 임용되어 태자소부(太子少傅)로 일컬어진다. • 儂: 당신. 그대. 나. • 終: '명백해지다'의 뜻으로 쓰였다. 압운자 때문에 終으로 안배했다. • 宦途: 벼슬길. • 長慶集: 백거이의 문집. • 제5/6구의 뜻은 다음과 같다. 백거이는 만년에 당쟁에 휘말리기 싫어 낙향해 시와 술로 자신을 달랬다. 또한 불법을 숭상하며 은거에 약간 소극적이었다. 이에 비해 자신은 술을 별로 좋아하지 않고 불법도 논하지 않으므로 백거이와는 다르다는 점을 나타낸다. 자의만으로는 뜻을 알기 어렵다. • 由衷: 충심에서 우러나오다. • 제7/8구의 뜻은 다음과 같다. '백거이는 시를 쉽게 쓰기로 잘 알려져 있다. 자신의 시풍은 백거이처럼 그렇게 간단하지 않아서 단순히 백거이와 비교하는 것은 무리가 있다. 그러나 시풍은 같지 않더라도 정신적으로는 서로 같다.' 지나친 함축이어서 자의만으로는 알기 어렵다. • 形骸: 몸. 신체. • 學到: 습득하다.

東운. 제3구의 고평은 제4구에서 고측으로 안배해서 구요했다. 첫 부분의 고평은 허용되지만 이처럼 고측 안배로 구요하는 것이 상용이다. 제6구의 첫 부분도 고평이지만 제5구에서는 고측으로 안배하지 않았다. 대장의 분석은 다음과 같다.

宦途(벼슬살이, 명사)에는 天性(천성, 명사)으로 대장했다.

少/累(약간의 누적, 형용사, 수량/명사)에는 多/情(다정, 형용사, 수량/명사)으로 대장했다. 累는 동사로 情과의 대장은 어색하지만, 이 구에서는 결함을 뜻하는 명사로 쓰였다. 즉 벼슬살이를 결함으로 생각해 그만두었기 때문에 결함이 적다는 뜻으로 쓰였다. 그러므로 정확한 대장이다.

神/先/定(정신이 먼저 안정되다, 명사/부사/동사)에는 句/自/工(구는 절로 공교로워지다, 명사/부사/동사)으로 대장했다.

手/把/酒杯(손은 술잔을 들다, 명사/동사/목적어)에는 口/談/佛法(입은 불법을 논하다, 명사/동사/목적어)으로 대장했다. 선명하게 대장된다.

仍/獨/醒(오히려 홀로 깨다, 부사/부사/동사)에는 豈/由/衷(어찌 진심이겠는가, 의문사/동사/명사)으로 대장했다. 부사와 의문사의 대장은 상용의 대장이다. 獨醒과 由衷의 대장은 어색하다.

南池杜少陵祠堂
남쪽 연못 위 두보 사당

蔣士銓

先生不僅是詩人 선생은 단지 시인에만 그치지 않을 분이니
선생불근시시인

薄宦沈淪稷契身 한직으로 영락해도 원래는 후직과 계와 같은 몸이었네
박환침륜직계신

獨向亂離憂社稷 홀로 전쟁에 나아가 가족과 이별에도 사직을 걱정하며
독향란리우사직

直將哭歌老風塵 줄곧 울음을 토해내는 노래로 풍진을 마감했네
직장곡가로풍진

諸侯賓客猶相忌 제후와 빈객은 오히려 서로 시기했으니
제후빈객유상기

信史文章自有眞 확실한 역사와 문장에서 자연히 진실을 볼 수 있네
신사문장자유진

一飯何曾忘君父 한 끼 밥에도 결코 군주를 잊은 적 없었으니
일반하증망군부

可憐儒士作忠臣 가련한 유사가 충신을 일으켰네
가련유사작충신

• 장사전(1725~1785): 청대 희곡가. 문학가. •南池: 제녕(濟寧)의 남쪽에 있는 연못. 연못 위에 두보의 사당이 있다. •少陵: 소릉야로(少陵野老)의 준말. 두보의 자호. •薄宦: 미미한 관직. •沉淪: 영락하다. 매몰되다. •稷契: 稷과 契의 병칭. 직은 후직(後稷). 순임금에게 농사를 가르쳤다. 계는 순임금의 대신. •亂離: 전란으로 뿔뿔이 헤어지다. •將哭: 울음을 토해내다. •老: 생애를 마치다. 두보의 절구 12수 〈해민(解悶)〉의 인용이다. "이릉과 소무는 나의 스승이며, 맹자의 논문은 더 이상 의심할 수 없네. 한 끼 밥 없어도 속된 객을 머무르게 하니, 고인의 여러 편 시를 지금 볼 수 있기 때문이라네(李陵蘇武是吾師, 孟子論文更不疑. 一飯未曾留俗客, 數篇今見古人詩)." •君父: 군주. 임금과 아버지. •何曾: 未曾과 같다. 결코 …해본 적이 없다.

眞운. 대장의 분석은 다음과 같다.

獨(홀로, 부사)에는 直(내내, 부사)으로 대장했다.

向/亂/離(전쟁에 나아가 가족과 이별하다, 동사/목적어/동사)에는 將/哭/歌(통곡을 받들며 노래하다, 동사/목적어/동사)로 대장했다. 歌는 시를 지어 노래하다는 뜻이다.

憂/社稷(사직을 걱정하다, 동사/목적어)에는 老/風塵(풍진의 일생을 마감하다, 동사/목적어)으로 대장했다.

諸侯/賓客(제후와 빈객, 명사/명사)에는 信史/文章(믿을 만한 역사와 문장, 명사/명사)으로 대장했다. 諸侯/信史에서 諸/信의 대장은 교묘하다. 諸는 '여러'의 뜻이므로 信과 올바른 대장을 이룬다.

猶/相/忌(여전히 서로 시기하다, 부사/부사/동사)에는 自/有/眞(자연히 진실을 드러내다, 부사/동사/명사)으로 대장했다. 품사와 표현만으로는 어색하지만 이러한 대장은 종종 나타난다. 표현이 자연스럽다면 흠으로 여겨서는 안 된다.

요구와 구요 방법은 다음과 같다.

제3구 獨向亂離憂社稷 측/측/측/평/평/측/측(離/歌 평/평)
제4구 直將哭歌老風塵 측/평/측/평/측/평/평(고평, 2/4 평/평)

⇕

제3구 獨向亂離憂社稷 측/측/측/평/평/측/측(위아래 2/4/6 부동)
제4구 直將哭歌老風塵 측/평/평/측/측/평/평(哭/歌 측/평 교환, 2/4/6 부동)

참고할 만한 고평과 구요 방법이다. 이 같은 평/측 안배를 능숙하게 활용해야 다양한 표현을 할 수 있다.

제7구 一飯何曾忘君父　평/측/평/평/측/평/측(고평)

제8구 可憐儒士作忠臣　측/평/평/측/측/평/평(君/忠 평/평)

⇕

제7구 一飯何曾忘君父　평/측/평/평/평/측/측(忘/君 측/평 교환, 구요)

제8구 可憐儒士作忠臣　측/평/평/측/측/평/평(위아래 2/4/6 부동)

春日客感

봄날에 일어나는 객의 감정

黃景仁

只有鄉心落雁前 오직 고향 그리는 마음만 기러기 내려앉는 것보다 앞설 뿐
지유향심낙안전

更無佳興慰華年 더 이상 청춘시절을 위로할 만한 흥취는 없다네
갱무가흥위화년

人間別是消魂事 인간의 이별은 혼을 소멸시키는 일이요
인간별시소혼사

客里春非望遠天 타향에서의 봄은 고향에 갈 수 없는 하늘뿐이라네
객리춘비망원천

久病花辰常聽雨 오랜 병에 봄날에도 언제나 빗소리를 듣다가
구병화진상청우

獨行草路自生煙 홀로 걷는 풀 길에는 절로 안개 일어나네
독행초로자생연

耳邊隱隱淸江漲 귓가에 은은한 맑은 강물 불어나는 소리
이변은은청강창

多少歸人下水船 물길 따른 배에 귀향하는 사람 그 얼마이겠는가!
다소귀인하수선

• 황경인(1749~1783): 청대 시인. 송대 황정견의 후예. •非望: 분수에 맞지 않는 희망.
분에 넘치는 바람. •華年: 청춘시절. •客里: 타향과 같다. •花辰: 화창한 봄볕. 봄날.
•漲: 물이 불어나다. •下水船: 물의 흐름을 따라 내려가는 배.

先운. 興은 흥취의 뜻으로 去聲 徑운에 속한다. 聽은 현대한어에서 평성으로만 쓰이지만, 고대에는 去聲 徑운에도 속한다. 평성으로만 쓰는 것이 좋다.

人間/別是(인간, 명사형 형용사/명사)에는 客里/春非(객의 마음속 봄 비난, 명사형 형용사/명사)로 대장했다. 間과 里, 是와 非는 교묘한 대장이다.

消/魂/事(혼을 녹이는 일, 동사/목적어/명사)에는 望/遠/天(고향을 바라만 보아야 하는 하늘, 동사/목적어/명사)으로 대장했다. 魂은 명사, 遠은 동사이므로 올바른 대장이 아니다. 제3/4구는 부분 대장이다.

久/病(오랫동안 병들다, 부사/동사)에는 獨/行(홀로 가다, 부사/동사)으로 대장했다.

花辰(봄날, 명사)에는 草路(풀 길, 명사)로 대장했다.

常/聽/雨(언제나 빗소리를 듣다, 부사/동사/목적어)에는 自/生/煙(절로 안개를 일으키다, 부사/동사/목적어)으로 대장했다. 自生煙은 절로 안개가 일어나다는 뜻으로 常聽雨와의 대장이 어색해 보이지만, 올바른 대장이다.

요구와 구요 방법은 다음과 같다.

제5구 久病花辰常聽雨 측/측/평/평/평/측/측
제6구 獨行草路自生煙 측/평/측/측/측/평/평(첫 부분 고평)

각 구의 첫 부분은 고평이 허용되며, 구요하지 않아도 무방하지만, 대부분은 제7/8구처럼 고측으로 구요한다.

제7구 耳邊隱隱清江漲 측/평/측/측/평/평/측(고평)
제8구 多少歸人下水船 평/측/평/평/측/측/평(고측 안배로 구요)

都門秋思 1
도문에서의 가을 생각 1

五劇車聲隱若雷　번화가의 수레 소리 우레처럼 요란해도
오극거성은약뢰

北邙惟見塚千堆　북망산에 보이는 건 오직 수많은 무덤뿐
북망유견총천퇴

夕陽勸客登樓去　석양은 객이 누각 올라가기를 권하고
석양권객등루거

山色將秋繞郭來　산색은 가을이 성곽을 둘러싸고 오기를 바라네
산색장추요곽래

寒甚更無修竹倚　왕대조차 견디지 못하는 추위 심한 밤 시각
한심경무수죽의

愁多思買白楊栽　백양나무 사다 심은 것 같은 근심 많은 생각
수다사매백양재

全家都在風聲里　식구 모두 찬바람에 떨며
전가도재풍성리

九月衣裳未剪裁　구월인데도 겨울옷은 마름질조차 못했네
구월의상미전재

·제5/6구는 도치의 표현으로 시인 자신의 처량한 신세를 강조했다. ·五劇: 여러 길이 교차하다. 교차로. 번화가. ·劇: 문어로 번잡하다, 바쁘다는 뜻도 있다. ·隱: 隱隱과 같다. 주로 은은하다는 뜻으로 쓰지만, 대포나 우레 등의 소리가 요란하다는 뜻도 있다. ·將: 바라다. ·剪裁: 마름질하다. 재단하다. ·更: 밤 시각. ·제5구의 修竹은 긴 대나무. 왕대. 추위에 강하다. ·倚: 의지하다. 이 구에서는 '견디다'는 뜻으로 쓰였다. 왕대조차 견디기 어려운 추위 심한 밤이라는 뜻이다. ·白楊: 백양나무. 쓸쓸함의 상징으로 쓰인다. ·九月: 오늘날의 시월과 같다. 겨울옷을 준비하는 시기다.

灰운. 대장의 분석은 다음과 같다.

夕陽(석양, 자연)에는 山色(산색, 자연)으로 대장했다.

勸/客/登/樓/去(객이 누각에 올라가기를 권하다, 동사/주어/동사/목적어/동사)
에는 將/秋/繞/郭/來(가을이 성곽을 둘러싸고 오기를 돕다, 동사/주어/동사/목적
어/동사)로 대장했다. 去와 來는 선명하게 대장된다.

寒/甚(추위가 심하다, 주어/동사)에는 愁/多(근심이 많아지다, 주어/동사)로 대
장했다.

更(밤 시각, 명사)에는 思(생각, 명사)로 대장했다.

無/修竹/倚(왕대조차 견디게 할 수 없다, 동사/목적어/동사)에는 買/白楊/栽
(백양나무를 사서 심다, 동사/목적어/동사)로 대장했다. 우리말로는 어색하지만
올바른 대장이다. 구 전체로는 심하게 도치되었다.

요구와 구요 방법은 다음과 같다.

제3구 夕陽勸客登樓去 측/평/측/측/평/평/측(고평)
제4구 山色將秋繞郭來 평/측/평/평/측/측/평(고측 안배로 구요)

都門秋思 2

도문에서의 가을 생각 2

黃景仁

側身人海歎棲遲　몸 굽히는 인생이 실의에 탄식하는 까닭은
측 신 인 해 탄 서 지

浪說文章擅色絲　부질없는 문장이 훌륭한 문장을 천단하기 때문이네
낭 설 문 장 천 색 사

倦客馬卿誰買賦　고달픈 사마상여에게 누가 부를 사주었던가!
권 객 마 경 수 매 부

諸生何武漫稱詩　유생 하무는 부질없이 시를 칭찬받았네
제 생 하 무 만 칭 시

一梳霜冷慈親髮　빗 하나에 서리처럼 차가워지는 모친의 머리칼
일 소 상 냉 자 친 발

半甑塵凝病婦炊　뚜껑 없는 시루에 먼지만 엉긴 병든 아내의 취사
반 증 진 응 병 부 취

爲語遶枝烏鵲道　가지를 맴돌다 까마귀의 길을 알리니
위 어 요 지 오 작 도

天寒休傍最高枝　하늘 추워져도 제일 높은 가지에는 따르지 않으리라!
천 한 휴 방 최 고 지

・側身: 치신(置身)과 같다. 걱정과 불안의 뜻이 내포되어 있다. ・人海: 수많은 사람. 인생. ・棲遲: 서식하다. 점차 흩어지다. 체류하다. 실의해 유랑하다. ・浪說: 공설(空說), 도설(徒說)과 같다. 헛된 이야기. ・色絲: 묘문과 같다. 훌륭한 문장. ・馬卿: 서한의 司馬相如. 賦 창작에서 명성을 떨쳤다. 무제가 진황후(陳皇後)에 대한 총애를 버리자, 진황후는 사마상여에게 황금 백 근을 하사한 후 문장을 짓게 했다. 이에 사마상여가 〈장문부(長門賦)〉를 지어 무제를 일깨우니, 진황후는 다시 사랑을 되찾았다. ・誰買賦: 자신 역시 사마상여처럼 글을 잘 짓지만, 상여와 같은 행운은 없다는 한탄이다. ・諸生: 유생과 같다. ・何武: 서한시대 인물. 재주와 덕이 출중하여, 황제로부터 비단을 하사받았다. 黃景仁도 일찍이 황제의 면전에서 시험을 치러 2등으로 비단을 하사받았다. 이에 자신을 하무에 비유했다. 그러나 하사받은 것으로 끝일 뿐 더 이상의 영광은 없었다는 뜻을 나타낸다. ・漫: 도연(徒然)과 같다. 헛되다. 쓸데없다. ・霜: 노모의 백발을 가리킨다. ・慈親: 부모의 뜻이지만, 이 구에서는 모친을 가리킨다. 이 당시 노모도 북경에서

支운. 대장의 분석은 다음과 같다.

倦客(고달픈 객, 명사)에는 諸生(유생, 명사)으로 대장했다.

馬卿(사마상여, 인명)에는 何武(하무, 인명)로 대장했다.

誰(누구, 대명사)에는 漫(공연히, 부사)으로 대장했다. 대명사와 부사의 대장은 종종 나타난다.

買/賦(부를 사다, 동사/목적어)에는 稱/詩(시를 칭찬하다, 동사/목적어)로 대장했다. 전고에 많은 내용이 담겨 있어 자의만으로는 그 뜻을 알기 어렵다.

一/梳(빗 하나, 숫자/명사)에는 半/甑(뚜껑 없는 시루, 숫자/명사)으로 대장했다. 숫자에는 숫자로 대장한다.

霜/冷(서리에 차가워지다, 주어/동사)에는 塵/凝(먼지만 엉기다, 주어/동사)으로 대장했다.

慈親/髮(자모의 머리칼, 명사형 형용사/명사)에는 病婦/炊(병든 아내의 취사)로 대장했다. 髮은 명사, 炊는 동사이므로 어색하다.

함께 생활했으므로 이렇게 표현했다. •甑: 고대에 밥 짓는 시루. •半甑: 뚜껑 없는 시루이므로 이렇게 표현했다. •塵凝: 먼지만 엉겨 있다. 곡식이 없다는 뜻이다. •제7/8구의 爲語는 '말하다' '알리다'로서, 자신은 권문귀족에게 빌붙지 않겠다는 뜻이다.

夜雨

밤비

瀟瀟冷雨灑輕塵　쓸쓸한 찬비가 흙먼지를 흩뿌리니
소소냉우쇄경진

僵臥空齋百感新　뻣뻣하게 누운 빈방에서 온갖 생각이 교차하네
강와공재백감신

旱久喜滋栽麥隴　오랜 가뭄에 보리심은 고랑을 적셔 기쁘지만
한구희자재맥롱

泥深恐阻寄書人　깊은 진흙 길이 편지 전하는 사람을 방해할까 두렵네
니심공조기서인

希聲或變中宵雪　미세한 소리는 또다시 한밤중에 눈으로 변하는 것이니
희성혹변중소설

貴價先愁來日薪　심부름꾼은 가장 먼저 내일의 땔나무를 걱정하네
귀개선수래일신

歲暮柴門寒較甚　세모의 사립문에 추위 더욱 심해지니
세모시문한교심

可堪此夜倍思親　이 밤에 더욱 걱정되는 어버이 생각을 어찌 참겠는가!
가감차야배사친

•瀟瀟: 비바람이 세찬 모양. 이슬비가 내리는 모습. •輕塵: 진토와 같다. 흙먼지. •僵臥: 경직된 채로 눕다. •新: 만감이 교차한다는 뜻으로 쓰였으나 어색하다. 侵운에서는 마땅히 대체할 운자가 없다. •貴價: 심부름꾼의 존칭. •較: 더욱. 또렷하다는 뜻으로 쓰였다. •可堪: 하감(何堪), 나감(哪堪)과 같다. 어찌 견디어 내겠는가! •思親: 어버이를 그리워하다.

侵운. 제8구의 可/堪/此는 측/평/측으로 고평이지만, 각 구의 첫 부분 고평은 허용된다. 대장의 분석은 다음과 같다.

旱/久(가뭄이 오래되다, 주어/동사)에는 泥/深(진흙 길이 깊어지다, 주어/동사)으로 대장했다.

喜(기뻐하다, 동사)에는 恐(두렵다, 동사)으로 대장했다.

滋(윤택하게 하다, 동사)에는 阻(막다, 동사)로 대장했다.

栽/麥/隴(보리를 심은 이랑, 동사/목적어/명사)에는 寄/書/人(편지를 전하는 사람, 동사/목적어/명사)으로 대장했다. 이 구는 久旱栽麥隴滋喜, 深泥寄書人阻恐의 도치다. 표현은 훌륭하지만, 이 같은 평/측 안배는 수긍하기 어렵다.

希聲(미세한 소리, 명사)에는 貴價(심부름꾼, 명사)로 대장했다. 서로 관련이 없는 명사이기는 하지만, 希/貴의 대장은 묘미 있는 대장이다.

或(또다시, 부사)에는 先(제일 먼저, 부사)으로 대장했다.

變(변하다, 동사)에는 愁(근심하다, 동사)로 대장했다.

中宵/雪(한밤중의 눈, 명사형 형용사/명사)에는 來日/薪(내일의 땔나무, 명사형 형용사/명사)으로 대장했다.

夜坐
밤에 앉아

龔自珍

春夜傷心坐畫屛　봄밤의 상심으로 그림 병풍 앞에 앉았지만
춘야상심좌화병

不如放眼入靑冥　시선을 멀리 두어 푸른 하늘을 들이는 것보다 못하네
불여방안입청명

一山突起丘陵妒　한 산이 우뚝 솟으면 구릉이 질투하는 법이지만
일산돌기구릉투

萬籟無言帝座靈　온갖 칭찬 없어도 북극성은 (원래) 훌륭하다네
만뢰무언제좌령

塞上似騰奇女氣　변새에도 날 듯이 뛰어난 여인의 기상 있는데
새상사등기녀기

江東久殞少微星　강동에는 오랫동안 영락해 있는 은사 있을 뿐이네
강동구운소미성

從來不蓄湘累問　종래에 굴원은 하늘에 질문해도 소용이 없었으니
종래불축상루문

喚出嫦娥詩與聽　(단지) 항아라도 소리쳐 불러 시를 들어주길 바라네
환출항아시여청

•공자진(1792~1841): 청대 사상가. 시인. •放眼: 시선을 멀리 두다. •靑冥: 푸른 하늘.
•萬籟: 자연의 소리. 조정. 만인의 좋은 평판. •帝座: 북극 오성 중 두 번째 별자리.
황제를 상징한다. •無言: 실의의 심정. •奇女氣: 《한서(漢書)》〈외척전(外戚傳)〉에 근거한
다. 한무제가 하간 지방을 순행할 때, 기를 살피는 자가 말했다. "이곳에 뛰어난 여인이
있습니다(此有奇女)." 무제는 조첩여(趙倢仔)를 얻어 구익(鉤弋)부인에 봉했다. 구익은
성 밖에 있는 궁. •少微星: 태미좌(太微座) 서쪽에 있는 네 개의 별자리. 처사(處士),
의사(議士), 박사(博士), 대부(大夫)를 가리킨다. 이 구에서는 은사인 시인 자신을 가리킨
다. •湘累問: 湘累는 초나라 충신 굴원(屈原). 추방되어 상수(湘水)에 투신했기 때문에
그렇게 부른다. •累: 이유도 없이 죄를 뒤집어쓰고 죽는 일. •問: 굴원의 작품 〈天問〉.
천지사물의 현상을 묻는 내용이다. 도가의 색채가 짙다. •嫦娥: 후예(後羿)의 처인
항아(嫦娥). 남편의 불사약을 훔쳐 먹고 달로 도망갔다. 고독의 상징이다. 이 구에서는
달을 가리킨다.

靑운. 대장의 분석은 다음과 같다.

一/山(한 산, 숫자/명사)에는 萬/籟(온갖 소리, 숫자/명사)로 대장했다.

突起(우뚝 솟다, 동사)에는 無言(말이 없다, 동사)으로 대장했다.

丘陵/妒(구릉이 질투하다, 명사/동사)에는 帝座/靈(북극성은 훌륭하다, 명사/동사)으로 대장했다.

塞/上(변새, 명사/위치)에는 江/東(강동, 명사/위치)으로 대장했다.

似/騰(나는 듯하다, 동사형 부사/동사)에는 久殞(오래도록 버려져 있다, 부사/동사)으로 대장했다.

奇女氣(뛰어난 여인, 전고)에는 少微星(은사, 전고)으로 대장했다.

제3/4/5/6구는 은유적으로 표현되었기 때문에 자의만으로는 그 뜻을 알기 어렵다.

요구와 구요 방법은 다음과 같다.

제1구 春夜傷心坐畵屛 평/측/평/평/측/측/평(고측 안배로 구요)

제2구 不如放眼入靑冥 측/평/측/측/측/평/평(고평)

제7구 從來不蓄湘累問 평/평/측/측/평/측/측(蓄/累 측/측)

제8구 喚出嫦娥詩與聽 측/측/평/평/평/측/평(累/與 측/측)

⇕

제7구 從來不蓄湘累問 평/평/측/측/측/평/측(湘/累 평/측 교환)

제8구 喚出嫦娥詩與聽 측/측/평/평/평/측/평(고측으로 구요)

述懷

회포를 서술하다

徐居正

矍鑠容顔白髮添
확삭용안백발첨

정정하던 용안에 백발 더해가고

功名蹭蹬病相兼
공명층등병상겸

공명은 실패한 데다 병까지 겹치네

乖時無及三年艾
괴시무급삼년애

좋지 못한 운은 삼 년 묵은 쑥의 효능도 소용없고

違世方成六日蟾
위세방성육일섬

어긋난 세상은 5월 6일 잡은 두꺼비의 무 효능과 같네

江上歸心濃似粥
강상귀심농사죽

강호로 돌아간 마음은 (맛있는) 죽보다 짙고

世間風味淡於鹽
세간풍미담어염

세간에서의 풍미는 소금(적당히 넣은 것)보다 담박하네

詩成遣興還堪祟
시성견흥환감수

시로써 흥을 이루자 도리어 재앙을 견딜 만하니

一字吟安斷數髥
일자음안단촉염

한 자구의 음영에 편안해져 촘촘한 수염을 쓰다듬네

•서거정(1420~1488): 조선 전기의 문신. 학자. •矍鑠: 정정하다. •蹭蹬: 실패하다.
길을 잃다. 권세를 잃고 어정거리다. •乖時: 운괴시건(運乖時蹇)의 줄임말. 시운이 좋지
못하다. 역경에 처하다. •違世: 세상을 떠나다. 어긋난 세상. 方成은 바야흐로 이루어지다.
같다는 뜻이다. •濃: 음식이 진하고 맛이 좋다. •斷: 가르다. 수염을 쓰다듬는다는
뜻으로 쓰였다.

鹽운. 대복고(戴複古)의 〈계사단오정이백고(癸巳端午呈李伯高)〉를 모방한 작품이다. 이처럼 타인의 작품을 모방해 구성해보는 것도 권할 만하다. 다만 출처를 밝히는 것이 좋다. 대장의 분석은 다음과 같다.

乖/時(시대에 어긋나다, 동사/명사)에는 違/世(세상과 어긋나다, 동사/명사)로 대장했다. 비슷한 뜻이다.

無及/三年/艾(동사/숫자/명사)에는 方/成/六日/蟾(부사/동사/숫자/명사)으로 대장했다. 無及과 方成은 완전하게 일치하는 대장은 아니지만 이 정도의 어긋남은 가끔 나타난다. 억지 대장보다 훨씬 자연스럽다. 艾와 蟾은 약효를 나타내는 측면에서는 인대(隣對)이며, 식물과 동물의 측면에서는 반대(反對)에 속한다. 권장할 만하다.

江/上(명사/위치)에는 世/間(명사/위치)으로 대장했다. 歸/心(형용동사/명사)에는 風/味(명사형 형용사/명사)로 대장했다.

濃/似/粥(형용사/개사/명사)에는 淡/於/鹽(형용사/개사/명사)으로 대장했다.

요구와 구요 방법은 다음과 같다.

제1구 矍鑠容顏白髮添 측/측/평/평/측/측/평(顏/蟾 평/평)
제2구 功名蹭蹬病相兼 평/평/측/평/측/평/평(고평, 名/蟾 평/평)

제3/4구는 송대 대복고(戴複古)의 〈계사단오정이백고〉 시에서 차용했다. "사람을 구하려면 삼 년 된 쑥을 얻어야 하는데, 세상을 등지려니 5월 6일 잡은 두꺼비 껍질을 찾네(救人采得三年艾, 背世翻成六日蟾)."

5월 5일 잡은 두꺼비는 재앙을 물리칠 수 있으나, 6일에 잡은 것은 도리어 소용이 없다(五月五日俗, 以此日取蟾蜍爲辟兵, 六日則不中用)"고 한다. 徐瑞의

《형초세시기(荊楚歲時記)》에 근거한다. 世間風味는 임하풍미(林下風味)와 같다. 산림에 은거한 선비의 조촐한 멋. 촉염(數髯)은 촘촘한 수염. 무성한 수염. 대복고(戴復古)의 〈계사단오정이백고〉를 소개하면 다음과 같다.

客里幾逢端午節　객의 여정에서 몇 번이나 단오절을 맞이했던가!
객리기봉단오절

看成雪鬢與霜髯　백발과 흰 수염을 보네
간성설빈여상염

救人采得三年艾　사람을 구하는 데는 3년 된 쑥을 필요로 하고
구인채득삼년애

背世翻成六日蟾　세상을 등지자 5월 6일의 무 효능 두꺼비를 얻네
배세번성육일섬

老境可憐歸未得　늙어서도 가련하게 고향으로 돌아가지 못하고
노경가련귀미득

羈懷長是病相兼　타향살이 오랜 데다 병까지 더해지네
기부장시병상겸

猛思一醉酬風月　세찬 그리움에 한 번 빠지면 풍월을 마주하다가
맹사일취수풍월

笑捻菖花揭酒簾　웃으며 그리운 정을 억누르고 주렴을 걷네
소연창화게주렴

立春
입춘

徐居正

茆齋又是一年春　서재에서 또다시 한 해의 봄을 맞으니
묘재우시일년춘

節物班班入眼新　바라보이는 절물은 뚜렷하고도 새롭네
절물반반입안신

北闕賜瑤隨彩勝　북쪽 궁궐에서 하사한 옥은 광채 따르며 빛나지만
북궐사반수채승

西鄰送菜錯盤辛　서쪽 이웃이 보낸 요리는 쟁반에 뒤섞이어 맵네
서린송채착반신

旋題門帖迎新慶　시제를 에두른 문첩으로 새로운 경사를 맞이하고
선제문첩영신경

爲發盆醪對故人　출발 위한 동이의 막걸리로 오랜 친구를 마주하네
위발분료대고인

病骨侵尋羞對鏡　허약한 몸은 점점 나빠져 거울 대하기가 부끄러우니
병골침심수대경

每逢佳節暗傷神　가절을 맞을 때마다 점점 마음을 애태우네
매봉가절암상신

•茆齋: 짚을 덮은 집. 서재. 학사. •節物: 철에 따라 나는 산물. •班班: 반반가고(班班可考)
의 준말. 일의 근거가 뚜렷해 잘 살필 수 있음. •入眼: 눈에 들어오다. 바라보다. 入眼節物班
班新으로 써야 더욱 알맞다. 평/측 안배 때문에 도치되었다. •北闕: 북쪽 궁궐. 경복궁(景
福宮)의 별칭. •門帖: 입춘대길(立春大吉), 건양다경(建陽多慶)처럼 입춘에 써 붙이는
대련. •侵尋: 점점 앞으로 나아가다. 이 구에서는 병이 점점 심해지는 상황을 나타낸다.
•暗: 은밀하게. 이 구에서는 점점의 뜻으로 쓰였다. •傷神: 정신을 상하다.

眞운. 대장의 분석은 다음과 같다.

北/闕(북쪽 궁궐, 위치/명사)은 西/鄰(서쪽 이웃, 위치/명사)으로 대장했다.

賜/璠(옥을 하사하다, 동사/목적어)에는 送/菜(요리를 보내다, 동사/목적어)로 대장했다. 대장의 균형이 맞지 않다.

隨/彩/勝(광채를 따르며 훌륭하다, 동사/명사/형용동사)에는 錯/盤/辛(쟁반에 뒤섞이어 맵다, 동사/명사/형용동사)으로 대장했다.

旋/題(시제를 따르다, 동사/목적어)에는 爲/發(출발을 위하다, 동사/목적어)로 대장했다.

門/帖(문첩, 명사형 형용사/명사)에는 盆/醪(동이의 막걸리, 명사형 형용사/명사)로 대장했다.

迎/新慶(새로운 경사를 맞이하다, 동사/목적어)에는 對/故人(오랜 친구를 맞이하다, 동사/목적어)으로 대장했다.

看花
꽃을 바라보며

金時習

看花終日獨躊跱 종일 꽃 바라보며 홀로 서성거리는데
간화종일독주지

庭草毿毿午景遲 무성한 정원의 잡초에 정오의 햇살은 느리네
정초삼삼오경지

天上豈無治老藥 하늘은 어찌 불로약으로 치료해주지 않는가!
천상기무치로약

人間不見搘床龜 인간은 책상을 지지한 거북다리를 볼 수 없네
인간불견지상귀

年光鼎鼎如流水 성대한 세월은 유수와 같고
연광정정여류수

世味紛紛似亂絲 분분한 세상사는 엉킨 실과 같네
세미분분사란사

花底直須催喚酒 꽃 아래에서 곧바로 술 가져오라 재촉하여
화저직수최환주

不妨連日醉扶持 연일 취해서 부축받아도 괜찮다네
불방연일취부지

• 김시습(1435~1493): 조선 전기 시인. • 毿毿: 털이나 나뭇가지 따위가 가늘고 긴 모양. • 景: 햇살. • 搘: 支와 같다. 지탱하다. • 床龜: 龜床의 도치다. 龜가 압운자이므로 床龜로 썼으나 도운(倒韻)에 해당한다. 《사기(史記)》〈귀책전(龜策傳)〉에 근거한다. "남방의 한 노인이 거북으로 책상다리를 지지했는데, 20여 년 뒤 노인이 죽어 책상을 옮기자 거북은 여전히 살아 있었다(南方老人用龜支床足. 得二十餘歲, 老人死, 移牀, 龜尙生不死)." 이후 은자의 와구(臥具, 이불, 베개 등)를 총칭하는 말로 쓰인다. • 年光: 세월. • 鼎鼎: 성대하다. • 世味: 세상의 달고 쓴 맛. 공명을 이루고 벼슬하고 싶은 마음. • 不妨: 無妨과 같다. • 扶持: 부축하다. 돕다. 보살피다.

支운. 대장의 분석은 다음과 같다.

天/上(천상, 명사/위치)에는 人/間(인간, 명사/위치)으로 대장했다. 間은 위치
와 관련 없지만 上/間 대장은 참고할 만하다.

豈/無(어찌 없는가?, 의문사/동사)에는 不見(볼 수 없다, 동사)으로 대장했다.
이러한 대장은 가끔 나타난다. 좋은 표현을 위해서라면 상용해도 좋다.

治/老/藥(불로약으로 치료하다, 동사/형용사/명사)에는 搘/床/龜(거북으로 책
상을 지지하다, 동사/명사형 형용사/명사)로 대장했다. 床/龜는 龜/床의 도운(倒
韻)이다. 이러한 대장은 가능한 피해야 한다.

年光(세월, 명사)에는 世味(세상사, 명사)로 대장했다.

鼎鼎(성대하다, 첩어)에는 紛紛(분분하다, 첩어)으로 대장했다.

如/流/水(유수와 같다, 동사/형용사/명사)에는 似/亂/絲(엉킨 실과 같다, 동사/
형용사/명사)로 대장했다. 水/絲는 자연과 인공의 대장이다. 如/似는 동일한
뜻이지만 상용하는 대장이다.

요구와 구요 방법은 다음과 같다.

제3구 天上豈無治老藥 평/측/측/평/측/측/측 (하삼측)
제4구 人間不見搘床龜 평/평/측/측/평/평/평 (하삼평 안배로 구요)

구요는 했지만 바람직한 방법은 아니다. 豈/無/治는 고평이므로 아래 구에서
고평 또는 고측으로 안배해야 하는데, 그렇지 못하다.

海月
바다 위의 달

金時習

年年海月上東陬　해마다 동쪽 산기슭에 바다 위로 달 떠올라
연년해월상동추

來我床前遣我愁　나의 침상 앞에 와서 나의 근심을 달래주네
내아상전견아수

萬里更無纖翳隔　만 리에는 더욱이 뜬구름조차 없는 거리
만리갱무섬예격

一天渾是玉壺秋　온 하늘은 순전히 맑고 맑은 가을이네
일천혼시옥호추

秦宮漢苑人橫笛　진나라와 한나라 궁원에는 사람들의 피리 소리
진궁한원인횡적

楚水吳江客艤舟　초나라와 오나라 강물에는 객의 배
초수오강객의주

離合悲歡應共伴　이합과 비환은 응당 함께하는 법이니
이합비환응공반

停杯且莫問從由　잔 멈추고 또다시 달빛이 따르는 연유를 묻지 마시라!
정배차막문종유

•표현만으로는 무엇을 나타내려는지 모호하다. 제1구의 年年海月은 억지스럽다. 달은 해마다 떠오르는 것이 아니라 일 년에도 몇십 차례 떠오르기 때문이다. 제5/6구는 대장 표현으로는 올바르지만, 군이 진나라와 초나라의 일까지 예로 들어 구성해야 하는지는 의문이다. •纖翳: 엷은 장막. 뜬구름. •玉壺: 빙심옥호(氷心玉壺)의 준말. 얼음같이 맑은 마음이 티 없는 옥 항아리에 있다는 뜻으로, 마음이 맑고 티 없이 깨끗함을 이르는 말. 이 구에서는 맑은 가을하늘을 나타낸다. •橫笛: 피리. •艤舟: 배가 떠날 준비를 하다. 배.

尤운. 대장의 분석은 다음과 같다.

萬/里(만 리, 숫자/명사)에는 一/天(온 하늘, 숫자/명사)으로 대장했다.

更(더욱, 부사)에는 渾(순, 부사)으로 대장했다.

無/纖翳/隔(뜬 구름조차 없는 거리, 동사/명사/명사)에는 是/玉壺/秋(옥 항아리를 이룬 하늘, 동사/명사/명사)로 대장했다. 隔이 명사로 쓰이기는 했지만 秋와는 약간 어색하게 대장되었다.

秦/宮/漢/苑(진나라 궁전과 한나라 궁원, 국명/명사/국명/명사)에는 楚/水/吳/江(초나라 강물과 오나라 강물, 국명/명사/국명/명사)으로 대장했다. 비슷한 뜻의 되풀이로, 어색한 대장이다.

人/橫/笛(사람들이 피리를 불다, 명사/동사/목적어)에는 客/艤/舟(객이 배로 떠나려 하다, 명사/동사/목적어)로 대장했다.

登大同樓
대동루에 올라

金時習

大同波上大同樓 　대동강 물결 위의 대동루
대동파상대동루

無限雲山散不收 　무한한 구름 산은 흩어져 거둘 수 없네
무한운산산불수

楓落浿江秋水冷 　단풍 떨어진 대동강에 가을 물은 차고
풍락패강추수랭

霜淸箕堞暮煙浮 　서리 깨끗한 평양성에 저녁 구름 떠 있네
상청기첩모연부

白鷗洲畔月千里 　갈매기 (나는) 물가 언덕의 달빛은 천 리
백구주반월천리

黃葦渡頭風滿舟 　누른 갈대 나루 머리의 바람은 배에 가득하네
황위도두풍만주

因憶昔年興廢事 　추억으로 이어지는 지난날 흥망사
인억석년흥폐사

登高一望思悠悠 　높은 곳에 올라 바라보니 생각은 아득해지네
등고일망사유유

・제5/6구는 묘사보다는 가능한 한 시인 자신의 감정을 기탁하는 것이 좋다. ・浿江:
대동강의 옛 이름. 패수와 같다. ・箕堞: 기성(箕城)과 같다. 평양성. 城이 평성이므로
측성인 堞을 썼으나 약간 어색하다.

尤운. 思는 평/측 모두 쓸 수 있다. 측성일 때는 去聲 實운에 속한다. 평성으로만 쓰는 것이 좋다. 대장의 분석은 다음과 같다.

楓/落/浿江(단풍잎 떨어진 대동강, 명사/형용동사/지명)에는 霜/淸/箕堞(서리 깨끗한 평양성, 명사/형용사/지명)으로 대장했다. 浿江은 제1구의 大同波와 같은 뜻이므로 중복되었다. 가능하면 중복된 뜻은 피해야 한다.

堞은 城이 더 어울리지만 평성이므로 堞으로 쓴 것이다. 秋水/冷(가을 물이 차갑다, 명사/형용동사)에는 暮煙/浮(저녁 구름이 떠 있다, 명사/형용동사)로 대장했다.

白/鷗/洲/畔/月(색깔/동물/명사/위치/자연)에는 黃/葦/渡/頭/風(색깔/식물/명사/위치/자연)으로 대장했다.

千/里(천 리, 숫자/명사)에는 滿/舟(배를 채우다, 동사/목적어)로 대장했다. 올바르게 대장되지 않았다. 제5/6구는 부분 대장이다. 억지로 대장하는 것보다는 부분 대장이 차라리 낫다.

요구와 구요 방법은 다음과 같다.

제5구 白鷗洲畔月千里 측/평/평/측/측/평/측(고평)
제6구 黃葦渡頭風滿舟 평/측/측/평/평/측/평(고측 안배로 구요)

상용하는 요구와 구요 방법이다.

秋亭
가을 정자

金時習

秋亭山氣好崢嶸 가을 정자를 (에두른) 산 기운은 그야말로 왕성하고
추정산기호쟁영

江上猩楓刮眼明 강 위의 붉은 단풍은 눈을 비비고 볼 정도로 밝네
강상성풍괄안명

巖瘦不因嫌太富 우뚝 솟은 바위는 인연 없어 지나친 부를 싫어하고
암수불인혐태부

澗淸非是釣完名 맑은 계곡물은 이러한 (부) 아니어도 완미한 명성을 얻네
간청비시조완명

寒花千朶經風曲 천 송이 국화는 바람맞아 굽었고
한화천타경풍곡

嫩苔一庭緣雨生 온 정원의 부드러운 이끼는 비에 의지하여 생겼네
눈태일정연우생

點檢人間無勝事 인간 세상 살펴봐도 좋은 일 없지만
점검인간무승사

林泉興味老多情 은거 생활 흥미는 언제나 다정하다네
임천흥미노다정

• 내용이 시제와 어울리는지 생각해볼 문제다. • 崢嶸: 산세가 높고 험하다. 높이 솟은 산봉우리. 탁월하다. 왕성하다. 식물이 무성하다. 崢嶸은 항상 붙여 써야 한다. • 好: 그야말로. 부사로 쓰였다. • 猩: 붉다. • 刮眼: 刮目과 같다. 괄목하다. 눈을 비비고 다시 보다. 刮眼明은 刮(동사)/眼(명사, 목적어)/明(형용동사)으로 문법에 알맞다. • 巖瘦: 瘦巖과 같다. 우뚝 솟은 바위. • 澗淸: 시인 자신을 가리킨다. • 是: 이것. 지시대명사. 즉 지나친 부를 가리킨다. • 寒花: 국화의 별칭. 한화만절(寒花晚節)의 준말. 된서리에도 시들지 않는 절개. 만년의 절개. 국화는 고절의 상징이므로 바람에 고개 숙이는 표현은 어색하다. • 點檢: 점검하다. 살펴보다. • 林泉: 숲과 샘. 물러나 은거하는 곳. 은거 생활. • 老: 언제나. 항상. 常이 더 어울리지만, 평성이므로 老를 썼다.

庚운. 대장의 분석은 다음과 같다.

巖/瘦(우뚝 솟은 바위, 瘦/巖의 도치, 형용사/명사)에는 澗/淸(맑은 계곡물, 淸/
澗의 도치, 형용사/명사)으로 대장했다. 평/측 안배 때문에 도치했다.

不/因(인연이 없다, 동사/명사)에는 非/是(이러한 부가 아니다, 동사/대명사)로
대장했다.

嫌/太/富(지나친 부를 싫어하다, 동사/형용사/명사)에는 釣/完/名(완미한 명성
을 얻다, 동사/형용사/명사)으로 대장했다.

寒/花/千/朶(천 송이 국화, 千/朶/寒/花의 도치, 숫자/명사/형용사/명사)에는
嫩/苔/一/庭(온 정원의 부드러운 이끼, 一/庭/嫩/苔의 도치, 숫자/명사/형용사/명
사)으로 대장했다.

經/風/曲(바람을 맞아 굽다, 동사/목적어/동사)에는 緣/雨/生(비에 의하여 자
라다, 동사/목적어/동사)으로 대장했다. 문법에 알맞다.

요구와 구요 방법은 다음과 같다.

제3구 巖瘦不因嫌太富 평/측/측/평/평/측/측
제4구 澗淸非是釣完名 측/평/평/측/측/평/평(점대 원칙에 어긋남)
제5구 寒花千朶經風曲 평/평/평/측/평/평/측(花/苔 평/평)
제6구 嫩苔一庭緣雨生 측/평/측/평/평/측/평(苔/庭 2/4 평/평)

⇕

제3구 巖瘦不因嫌太富 평/측/측/평/평/측/측
제4구 澗淸非是釣完名 측/평/평/측/측/평/평
제5구 寒花千朶經風曲 평/평/평/측/평/평/측(2/4/6 부동)
제6구 嫩苔一庭緣雨生 측/측/평/평/평/측/평(苔/一 평/측 교환, 구요)

瘦/淸/花/苔는 측/평/평/평으로 점대 원칙에 맞지 않다. 구요하면 측/평/평/측으로 기본 구성에 알맞다.

春日把盃

봄날에 술잔을 들다

朴弘美

三月臨瀛草色多　삼월의 강릉에는 풀색 짙어지는데
삼월임영초색다

天涯遊子未還家　타향의 나그네는 고향으로 돌아가지 못하네
천애유자미환가

自憐暮景非春事　절로 저녁 풍경에 가련해지는 것은 봄날의 일 아니니
자련모경비춘사

猶向他鄕戀物華　여전히 타향에서도 산수를 그리워하네
유향타향련물화

最愛流鶯穿弱柳　떠도는 꾀꼬리가 연약한 버드나무 관통하는 게 가장 사랑스럽고
최애류앵천약류

生憎鬪鳥落殘花　다투던 새가 남은 꽃잎 떨어뜨리는 게 매우 밉살스럽네
생증투조락잔화

荒年酒料天饒我　흉년의 술과 안주는 하늘이 나에게 준 것이니
황년주요천요아

朝把深盃至日斜　아침부터 가득 찬 술잔 들어 석양에 이르네
조파심배지일사

• 박홍미(1571~1642): 조선 중기 문신. •臨瀛: 강원도 강릉의 옛 이름. •天涯: 하늘
끝. 먼 변방. 아득히 떨어진 타향. •物華: 물건의 빛. 산과 물 따위의 자연계의 아름다운
현상. 산수. •生: 매우. •深盃: 만배(滿杯)와 같다. 가득 채운 술잔. 음주.

歌운. 대장의 분석은 다음과 같다.

自/憐/暮/景(절로 저녁 풍경에 가련해지다, 부사/형용동사/명사)에는 猶/向/他鄕(여전히 타향을 향하다, 부사/동사/명사)으로 대장했다.

非/春事(봄날의 일이 아니다, 동사/명사)에는 戀/物華(아름다운 풍경을 그리워하다, 동사/명사)로 대장했다.

最/愛(가장 사랑스럽다, 부사/동사)에는 生/憎(매우 밉다, 부사/동사)으로 대장했다.

流/鶯(떠도는 꾀꼬리, 형용동사/명사)에는 鬪/鳥(다투는 새, 형용동사/명사)로 대장했다.

穿/弱/柳(연약한 버드나무 사이를 관통하다, 동사/형용사/명사)에는 落/殘/花(남은 꽃잎을 떨어뜨리다, 동사/형용사/명사)로 대장했다.

요구와 구요 방법은 다음과 같다.

제3구 自憐暮景非春事 측/평/측/측/평/평/측(고평)
제4구 猶向他鄕戀物華 평/측/평/평/측/측/평(고측 안배로 구요)

重陽
중양

魚得江

貧里逢秋野興狂	가난한 마을이 가을 맞아 들판 흥취 등등하니

貧里逢秋野興狂
빈리봉추야흥광
가난한 마을이 가을 맞아 들판 흥취 등등하니

不虞禾稼少登場
불우화가소등장
곡식 수확 적어도 염려하지 않는다네

烏嗛紅果柿初熟
오함홍과시초숙
까마귀가 붉은 과일을 문 것은 감이 방금 익었기 때문이요

雀啄黃雲稻正香
작탁황운도정향
참새가 벼를 쫀 것은 벼가 그야말로 향기롭기 때문이라네

蕎麥滿山秋早雪
교맥만산추조설
메밀이 가득한 산은 가을에 이른 눈(과 같고)

東瓜堆圃曉先霜
동과퇴포효선상
동아가 쌓인 채원은 새벽에 앞선 서리(와 같네)

菊花不負佳辰約
국화불부가신약
국화는 좋은 날의 약속을 저버리지 않으니

應怪無人泛酒觴
응괴무인범주상
응당 사람 없이 술잔 띄우는 일을 괴이하게 여겨야 한다네

• 어득강(1470~1550): 조선 전기 문신. •不虞: 염려하지 않다. 미리 헤아리지 못하다. 뜻밖에. •登場: 登場과 같다. 곡식을 수확해 말리거나 찧는 일. 이 구에서는 수확을 뜻한다. •禾稼: 곡식의 총칭. •黃雲: 누른빛의 구름. 넓은 들판에 벼가 누렇게 익은 모습. •蕎麥: 메밀. •東瓜: 동아. 박과에 속하는 식물. •佳辰: 경사스러운 날. 가일(佳日)과 같다.

陽운. 啄(탁, zhuó)은 2성이지만 ㄱ 받침이므로 측성으로 분류한다. 3구의
柿初熟은 고평이며, 4구에서 구요하지 못했다. 대장의 분석은 다음과 같다.

鳥/喻/紅/果(동물/동사/형용사, 색깔/명사)에는 雀/啄/黃/雲(동물/동사/형용
사, 색깔/명사)으로 대응했다. 鳥와 雀처럼 동물에는 동물이나 식물로 대장한다.
紅과 黃처럼 색깔에는 색깔로 대장한다. 상용하는 대장이다.

柿/初/熟(명사/부사/동사)에는 稻/正/香(명사/부사/동사)으로 대장했다. 香
은 동사로 쓰였다.

蕎麥/滿/山(식물/형용사/명사)에는 東瓜/堆/圃(식물/형용사/명사)로 대장했
다. 東瓜처럼 식물명이라도 방향을 나타내는 운자가 사용되면, 蕎 역시 방향을
나타내는 운자를 사용해 東과 대장할 수 있다면 더욱 좋다.

秋/早/雪(명사/동사/명사)에는 曉/先/霜(명사/동사/명사)으로 대장했다.

요구와 구요 방법은 다음과 같다.

제7구 菊花不負佳辰約 측/평/측/측/평/평/측(고평)
제8구 應怪無人泛酒觴 평/측/평/평/측/측/평(고측 안배로 구요)

八大詩家
여덟 명의 유명 시인

金炳淵

李謫仙翁骨己霜 이적선 옹의 백골은 이미 서리되었고
이적선옹골기상

柳宗元是但垂芳 유종원은 단지 아름다운 명성만을 드리웠다네
유종원시단수방

黃山谷里花千片 황산 계곡 속의 꽃들은 천 조각으로 (떨어지고)
황산곡리화천편

百樂天邊雁數行 백락천 변의 기러기는 여러 줄지어 (날아) 가네
백락천변안수행

杜子美人今寂寞 두자미 같은 시인도 지금은 적막 속에 묻혀 있고
두자미인금적막

陶淵明月久荒涼 도연명처럼 달에 (비유되는 사람도) 오랜 황량함 속에 (묻혔네)
도연명월구황량

可憐韓退之何處 가련한 한유는 어느 곳에 있는가?
가련한퇴지하처

惟有孟東野草長 단지 맹동야가 있는 곳은 풀만 길게 자랐네
유유맹동야초장

陽운. 대장의 분석은 다음과 같다.

黃/山/谷(황산 계곡, 색깔/명사/명사)에는 百/樂/天(백락이라는 하늘, 숫자/명사/명사)으로 대장했다. 산곡(山谷)은 황정견(黃庭堅, 751~814)의 호다. 낙천(樂天)은 백거이(白居易)의 호다. 호를 잘 활용해 평/측을 안배했다.

里(속, 위치)에는 邊(변, 위치)으로 대장했다.

花(꽃, 명사)에는 雁(기러기, 명사)으로 대장했다.

千/片(천 조각, 숫자/명사)에는 數/行(여러 줄, 숫자/명사)으로 대장했다.

杜子美/人(두보 같은 시인, 인명/명사)에는 陶淵明/月(도연명처럼 달과 같은 사람, 인명/명사)로 대장했다.

今(지금, 명사)에는 久(오랜 기간 동안, 명사)로 대장했다. 久는 경과한 시간을 뜻한다.

寂寞(적막 속에 묻히다, 형용동사)은 荒涼(황량하다, 형용동사)으로 대장했다.

제3/4, 5/6구 첫 부분에 모두 인명을 쓰면 합장(合掌)이다. 그래서 黃山谷里와 百樂天邊처럼 교묘하게 이름을 피했다.

老吟

늙음을 한탄하며 읊다

金炳淵

五福誰云一曰壽 누가 오복 중에서 장수를 으뜸이라 했나?
오복수운일왈수

堯言多辱知如神 요임금도 지나친 욕심은 귀신과 같다고 말했다네
요언다욕지여신

舊交皆是歸山客 오랜 친구 모두 다 산 귀신 손님으로 돌아갔고
구교개시귀산객

新少無端隔世人 젊은이들 무단히 나이 든 사람들을 등한시하네
신소무단격세인

筋力衰耗聲似痛 근력은 쇠퇴하여 말할 때는 고통스럽고
근력쇠모성사통

胃腸虛乏味思珍 위장은 허해져도 음식은 진미만을 생각하네
위장허핍미사진

內情不識看兒苦 속사정 알아주지 않고 아이 돌보는 고통 안겨주며
내정불식간아고

謂我浪遊抱送頻 내가 빈둥빈둥 논다고 말하면서 품어 보내는 일 빈번하네
위아랑유포송빈

• 김병연(1807~1863): 조선 후기 방랑시인. 김삿갓으로 더 잘 알려져 있다. • 五福: 사람들이 누리기를 바라는 다섯 가지 행복. 수(壽, 장수), 부(富, 재산), 강녕(康寧, 건강), 유호덕(攸好德, 훌륭한 덕을 닦는 것), 고종명(考終命, 늙어서 자연스럽게 죽는 것)이다. • 多辱: 수즉다욕(壽則多辱)의 줄임말. 오래 살면 욕된 일이 많이 생긴다는 뜻이다.

眞운. 痛과 苦처럼 비슷한 뜻의 압운자를 사용하는 것은 가능한 피해야 한다. 복운(復韻)에 해당한다. 대장의 분석은 다음과 같다.

舊/交(오랜 친구, 형용사/명사)에는 新/少(젊은이 형용사/명사)로 대장했다.
皆/是(모두 다 …이다, 부사/동사)에는 無端(무단히, 부사)으로 대장했다. 품사는 맞지 않지만 이러한 대장은 종종 나타난다.
歸/山/客(산 귀신으로 돌아가다, 동사/명사형 형용사/명사)에는 隔/世/人(노인을 등한시하다, 동사/명사형 형용사/명사)으로 대장했다. 世는 세상, 백 년. 老를 쓰지 않은 까닭은 山과 대장하기 위해서다.
筋力(근력, 명사)에는 胃腸(위장, 명사)으로 대장했다.
衰耗(쇠퇴하다, 동사)에는 虛乏(허해지다, 동사)으로 대장했다.
聲/似/痛(말소리는 통증과 같다, 명사/동사/명사)에는 味/思/珍(음식은 진미만을 생각하다, 명사/동사/명사)으로 대장했다.

요구와 구요 방법은 다음과 같다.

제1구 五福誰雲一日壽 측/측/평/평/측/측/측(하삼측)
제2구 堯言多辱知如神 평/평/평/측/평/평/평(하삼평 구요)

제5구 筋力衰耗聲似痛 평/측/평/측/평/측/측(2/4/6 측/측/측)
제6구 胃腸虛乏味思珍 측/평/평/측/측/평/평(耗/乏 측/측)
⇕
제5구 筋力衰耗聲似痛 평/측/측/평/평/측/측(衰/耗 평/측 교환, 구요)
제6구 胃腸虛乏味思珍 측/평/평/측/측/평/평(위아래 2/4/6 부동)

제7구 內情不識看兒苦 측/평/측/측/측/평/측(고평 반복, 구요)

제8구 謂我浪遊抱送頻 측/측/측/평/측/측/평

　제8구의 浪/遊/抱는 고평이지만 제7구에 고평이 반복해 나타났으므로 절로 구요되었다. 看은 측성으로 보는 것이 좋다.

狗
개

稟性忠於主饋人　품성이 충직하여 주인에게 타인을 알리고
품성충어주궤인

呼來斥去仟其身　부르면 오고 물리치면 가면서 그 몸을 맡기네
호래척거임기신

跳前搖尾偏蒙愛　(주인) 앞에 뛸 때는 꼬리를 흔들며 홀로 사랑받다가
도전요미편몽애

退後垂頭卻被嗔　(주인) 뒤로 물러나면 고개를 떨어뜨리고 가만히 꾸지람을 당하네
퇴후수두각피진

職察奸偸司守固　직분은 간사한 도둑질을 살피는 일로 맡은 임무에 충실하고
직찰간투사수고

名傳義塚領聲頻　이름은 의로운 무덤으로 전해져 명성이 빈번하다네
명전의총영성빈

褒勳自古施帷蓋　칭찬받을 공로에는 예로부터 휘장 베풀어 덮었으니
포훈자고시유개

反愧無力屍位臣　오히려 부끄러워해야 할 사람 무능으로 봉록만 축내는 신하라네
반괴무력시위신

• 饋: 원래 선물한다는 뜻이지만 이 구에서는 알려준다는 뜻으로 쓰였다. 도둑이나 낯선 사람을 알려주는 일을 주인에게 선물하는 뜻으로 나타냈다. • 屍位: 시위소찬(屍位素餐)의 준말. 하는 일 없이 봉록만 축내는 무능한 신하를 일컫는 말이다.

眞운. 대장의 분석은 다음과 같다.

跳/前(주인 앞에서 뛰다, 동사/위치)에는 退/後(꾸지람을 당해 뒤로 물러나다, 동사/위치)로 대장했다.

搖/尾(꼬리를 흔들다, 동사/명사)에는 垂/頭(고개를 수그리다, 동사/명사)로 대장했다.

偏/蒙愛(홀로 사랑받다, 부사/동사)에는 卻/被嗔(가만히 꾸지람을 당하다, 부사/동사)으로 대장했다.

職/察/奸偸(직무는 도둑을 살피는 일이다, 명사/동사/목적어)에는 名/傳/義塚(명성은 의로운 무덤으로 전해지다, 명사/동사/목적어)으로 대장했다.

司守/固(맡은 임무에는 충실하다, 명사/동사)에는 領聲/頻(받은 명성은 빈번하다, 명사/동사)으로 대장했다.

貓
고양이

金炳淵

乘夜橫行路北南　밤을 틈타 도로를 횡행하며 북남으로 (내달리고)
승 야 횡 행 로 북 남

中於狐貉傑爲三　그중에 여우와 담비와 더불어 호걸은 셋이 되었네
중 어 호 학 걸 위 삼

毛分黑白渾成繡　털은 흑백으로 구분되어 섞인 모습은 비단무늬를 이루었고
모 분 흑 백 혼 성 수

目挾靑黃半染藍　눈은 청황색 사이에 끼어 절반은 남색으로 물들었네
목 협 청 황 반 염 람

貴客床前偸美饌　귀한 손님상 앞에서는 맛있는 음식을 엿보고
귀 객 상 전 투 미 찬

老人懷里傍溫衫　노인의 품속에서는 온기 도는 적삼을 가까이하네
노 인 회 리 방 온 삼

那邊雀鼠能驕慢　저쪽 부근 참새와 쥐가 교만을 드러내자
나 변 작 서 능 교 만

出獵雄聲若大談　사냥 나갈 때의 우~웅 하는 소리는 장담하는 듯하네
출 렵 웅 성 약 대 담

南, 三, 藍, 談은 담(覃)운에 속하고 제6구의 衫은 함(鹹)운에 속한다. 담운과 함운은 통운(通韻)할 수 있다. 통운이란 서로 비슷한 운끼리는 동일한 운으로 인정해 함께 쓸 수 있다는 뜻이다. 그러나 일운도저격(一韻到底格)으로 쓰는 율시에서 통운의 사용은 극히 드물다. 사용하지 않는 편이 좋다. 대장의 분석은 다음과 같다.

毛/分/黑白(털은 흑백으로 구분되다, 명사/동사/색깔)에는 目/挾/靑黃(눈은 청황 사이에 끼다, 명사/동사/색깔)으로 대장했다. 참고할 만하다.

渾/成/繡(털이 섞인 모습은 비단을 이루다, 형용사형 명사/동사/명사)에는 半/染/藍(절반은 남색으로 물들다, 형용사형 명사/동사/명사)으로 대장했다.

貴客/床/前(귀한 손님 상 앞, 명사형 형용사/명사/위치)에는 老人/懷/里(노인의 품속, 명사형 형용사/명사/위치)로 대장했다.

偸/美饌(맛있는 음식을 엿보다, 동사/목적어)에는 傍/溫衫(온기 도는 적삼을 가까이하다, 동사/목적)으로 대장했다.

요구와 구요 방법은 다음과 같다. 상용하는 방법이다.

제7구 那邊雀鼠能驕慢 측/평/측/측/평/평/측(고평)
제8구 出獵雄聲若大談 평/측/평/평/측/측/평(고측 안배, 구요)

참고문헌

《한시의 맛》 1권과 겹치지 않는 주요 문헌만 나타낸다.

啓功, 《詩文聲律論考》, 中華書局, 2000.

林庚, 馮沅君, 《中國歷代詩歌選》, 人民文學出版社, 2001.

目加田誠, 《唐詩選》, 明治書院, 2002.

吳文治, 《宋詩話全編》, 鳳凰出版社, 1998.

王力, 《詩詞格律》, 中華書局, 2000.

王延海, 《詩經今注今譯》, 河北人民出版社, 2000.

王子武, 《中國律詩研究》, 文津出版社, 中華民國 59년.

隗志新, 《寫詩塡詞押韻詞典》, 2011.

兪平伯 外, 《唐詩鑑賞辭典》, 1983.

李夢生, 《律詩三百首》, 上海古籍出版社, 2001.

鍾浩初, 《中國詩韻新編》, 上海古籍出版社, 1984.

周勳初 外, 《全唐五代詩》, 陝西人民出版社, 2014.

陳增傑, 《唐人律詩箋注集評》, 浙江古籍出版社, 2003.

詹幼馨, 《司空圖詩品衍釋》, 華風書局, 1983

清代詩文集彙編 編纂委員會, 《清代詩文集彙編》, 上海古籍出版社, 2011.

湯文璐, 《詩韻合璧》, 上海古籍出版社, 1982.

湯祥瑟, 《詩韻全璧》, 上海古籍出版社, 1995.

彭先初, 《詩韻字典》, 北京出版社, 2005.

彭定求, 《全唐詩》, 中州古籍出版社, 2008.

何文煥, 《歷代詩話》, 中華書局, 1981.

韓成武, 張志民, 《杜甫詩全釋》, 河北人民出版社, 1997.

許建中, 萬平選注, 《唐詩絕句三百首》, 江蘇古籍出版社, 2002.

한시의 맛 2
율시의 대장과 요체 연구

1쇄 발행 2020년 2월 10일

지은이 성기옥
펴낸이 정홍재

펴낸곳 문헌재
출판등록 2018년 1월 11일 제395-2018-000010호
주소 (10881) 경기도 고양시 덕양구 용현로 10, 501-203
대표전화 0505-099-0411 **팩스** 0505-099-0826
이메일 bookconnector@naver.com
Facebook · Blog/bookconnector

ISBN 979-11-90365-04-8 94810

문헌재(文憲齋)는 정연한 배움을 추구하는
책과이음의 동양철학·학술 전문 출판 브랜드입니다.

이 도서의 국립중앙도서관 출판예정도서목록(CIP)은 서지정보유통
지원시스템 홈페이지(http://seoji.nl.go.kr)와 국가자료공동목록
시스템(http://www.nl.go.kr/kolisnet)에서 이용하실 수 있습니
다.(CIP제어번호: CIP2020005134)